文艺家

CIARA GERAGHTY
RULES OF THE ROAD
意外旅行团

〔爱尔兰〕席亚拉·格拉蒂 著
姚瑶 译

天津出版传媒集团
天津人民出版社

图书在版编目（ＣＩＰ）数据

意外旅行团 /（爱尔兰）席亚拉·格拉蒂 (Ciara Geraghty) 著；姚瑶译. -- 天津：天津人民出版社，2020.7

书名原文：Rules of The Road
ISBN 978-7-201-15991-1

Ⅰ.①意… Ⅱ.①席… ②姚… Ⅲ.①长篇小说—爱尔兰—现代 Ⅳ.①I562.45

中国版本图书馆CIP数据核字(2020)第083624号

Originally published in the English language by HarperCollins Publishers Ltd. under the title
Rules of the Road © Ciara Geraghty 2019
Translation © United Sky (Beijing) New Media Co., Ltd. 2020. 5, translated under licence from HarperCollins Publishers Ltd.
Ciara Geraghty asserts the moral right to be identified as the author of this work.
Simplified Chinese edition copyright © 2020 United Sky (Beijing) New Media Co., Ltd.
All rights reserved.

图字：02-2020-122

意外旅行团
YIWAI LÜXINGTUAN

出　　版	天津人民出版社
出 版 人	刘　庆
地　　址	天津市和平区西康路35号康岳大厦
邮政编码	300051
邮购电话	022-23332469
网　　址	http://www.tjrmcbs.com
电子信箱	reader@tjrmcbs.com
选题策划	联合天际·文艺家工作室
责任编辑	赵子源
特约编辑	刘　默　张安然
封面设计	所以设计馆
美术编辑	梁全新
制版印刷	三河市冀华印务有限公司
经　　销	未读（天津）文化传媒有限公司
开　　本	880毫米×1230毫米　1/32
印　　张	11
字　　数	200千字
版次印次	2020年7月第1版　2020年7月第1次印刷
定　　价	49.80元

本书若有质量问题，请与本公司图书销售中心联系调换
电话：(010) 52435752

未经许可，不得以任何方式复制或抄袭本书部分或全部内容
版权所有，侵权必究

献给我的妈妈布雷达，
她给了我生命和飞翔的翅膀。

目 录

第1条　先打转向灯　1

第2条　时刻注意车速，并判断出最合适的行驶速度　9

第3条　没有正当理由，请勿变道　17

第4条　路途颠簸　25

第5条　不能在正常通行的行车道上停车　39

第6条　靠近主干道交叉口时，务必让行　47

第7条　启程之前，先安排好住宿　53

第8条　确保你的车辆安全行驶　63

第9条　有备无患　77

第10条　当心可能遮挡前方视线的路况　81

第11条　随时检查视线盲区　95

第12条　经常查看后视镜，时刻注意后车情况　107

第13条　犯困时绝不开车　119

第14条　清楚示意车辆绕行，让车流通畅　129

第15条　拖车时，拖杆一定要结实　137

第16条　多练车技，具备应有的谨慎与注意力　159

第17条　即便打开远光灯，夜间的视线也远不如白昼　167

第18条　随时准备停车　173

第19条　疲劳驾驶是重大安全隐患　179

第20条	遇到停车标志，必须彻底停下	185
第21条	时刻考虑主路条件	207
第22条	司机要有预见并应对危险的能力	213
第23条	其他车的大灯晃到你时，减速，必要时停车	221
第24条	靠近收费站时，请适当减速	235
第25条	不要开车时使用个人娱乐系统	253
第26条	不要搭理想要激怒你的司机	269
第27条	如果你正逆向行驶，马上刹车，在硬路肩上停下	279
第28条	车辆必须安装后视镜，以便观察两侧的车后情况	283
第29条	在高速路上只能前进，不能掉头或者倒车	293
第30条	变道或停车需提前示意	301
第31条	机动车必须进行车辆性能测试	311
第32条	谨防超车的车辆突然倒车	321
第33条	前方车辆分流	323
第34条	让渡通行权	331

尾声　　　　　　　　　　　　　　　　　　　　339

第1条

先打转向灯

艾瑞丝·阿姆斯特朗失踪了。

也就是说,她不在她原本应该在的地方。

我劝自己不要担心。毕竟,艾瑞丝是个成年女人,完全可以把自己照顾好,何况她的自理能力强过很多人。

我确实容易杞人忧天。问问我的女儿们,问问我的丈夫,他们会告诉你,要是没什么事儿可担心的话,我就会万分担心。要是我没什么事儿可担心,就会觉得自己肯定是忽略了什么东西,当然了,这么说有些夸大其词,虽然我觉得这是大实话。

而艾瑞丝呢,她会告诉你她打算做什么,然后迈开步子,马上去做。她就是这种人。今天是她的生日,她的五十八岁生日。

"人们把生日视作一个契机,可以借此哄骗女人们,说她们在眼下这个年纪看上去光彩照人。"在我提议庆祝生日时,艾瑞丝这么说。

可这是实话,以艾瑞丝的年纪来看,她确实光彩照人。但我没这么说,我说的是:"话虽如此,我们还是应该庆祝一下。"

"我会用天鹅式或者下犬式这类带着兽性的方式来庆祝。"艾瑞丝说道。之前她告诉我,她已经预约好入住一家瑜伽疗养院。

"可是你讨厌瑜伽啊。"我说。

"我以为你会高兴呢。因为你总是告诉我,瑜伽对患有多发性硬化症(MS)的人很有好处。"

我今天的计划是去看看爸爸,然后给威克洛的瑜伽疗养院打电话,告诉他们我会带上给艾瑞丝的生日蛋糕开车过去。这样,他们就知道今天是她的生日了。艾瑞丝当然不愿小题大做,可每个人都应该在过生日的时候吃上一口蛋糕。

然而,当我抵达养老院时,我的父亲正同一名经理一起坐在等候区。他坐在椅子上,脚边的地板上放着他的旧旅行包,边缘处略有磨损,但完全能用。

"一个星期。"经理说。据说这是专业灭虫人员完成工作所需的时间。害虫,他是这么说的,我由此认为,他说的是大老鼠,如果只是小老鼠的话,他就会直接说是小老鼠,对吧?

我父亲住在硕鼠出没的养老院里,他在那里玩填色游戏、输掉宾果游戏、唱歌,等着马上会从商店回来的我妈妈。

"要是你愿意的话,我可以把你爸爸转去另一家养老院。"经理提供了备选方案。

"不用,我会带他走。"我说道。我也只能这么做了。曾经,我以为我可以凭借一己之力在家照顾他,就像多年来妈妈做过的那样。我觉得我扛得住。坚持了半年之后,我不得不把他送进养老院。

我把爸爸的旧旅行包放进后备箱,紧挨着生日蛋糕。我用蓝色的糖霜做海,用灰色的糖霜做岩石,又在岩石上用糖霜画了个简笔小人儿艾瑞丝。她每天都去高岩游泳。即便是十一月,即便是二月,她天天都像是游在七月天里。我想,她肯定会非常喜欢这个蛋糕的。我花了很长时间才做好,远远超出了烹饪书上的预估时间。布兰登说,这都是因为我精益求精。可是,这蛋糕一点儿也看不出是出于一个完美主义者之手。蛋糕歪歪扭扭的，重心不太稳，仿佛经受了恶劣天气的摧残。

我为爸爸系好副驾驶座上的安全带。

"你妈妈在哪儿？"他问。

"她马上就从商店回来。"我答道。我早已不再一遍遍地告诉他，她已经不在了。这个消息每次都让他非常难过。他脸上的悲痛是那么明显，那么生动，一如我自己的悲痛再现。我不得不看向别处，闭上双眼，把指甲深深嵌进手上的皮肉里。

我上了车，发动引擎。

"先打转向灯。"爸爸下意识地脱口而出。每当念诵交规时，他就会这样。他记得所有交规。在你的大脑中，肯定有某些封闭区域是阿尔茨海默病无法闯入的。

他下达指令时，我照做了，然后在出发前给瑜伽疗养院打了个电话。

但是艾瑞丝不在那里。

她压根儿没去。

事实上，接线员说，他们那里并没有艾瑞丝·阿姆斯特朗的预约记录。这名接线员语调平稳，一听就知道每天都在练习瑜伽。

艾瑞丝之前叮嘱过我，这星期都别给她打手机，因为手机会关机。

我打了她的手机。

果然关机了。

我开车去了她在菲尔特里姆的小别墅。每一扇窗的窗帘都放了下来，整栋房子看起来就是一个女主人已经离开的房子。我把车停在了路边，这里之前总是停着她的老捷豹。出事故之后，艾瑞丝很快就恢复了视力，受伤的只是她撞上的灯柱，但是她的医生不保证这种情况不会再次发生。艾瑞丝说她并不想念那辆车，但是她问我，能否帮她把钥匙还给买了这辆车送她的男人。她说她有个会议，走不开。

"一辆车而已。"她说，"这个本地出租车司机长得像丹尼尔·克雷格，做爱的时候从不说话，熟悉城里的每一只老鼠。"

"等我一分钟，爸爸。"我边说边推开了车门。

"别着急，亲爱的。"他说。他以前从来不叫我"亲爱的"。

前院的青草近期才修剪过，清清爽爽。我站在门口，按下门铃。无人应答。我又扫视了一下花园。现在是五月。上个星期，樱桃树的枝上才鼓起累累花苞，今天，浅粉色的花朵便一簇簇怒放。它们温柔而脆弱的美，让人平静，也叫人感伤，因为花瓣很快就会凋落。一个星期左右，花瓣就会纷纷散落在草地上，如同新娘和马夫离开后教堂院子里潮湿而泥泞的五彩纸屑。

虽然确信艾瑞丝不在家，我还是叩响了门。

她会在哪儿呢？

我给阿尔茨海默病协会打电话，电话转到艾瑞丝的办公室，但是接线员告诉我的我都已经知道了。那就是，艾瑞丝不在，要去度假一周。

"是你吗，特里？"她问道，声音里有些许困惑，她想不通我怎么会不知道这件事。

"没错，瑞塔。不好意思，你别在意，我忘了。"

忽然，我有一种强烈的预感：艾瑞丝就在房子里。她摔倒了，肯定是。她倒在楼梯脚下，神志不清。她可能已经昏迷了很久，或是好几天。这种担心让我如同触电，并非所有担心都会如此，有些担忧会让我说不出话，或者浑身僵硬。屋侧入口处的木门锁上了，于是我把垃圾桶拖过来，抓住桶沿，双手一撑爬上盖子。人们认为高是一种优势，但在我1.78米高的身上，我必须说，这从来都不是什么优势。事实是，我太高了，很难跪在垃圾桶盖子上，实在不知道该把我的胳膊、胳膊肘和膝盖放在哪里才好。

我抓住了门梁，几乎是把自己从门上甩了过去，膝盖蹭在了墙上，中间还有那么一秒钟的迟疑，在放手之前，我尽可能让自己落得远一些。最后，我降落在侧通道上的一堆杂物里。我本该做得更好。女儿们总是借我的身高去够这个够那个。等我从这里出去，就去干点儿什么，游泳、跑步、普拉提，都行。

艾瑞丝后院的棚子已经清理干净，园艺工具沿着墙面挂了一排，角落里是盘绕整齐的软管，那半桶油漆多年前封口处就锈迹斑斑了，如今被清理得干干净净。我确实建议她好好归置一下这些东西，认认真真归置，否则很容易失火。然而，我还是不敢相信她竟然真的动手做了。

哪怕是棚屋山墙上的小窗户也不再布满蛛网。透过这扇窗，我看到一方浅蓝色的天空。

备用钥匙放在倒置的罐子里，就在棚屋里；我跟她说过，我觉得安全意识这么差很危险，而她全然不放在心上。

我又回到停车道上，看了看爸爸。他还在车里，还坐在副驾驶座上，跟着我放给他听的法兰克·辛纳屈的CD——《夜晚的陌生人》——唱歌。

我打开房门，房间里空空荡荡的，一片寂静。

"艾瑞丝？"一片寂静之中，我的声音显得很大，我的呼吸拦截了微小的尘埃，它们在死寂的空气里打着旋儿上升。

我穿过走廊，来到厨房。墙上凌乱地挂满了镶嵌在木质相框里的黑白照片。照片中的每一张脸几乎都是老人的脸，所有人都去过阿尔茨海默病协会，他们去的时候，艾瑞丝便会询问是否能给他们拍一张照片。

我爸爸的照片就挂在走廊尽头。他的眼中有一道光，可能是从门缝里钻进来的阳光。他骨架好看的脸被包裹在头盔般整洁的银发里，从这张脸上仍旧能看出往日的英俊，那会儿他的头发还很浓密。

他看起来很开心。不,远不只是开心。他看上去很清醒。

"艾瑞丝?"

我伸手推门,厨房门发出了吱吱嘎嘎的声响。喷一点儿 WD-40 防锈油就能解决这个问题。

厨房里有一种化学品的酸味。要不是我有所了解的话,肯定会以为是某种清洁用品。厨房表面上非常整洁。料理台上什么都没有,厨房的桌子上也空无一物,那里平时堆满了艾瑞丝的书和文件材料,有时候为了找东西,她就把手提包里的东西一股脑儿地全倒在桌子上。桌子是硬橡木质地的,我坐在这张桌子边吃过很多次饭,几乎没看见过它的真面目。如今,砂纸和清漆终于让我看清了它的样子。

起居室里,窗帘严丝合缝地放下来,沙发上的靠垫似乎变得更圆更大,在我的房子里这没什么好稀奇的,但在艾瑞丝的房子里非常显眼。艾瑞丝很喜欢这张沙发,有时候她甚至睡在沙发上。我之所以知道,是因为有一次我打来电话,那是一大清早,她完全没想到会是我。我去艾瑞丝家时会先打电话而不是按门铃,也只有在去她家时我才会这么做。我来的时候,她烧上了水,煮了一壶浓浓的咖啡。那时爸爸刚刚来到我家,一个星期还没过完。

她说她在沙发上睡着了,当她看到我盯着散落在沙发上的毯子和枕头时,便解释说,她是在看《驱魔人》的时候睡着的。

但我觉得那并不是她睡沙发的原因。我觉得是因为楼梯。有时候,在阿尔茨海默病协会的办公室里,我能看到她必须使用拐杖才能上楼。那是棍子,她说。她讨厌等电梯,爬楼的时候总表现出一副轻轻松松的样子。但是肯定不轻松,怎么可能轻松呢?

再说了,谁会在看《驱魔人》的时候睡着?

"艾瑞丝?"我从自己的声音里听出了一丝惶恐。并没有什么明显的不对劲,也没什么东西放错了地方。

或许这就是问题所在。一切井井有条,所有东西都被收起来了。

我走上楼梯，平台处挂了更多照片，卧室门全部紧闭着。我敲了敲艾瑞丝的房门："艾瑞丝？"无人应答。于是，我打开了门。房间很暗，勉强能看清床的轮廓，随着我的眼睛渐渐适应暗淡的光线，我发现床已经清理干净了，枕头在床头整整齐齐堆了两摞。床头柜上没有书。或许她把书带走了，带去了瑜伽疗养院。

但是她并没有去瑜伽疗养院。

我的喉咙深处酝酿出一丝恐慌的味道。平常，她的衣柜门总是开着，因为衣柜里的衣服乱作一团，门根本关不上，但此刻柜门是关上的。地板在我的体重压力下嘎吱作响。我伸出手去，握住了门把手，猛地拉开衣柜，好像我并不害怕里面可能有什么。

里面空空如也。在穿堂风里，空无一物的衣架轻轻摇晃，相互碰撞，奏出忧郁的曲调。我关上衣柜，拉开了房间另一边的斗柜抽屉。

空空如也。如出一辙。

浴室里，洗脸池一侧没有躺着残留着牙膏的牙刷。

浴缸边上也没有搭着湿漉漉的毛巾。盆栽植物不见了，曾经它们就在氤氲的水蒸气里装点浴室。

我听到了响亮的汽车喇叭声，转身便冲去客房，艾瑞丝把它当作家庭办公室。我一把拉开窗帘，去看楼下的车道。车还在原地，爸爸也在。我看得到他跟着 CD 唱歌时嘴巴一张一合的。我拍了拍窗户，可他没抬头。转过身去，我注意到一排黑色垃圾袋，袋口全都整整齐齐地被扎起来，靠在房间对面的墙上，袋子上印着本地慈善商店的名字。

此时此刻，恐慌从我的嘴巴滑进喉咙，再落入胸腔，在胸腔里扩散开来，直至无法呼吸。我试着按照马丁医生的建议想象自己的呼吸，试着去观察它的形状。当我对着一个棕色纸口袋呼吸时，那个口袋的形状就是呼吸的形状。

我把艾瑞丝的椅子从桌子下面拉出来，坐了上去。就连回形针都被整整齐齐地收进了一个老旧的首饰盒里。我拿起两个回形针,把它们扣在一起。手上有事可做,会让我好受不少。我又伸手去拿第三个回形针,就在这时,突然传来丁零丁零的清脆声响,吓得我差点儿从椅子上蹦起来。我觉得声源是艾瑞丝的笔记本电脑,它被合起来放在桌子上。可能是邮件、报时或者什么别的提醒。我得关掉电脑才行,否则一台插着电的电脑会有火灾隐患。我打开笔记本电脑,屏幕上似乎是个预约表格——一张爱尔兰轮渡的预约表。键盘上放着两只白色信封,摸起来还有温热。艾瑞丝又大又浮夸的笔迹我绝对不会认错。

一封信上面写着"维拉·阿姆斯特朗",那是她妈妈的名字。

另一封信是给我的。

第 2 条

时刻注意车速，
并判断出最合适的行驶速度

"区域道路的限速是每小时 80 千米。"爸爸说。

"抱歉，我……我很着急。"我瞄了一眼后视镜，以为听见了警笛声，结果并没有看见警车在后面追。

我用眼角的余光还能看到艾瑞丝的信，它被揉成了皱巴巴的纸团，就放在我的手提包上。

我最最亲爱的特里，

你要知道的第一件事，是你什么也做不了。我已经下定决心。

恐慌感在我的脑海里一圈圈盘旋，越转越快，直到我根本分辨不出自己究竟都在害怕什么。

"我有没有跟你说过我开车载过法兰克·辛纳屈的事？"爸爸说。

"没有。"我和爸爸的绝大多数对话里都掺杂着谎言。

"那是个星期五的晚上，我正沿着哈考特大街开车，堵得要死，因为……那个什么事……水……"

"下雨？"

"没错，下雨，还有……"

  你要知道的第二件事，是你什么也做不了。我已经下定决心。

红灯，我紧急停车，刹车时发出刺耳的声音。下个月这车就该去送检了，我得在那之前修好车才行。布兰登说我应该买辆新车，小一点儿、好停放的那种。可我偏偏喜欢沃尔沃的重量感。没错，这车真的快要寿终正寝了，很可能会失灵，但是坐在车里我很安心。更何况，它从未让我失望。

"……我对法兰克说，我知道你所有歌曲的歌词，我……"

  ……但是，希望你知道，这件事我已经思索良久，我是深思熟虑过才做的决定，我不会后悔，永远不会。

此前我从未去过都柏林港。我把车停在了一个残疾人车位。其实我不应该停在这里。

"爸爸，你能留在车里吗？我必须……办点儿事情。"

"当然了，亲爱的，没问题。"

"你要保证不从车里出去。"

"你是要去接你妈妈吗？"

"发誓你会待在车里，直到我回来。"

  ……或许，我这样要求有点儿强人所难，想让你理解我的选择，但是我真心希望你能理解，因为你的看法对我来说至关重要，而且……

我的父亲一脸好奇地看着我，仿佛是在努力辨认出我是谁，可能他真的是在认。很难说他到底知道什么，可能记住什么。

我朝他弯下腰去，将手放在他的肩膀上："我很快就回来，好吗？"

他咧开嘴笑了，这意味着他又把假牙取出来了。上一次，我在后备箱里一只安娜的旧运动鞋中找到了他的假牙。

"你很快就会回来？"他问。我说"是的"，然后关上门，把他锁在了车里。

……实际安排已经由瑞士的诊所负责，那里是完全封闭的……

要是车着火了，他就出不来了。他会被活活烧死，或者因吸入烟雾而窒息。但是这车从来就没起过火，那么为什么今天就要着火呢？哪天都不着偏偏今天着？我游移不定。布兰登管这叫踌躇不决。

……这一切终会发生，只是时间问题，所以必须是现在，要赶在前头，在我不能……

我跑过停车场，冲向码头大楼。我试着不去想任何事情，将注意力集中在鞋底撞击地面的声响上，集中在自己灼热而急促的呼吸上，集中在如拳头在胸腔里不断击打的心跳上。

我最最亲爱的特里，
你要知道的第一件事，是……

我一眼就认出了艾瑞丝。虽然她并不是大高个儿，但还是很容易马上看见她，她很显高。

我登时松了一口气，然后便如墙壁一般杵在原地。她正在排队，得体地等待着。她看上去一点儿也不像是打算在瑞士诊所里结束自己生命的女人，和平常也没什么两样。青灰色的头发剪得很短，几乎贴着头皮，没有化妆，没戴首饰，也不同人说话。只有当队伍慢慢往前挪时，你才能注意到她的拐杖，虽然已经用了这么久，它在她大而有力的手里还是显得那么怪异，那么多余。

我原地驻足，盯着她看了一会儿。我的第一个念头是，艾瑞丝错了，我还是可以做些什么的，虽然我还不知道究竟能做什么。事实是，我人就在这里，而她也还在这里。我没有错过她。这是个好兆头，对吧？

我瞬间如释重负，已经无暇再有其他感觉。长舒一口气的感觉已然占满心脏，堵满喉咙。当我喊出她的名字时，我的声音听上去很奇怪。

"艾瑞丝。"隔着重重人群，她没能听到我的声音。

我又走近了一点儿："艾瑞丝？"

"艾瑞丝！"一堆脑袋转向我，我能感觉到自己的脸"唰"的一下变得滚烫。我的全部注意力都在艾瑞丝脸上，她扭过脸来看我，大大的绿色眼睛牢牢地盯在我脸上。

"特里！你他妈的来这儿干吗？"

艾瑞丝说脏话的习惯是唯一让我妈妈不喜欢的地方。

我口干舌燥，松弛感弃我而去，我的身体在随着……随着什么而颤抖呢？可能是肾上腺素吧，或者是恐惧。我瞬间感到了寒意，阴冷阴冷的。我又朝前迈了几步，张开了嘴。我接下来将要说的话非常重要，可能是我有生以来说过的最重要的话。可我一句话也想不出来，大脑一片空白。最后，我只好在手提包里摸索一通，拿出信来，竭尽全力将皱巴巴的信纸捋平，好让她能认出这封信来，这样她就能知道我为何而来了。我举起那封信。

当艾瑞丝看到信纸,她整个人好像僵住了。队伍缓慢前行,她却一动不动,排在她身后的人正全神贯注地打电话,径直撞上了她的后背。

"哦,抱歉。"他说。艾瑞丝并没有怒视他,甚至连看都没看他一眼,仿佛完全没有注意到他闯进了安全距离,这本来是艾瑞丝最讨厌的行为之一。她不仅没生气,反而用拐杖推开自己的行李——一只旅行包,然后跟着这只在地板上滑行的包一起让开了路。

我站在原地,抓着那张皱巴巴的信纸。

人们纷纷注目。

我垂下手来,朝她走去。

"你这是要做什么?"我低声说。

她没有看我:"你知道我要做什么。你看了我的留言。"她目不转睛地盯着前面那个男人的后脑勺,他的夹克领子上落满了令人恶心的头皮屑。

我双臂交叉,紧紧抱在胸前,为了遏制双手的颤抖,我握紧了拳头。我之前应该好好想想自己要说的话才对。真不知道我在车里都想了些什么。我觉得我可能什么都没想,只想着到这里来。

现在我来了,却不知道该说什么,该做什么。

"艾瑞丝,"我还是开了口,"说点儿什么吧。"

"我已经在信里解释了一切。"她目不斜视地看向前方,仿佛是在和她前面的人说话,而不是我。队伍里的人全都探着脖子,想搞清楚我们到底在干什么。

"我看过信了,"我说,"但我不明白。"

"很抱歉,特里。"她垂下脑袋,声音小了许多。她的盔甲上出现了一丝裂缝,我很有可能强行撬开。

我将手搭在她的胳膊上:"没关系的,艾瑞丝。都会好起来的。我们这就到我的车里去。我的车停在外面。我爸爸一个人在车上,所

13

以我们得快点儿……"

"你爸爸？他为什么在这儿？"

"有老鼠。在养老院。这个嘛……害虫，我的意思是……你看，我会在车里跟你详细说，好不好？"

"你怎么知道我在这里？"艾瑞丝问。

"我看到预约表了，在你电脑上。"

"你黑了我的笔记本电脑？"

"当然没有！你自己开着电脑没关，多说一句，这是火灾隐患。还有，不设密码也非常不安全。"

"你闯进我家了？"

"没有！我用了钥匙，就是放在……"我降低了声音，"棚屋里的那把。"

队伍继续向前挪动，艾瑞丝用拐杖推着行李往前挪，跟着队伍一起移动。现在她已经排在前头了。

"艾瑞丝，"我在她身后喊道，"拜托了。"

"我很抱歉，特里。"她再次开口，这次看向了我，"我要搭这艘船。"她的语气毋庸置疑。在许多次阿尔茨海默病协会的委员会议上，我见识过她的行动力。开委员会议是又一件她讨厌的事情，她更愿意采取一系列行动，直接去做。她的成果往往来源于此。

我站在原地，双手无力地挂在僵硬笔直的手臂末端。

"我是不会让你这么做的。"我说。

"下一个。"售票员喊道。

艾瑞丝弯腰去拿旅行包，我看到一阵微弱的颤抖如同电流般通过她的手臂。我知道最好去帮个忙，但是话说回来，我为什么要帮忙？我是来阻止她的，又不是来帮忙的。

但是严格来说，我又不是个真正的阻挠者。

艾瑞丝说我是个诱导者。这是真的，一般我会随波逐流，尽量不引来别人的关注。

艾瑞丝把包挂在拐杖手柄上,一步跨到售票员跟前。即便拄着拐杖,她也步履坚定。

我跟跟跄跄地追在她身后。

"我来取票。"她说,"艾瑞丝·阿姆斯特朗。去霍利黑德。"

男人用短粗的手指快速敲打键盘。

"单程?"他问。

艾瑞丝点了点头。

第 3 条

没有正当理由，请勿变道

我跑了出去，父亲还在车里，车子并没有着火。我猛地拉开车门，他看着我，脸上是最近常常出现的那种表情，有点儿空洞呆滞，宛如一栋废弃的房子，或者是某个曾经有房屋矗立的地方。

"爸爸，我……"我的声音因为恐惧而陡然升高，变得尖厉。哭泣在所难免，小时候哥哥总是叫我"小哭包"。

"你妈妈现在应该回来了。"他说，"她去得太久了。"

我清了清喉咙。"她很快就会回来的。"我说。我没有时间哭，我得思考。

我想想。

我可以叫警卫，对吧？毕竟我有艾瑞丝的信，它是证据，不是吗？但它是非法的吗？艾瑞丝的计划不合法吗？她恐怕永远也不会原谅我。或许最终她还是能谅解的，或许她会因为我阻止了她而感激我呢。

我看了看表，船会在一个半小时内离港。

再想想。

我往家里打了电话。我也不知道为什么家里没人。但是在我位于萨顿的家中，电话铃声会回荡在弥漫着蜡味的走廊里，今天早上我刚刚给地板打了蜡。电话像往常一样一声声响着，对我来说算是一种安慰。

早些年，我满脑子担心的都是房子。房子可能会吸引潜在的小偷。布兰登的薪水用来还贷，我们压力重重。我还担心布兰登。我特别担心他会像他爸爸一样死掉，他爸爸去世时，还差一周就要从建筑工地退休了。

"我们可以买栋小点儿的房子。"我说，"在贝赛德买也可以，那儿的房子没有那么贵。"

但是布兰登已经交了定金，我们的住址对他来说很重要。他说我是不会懂的，因为我是在伊登莫尔的三居室市政公寓里长大的。

他让我不要担心。

可我还是忧心忡忡。

电话不再响了。"咔嗒"一声之后，是布兰登单调的声音："我们不在家。请留言。"

"你说话的时候可以再那什么一点儿……"在他录音的时候我说过。

"什么一点儿？"

"嗯……有意思点儿，我觉得。"

我不记得他是怎么回答的。我猜他可能什么都没说吧。

我挂断了电话，爸爸微笑着对我说："我有没有跟你说过，那次法兰克·辛——"

"爸爸……"

"怎么了，亲爱的？"

"要是我跟你说，我们去旅行一趟，你会怎么说？"太疯狂了。我根本不可能去。我有太多事情要处理。我有太多责任。再说了，我连换洗衣服都没有，牙刷也没有。

"那你妈妈怎么办呢?"爸爸问,"她得跟我们一起去才行。"

我扫视了一下码头大楼的前方。也许艾瑞丝会出来。当我离开的时候,她看起来有点儿震惊。很显然,她期待我做些什么。我应该怎么办呢?

再想想。

我不可能就那么上船去。那爸爸怎么办?女儿们怎么办?眼下她们都压力重重。下星期,凯特在高威初次登台演出,安娜正在为期末考试努力,这是她最后一年的政治哲学课程。

布兰登跟我说过,除非紧急状况,否则不要在他工作的时候打电话过去。

"金星保险,布兰登·谢泼德办公室,我是劳拉,有什么能帮您的吗?"

"哦,你好……我……"

"是你吗,谢泼德太太?"

"哦,是的,是的,是我——"

"真不好意思,布兰登先生在开会,他——"

"我……很抱歉,我并不想打扰他,但是我必须……得麻烦你……"

"当然没问题,请稍等。"

电话里播放的是《绿袖子》。劳拉·穆登的高效率让这首曲子听来充满慰藉。她已经在布兰登的办公室里工作多年。布兰登说,没有劳拉,他根本无法安排工作。他把劳拉称为自己的右手。

《绿袖子》循环第二遍,仍旧没有艾瑞丝的影子。我知道她肯定已经上了船。那就是她所谓的自己要做的事情,所以她似乎已经做到了。但我还是在大楼的主入口处寻找她,只是为了以防万一。

"特里,"布兰登的声音听起来有些担心,"怎么了?一切都好吗?"

"不好,但是——"到底该怎么说呢?

"女儿们都没事吧?"

"没事,没事,她们很好,只是——"

"我正在开一个非常重要的会。那些加拿大人今天早上过来了。你还记得吗?"

"记得,当然记得。"我怎么可能会忘了那些加拿大人?这几个月来,布兰登嘴里说的除了这次收购之外就没别的事了。他为自己的员工担心,害怕他们失业,这合情合理。

"你能把金融服务那个文件夹里上周的备忘录复印一下吗?"布兰登问。

"什么?"我说。

"抱歉,我在跟劳拉说话。特里,我得去——"

"等一下。"

"究竟怎么了?"他已经明显不耐烦了。

我清了清喉咙:"布兰登,我得跟你谈谈关于艾瑞丝的事。"

"艾瑞丝?"这不是他想听到的答案。我无法责怪他。一般来说,艾瑞丝并不能成为打紧急电话的正当理由。

"没错,艾瑞丝。"我回答,这样就没什么好怀疑的了。

"她怎么了?"他语调里的急迫已经不见了,他认定这就是我"没事找事"。

"那个,她……说要去瑞士。她说她要去一个地方,可以让她……是个诊所,在苏黎世。他们帮她……你知道的……结束生命。"

"什么?"

"艾瑞丝要去瑞——"

"天哪,我听见你说的话了,我只是……她到底为什么要这么干?"

"那个……她说是因为她的多发性硬化症,还有——"

"可是她并没有什么麻烦啊。她连轮椅都不用坐。"

"所以她才想现在这么做,她说,在她还能自力更生的时候。"

"这根本没有意义。"

"布兰登你看,现在没时间多解释了。船马上就要开了……"我看了一下表,"还有一小时十五分钟,然后——"

"船?什么船?"

"去霍利黑德的船。"打给布兰登是个错误。

"可是你刚刚不是说她要去苏黎世吗?她为什么要——"

"她不坐飞机。你知道的。"

电话那头,布兰登似乎是在吸鼻子:"她要去自杀,但是为了防止飞机失事所以坐船?天哪,就算是艾瑞丝,这也太扯了吧。"

"别这么说,这是——"

一阵长长的雾角声破空而来,吓了我一跳。

"你在哪儿呢,特里?"

"我在……我在都柏林港。"

"你在那里……天哪,你不是想和她一起去吧?"

"当然不是。我的意思是,当然不是。只是……她就自己一个人,而且……"

电话里一阵噼里啪啦的声音,然后是关门声。布兰登的办公室门死死关上了。等他再度开口,声音提高了许多,也清楚得多,仿佛他是把话筒牢牢压在了一边脸上。

"特里,现在你听我说,她不会真那么干的。这就是她的一种想法,就像之前她说要去撒哈拉徒步一样。"

"她确实去撒哈拉徒步了。"

布兰登顿了顿,深深吸了口气。

"你看,特里,家里需要你。加拿大人空降过来,我都忙疯了。还有凯特,下星期我们得去高威看她演出。"

"我知道，但是——"

"还有安娜怎么办？她马上就要开始考试了。这可是她的期末考试。"我想跟他说，所有这些我都清楚。我是她妈妈。我还知道其他一些事情。比如安娜一直焦虑不安，皮肤一直不大好。我本以为她会经常用我给她的除湿疹乳霜，结果她并没有那么做，我还挺高兴的。

"最佳选择是回家去，特里。我不会工作到很晚。我会尽可能按时回家吃饭。我们可以到时候再谈这件事。"

我眼前浮现出了布兰登的样子，结束了办公室里难熬的一天，终于抽出身来，结果桌子上没有晚饭，洗好的衣服还挂在后院的晾衣绳上。安娜这一周都在努力准备考试，昨天我答应她我要……

再想想。

我想到了艾瑞丝。

要是我去呢？

我不能去。

但要是我去呢？

我能说服艾瑞丝改变想法吗？我从未说服过任何人做任何事。安娜出生后，我甚至都无法说服布兰登去做输精管结扎手术。

"特里，特里，你还在吗？"我听出了他的恼怒，他急着回去开重要的会议。

"在。"

"那么我今晚能看到你吧？"

"这个，我……"

"特里，这很荒唐。"

"我要挂了。"说罢，我挂断电话。

我没有挂过布兰登的电话，从来没有。我们也确实不怎么用电话交流，即便如此，我也时刻记着要彬彬有礼，让他来结束对话，在挂断电话前好好说再见。

码头大楼外，人们要么或是站着抽烟，或是戳着电话按键，或是在手提包里找什么东西，要么就盯着不远处看。

没有艾瑞丝的身影。我又看了一下表，船将在七十分钟内离去。启程之前，你必须提前三十分钟检票。我还有四十分钟时间想办法。

再想想。

布兰登说的都没错，除了说艾瑞丝异想天开。艾瑞丝是有计划的，而不是只有念头。

"你觉得你妈妈会很快回来吗？"我看向爸爸。没有了假牙，他脸颊凹陷。他看起来很老，而且很冷，还那么瘦。他什么时候变得这么瘦？

"会的。"我答道。我真希望这是真的。妈妈肯定知道该怎么做。她肯定会有好建议，虽然她只在别人开口询问的时候才给出意见。即便如此，她还是坚信，人们从来都不是真的需要建议，他们只是需要有人倾听。

我想到了艾瑞丝，想到她坐在船上，修长的手指不停敲打着座椅扶手，急着离开，遗憾事情并没有照计划来。如果没有变数，我最快也要下周才能看到她的信，到那时，一切都晚了。

但现在还不晚。

还不晚。

再想想。

我给住在隔壁的西莉亚·墨菲打了电话，她有我们家的钥匙。她把自家大门钥匙给了我，所以我觉得应该礼尚往来。每当她去苏格兰参加那些榨汁研讨会的时候，我就帮她照顾猫；秋天的时候，她摘下自家树上的梨给我们，虽然没有一个长得像梨。我用黄姜和红糖来炖，再用特百惠的盒子装好，然后放进冷柜。冷柜里塞满了用特百惠盒子装的炖梨。我不知道为什么。我妈妈痛恨浪费，或许这就是原因所在。

"西莉亚吗？我是特里，我……不，没什么问题，什么事儿都没有，很抱歉打扰你，我……那个，我需要帮忙，然后……"

西莉亚滔滔不绝地讲起了自己的猫——绒绒和软软。其中一只生了病。我搞不清是哪一只。说着说着，她终于喘了口气，我试图转移话题。

"哦不，西莉亚，很抱歉它生了病，真希望兽医能……"

她又开始了。我紧紧握住电话，贴着耳朵："听我说，西莉亚，很抱歉打断你，但是我需要你帮忙。情况非常紧急。"我其实并没有大叫，但随之而来的沉默有些惊人。我一头冲进了这沉默之中。

"只是……好吧，我正在给我爸爸填资料，需要他的护照。呃，我的护照也需要。不，不，没什么大事，只是……只是一些文件资料，他们总是要找这样那样的东西，就是那些养老院。你能在餐厅边柜中间那个抽屉里找到。能不能拜托你……那就太好了。谢谢你。不，不，不用送到养老院。但是你真的太好了……我会……我已经预约了一辆出租车去取护照。是的，是的，我已经约好了，我会……抱歉西莉亚，信号不太好，我得挂了。没错，再见，再见，再见，谢谢，再见，再见，谢谢，再见。"

我挂断了电话。要是我停下来，想一想自己在做什么，那我八成不会这么干，所以我不能停下来。我不去细想。我给萨顿的一家出租车公司打电话，把我的诉求告诉接线员。他们一般不提供这种服务，接线员说。我说我一般也不提这种要求，但是事情紧急，我保证我能付得起车费。我歇斯底里，让自己在电话里听起来像是那种不达目的誓不罢休的人。我用大量细节对他进行狂轰滥炸，包括西莉亚的地址、我的手机号码、我的银行卡。"你们的司机多快能过来？"

第4条

路途颠簸

通往渡轮的斜坡有减速带。

"哦，亲爱的。"当我开过一条减速带时，爸爸惊呼一声。他就像一袋骨头，每晃动一下都会发出"咔嗒咔嗒"的声响。

"抱歉，爸爸，有减速带。"我说。

"但凡有减速带的地方，驾驶者应当格外小心，谨防意外状况。"爸爸说。我将手搭在他肩膀上，他笑了。停车的时候，我得找到他的假牙。我还得找到艾瑞丝。我的腹部肌肉紧紧缩成一团。最先把我撂倒的总是我的肚子，医生说我的压力就定居在我的胃里。

"能给我唱首歌吗，爸爸？"

"以前有几首歌我唱得还挺不错。还在哈罗德十字街的时候，你还记得吗？"

哈罗德十字街是爸爸长大的地方。他和妈妈一起在巴尔多伊尔共同生活了将近四十年，却从来没有提起过这地方。可是他能说出，他妈妈在屋后的狭长花园里栽种的是什么花，他小时候就住在哈罗德十字街上。

"唱《夏风》吧。我喜欢那首歌。"我真的很喜欢。爸爸便唱了起来。

夏日的风啊,从海的那边吹来
流连徘徊,抚过你的秀发,伴我同行……

他记得所有歌词,虽然歌喉不如从前那般响亮有力,但我若闭上眼睛,忘记我所知道的一切,只是静静聆听,就能听到他的歌声。听到他"从前"的歌声。

我当然没有闭上眼睛,因为我在开车,在完全不熟悉的地方开车。

一名爱尔兰渡轮的雇员指引我去了停车处。地方很狭小,车子开始嘀嘀嘀地叫起来,仿佛正在靠近什么障碍物。车的一边是船沿,另一边是辆吉普车。爸爸在副驾驶座上扭过身子,活像只悬停在鸟巢边上的幼鸟一样焦虑。"注意那边,"他说,"小心点儿。"他的脸因为恐惧皱成一团,把两只手都放在了仪表板上,以防自己受到冲击。

真不敢相信我竟然曾经怕他。

我哆嗦了一下。"你冷吗,亲爱的?"父亲问道。他把手放在了我胳膊上抚摸,像要给我取暖。这是有用的,确实让我暖和起来。

我对他微笑:"谢谢,爸爸。"

我发现他的假牙就夹在爱尔兰交通图里,放在副驾驶座旁边的门里。我和布兰登经常讨论,等女儿们都长大了,能自立了,我们就要外出过周末。就在周五夜晚出发,驱车离开,随便眼前的路将我们带去哪里都好。

我也不知道,我们为何一直没能抽出时间来做这件事。

从车里出来后,凉爽的风迎面扑来。爸爸需要的一切都在旧旅行包里,足够撑上一个星期,经理说。可我呢,除了穿在身上的衣服之外，别无他物。鞋子是深蓝色瑞克尔懒人鞋，又暖和又舒服。深蓝色裤子是从玛莎百货买来的，穿着旅行再合适不过，很耐磨，又不容易皱。我那蓝白相间的长袖圆领上衣是轻薄的棉布，完全无法御寒，但至少开襟毛衣很暖和。我把毛衣拉到胸前，交叉双臂压住前襟。我的马尾辫不停地在脑袋边甩来甩去，就我的年纪来说，这种发型有点儿装嫩，女儿们都这么说。我一把抓住辫子，散开来。

我的另一只手则紧紧抓住手提包搭扣，包里放满了钞票。当我把一沓钞票从玻璃下面的小窗口推过去时，售票厅里的男人满腹疑虑地盯着我。随身带钱绝不是我的人生信条。我是从一个之前从没用过的账户里取的钱。它是妈妈在很久以前为我开的账户，三年前她去世后我才知道这个账户的存在。我在一顶蓝色的羊毛帽子里发现了这张银行卡，帽子放在她梳妆台最上面的抽屉里。我还在帽子里发现了各种各样的东西，她的儿童津贴簿，二十一岁时她妈妈送给她的有奖债券，我的第一颗牙齿，一绺我的浅金色胎毛，还有她的结婚证。

银行卡上贴了一张小纸片，上面是密码：我的生日，还有一段留言。

"一笔为你准备的离家出走资金，以备不时之需。"她这样写道。

我很震惊。我万分肯定妈妈绝对不会赞同我离家出走，忍耐就是她的人生哲学，身在福中要知福。

这件事我没有告诉布兰登。他很可能会误会。

艾瑞丝还不知道我们在船上。

我仍然没想好要说什么，我也不知道艾瑞丝会说什么。脏话是免不了的，这点我能肯定。

"我在哪儿？"爸爸问，好像是我们正在聊天，而他不小心走了神。

"我们要去找艾瑞丝。"说着我挽住他的手臂。我的声音听起来很笃定，像极了那些知道自己要干什么的人。我把他带到船舱门口。与其说他是在走路，不如说是在地上拖着步子，就像是穿了不合脚的大码拖鞋一样，速度极慢。船舱里，则是一段一段的楼梯，他的前进速度就更慢了。

"抓好扶手，爸爸。"

"好的，但是……我们要去哪里？"

"我们要去冒险。"我对他说，"还记得你以前常常带我和休去冒险吗？去圣安妮公园。我们就是泰山和珍妮，而你就是坏人，追着我们满山跑。还记得吗？"

"哦，没错。"他说着，哈哈大笑起来，每当他不记得却要假装记得时就会这样笑。

可能休也不记得了。他已经去澳大利亚十年了。在机场时，妈妈并没有哭，她不想让他难过。他邀请过她很多次，可她总说爸爸现在这个样子，去澳大利亚不太现实。

她真应该去的。

我应该说服她去的。

我和爸爸来到了楼梯底部，旁边的门上有个圆形窗口，透过玻璃我看到了座位区域，里面还有能喝茶的小舱。

我也看到了艾瑞丝，她正在看书。我看不清书名，不过那不重要，因为我知道是哪本书。《秘密花园》。对艾瑞丝来说，这本书就相当于一条舒适的毛毯。

这本书是她小时候父亲买给她的。在她妈妈离开之后。艾瑞丝一直记得，睡觉前爸爸会读这本书给她听，以前他从来不给她读书。就是这样，她明白妈妈不会再回来了。

我推开门，一阵热浪和鼎沸的人声扑面而来，我感到爸爸有些畏缩。

"我不……"他开口了。

"我给你弄些茶喝。"我对他说。他已经忘了自己最喜欢的饮料就是一品脱健力士黑啤配上一定量的布什米尔斯威士忌。

"再来个小甜饼。"我说。他点点头，我这才说服他走进门去。

艾瑞丝的座位在窗边，她一只手拿书，另一只手抱着塑料茶杯，脑袋靠在窗户上。窗外，灰色的海浪起起落落，拖着白色尾翼，陆地则渐渐离我们远去。

我领着爸爸朝她的桌子走去。有个小男孩快速朝我们冲过来，爸爸紧紧抓住我的胳膊，当急速奔跑的小男孩和他妈妈从我们身旁冲过去时，我一把拉开爸爸，以免他被撞到。小男孩高声模仿汽笛，学得特别像，这声响引起了艾瑞丝的注意。她的视线越过书顶，看到了我们。惊讶冻住了她的面部，她的眼睛也因此瞪得大大的，嘴巴则张成一个完美的"O"形。她看上去已经不是她自己了。

我终究还是成功吓住了艾瑞丝·阿姆斯特朗。

她旁边的座位空着。我哄着爸爸脱掉外套，让他坐下来。

"你好呀，"他同艾瑞丝打招呼，"我是尤金·基奥，是个出租车司机。我住在哈罗德十字街。"他伸出手去，艾瑞丝放下书，也伸出手来，就像平日那样。爸爸却没有同她握手，而是用两只手包裹住她的手，像是在给她焐手。

坐在艾瑞丝对面的女人看着我。"你想坐在这里吗？"她问道，"你可以和你朋友聊聊。"她笑得很灿烂。

"哦……谢谢你，但是我不想打……"我开口道。

女人站了起来，将手提包背在肩上。"没关系的，"她依然在微笑，"座位很多。"

女人离开后，我和艾瑞丝四目相对。我不知道要说什么，所以我就等着，看看艾瑞丝说什么。

"真不敢相信你竟然上了船。"艾瑞丝说。

"你没有给我任何选择。"我都不敢相信自己的声音竟然如此平静。艾瑞丝盯着我的样子就好像并不认识我，只是在哪里见过我。随后,她摇了摇头,指了指对面刚刚空出来的位子。"你最好还是坐下来。"她说。

沉默将我们层层包裹,如同狮子在捕猎。爸爸则是打破沉默的那个人:"我们要去哪里?"

艾瑞丝瞪了我一眼,疑惑地挑起眉毛,等我回答。

"艾瑞丝去哪儿我们就去哪儿。"我说。

"不,你不去。"她隔着桌子探身过来,悄声对我说。如此一来,我便能清清楚楚看见她绿色虹膜外那一圈金棕色的小微粒。

"没错,我是要去。"我说,尽可能让言辞显得不容辩驳。

"你不能去。"艾瑞丝说。

"我可以。"我对她说。

这种对话可以无休止地继续下去,艾瑞丝耐力惊人。但是爸爸打断了。"艾瑞丝要去哪里?"他问。

这个问题制造出的沉默无异于最响亮的声音。我们盯着彼此。如果我能坚持不先眨眼,就能说服艾瑞丝回家。我就是这样想的。我的眼睛湿润了。艾瑞丝眨眼了,她转向爸爸,把手搭在他的手上。"我要……离开。"她说。

"离开。"爸爸重复了一遍,点了点头,仿佛那是个他熟悉的地方,而且他批准了。

艾瑞丝又看向我。每当她的脸被忧郁的阴霾遮盖,看上去便像换了一个人:"对不起,特里,我完全不想让你用这种方式发现。"

"你觉得我以后才发现会比较好?就那么一封信?"生气不是我熟悉的情绪,但此刻我怒火中烧。

"我知道这没那么容易理解。"她说。

"没错。"我也不打算轻易饶过她。

"我也要走吗?"爸爸问。

"不。""是。"艾瑞丝和我同时回答。

艾瑞丝把体育版的报纸递给他。他用手指逐字滑过标题，把每个单词都念了出来，就像我女儿学着读书时那样。艾瑞丝又看向了我："我不知道你想让我说什么。"

"你什么都不用说。"我告诉她，"跟我一起回家就行了。"

艾瑞丝叹了口气："这个决定不是随随便便做的，特里。这件事我已经想了很久很久。我查了多少资料，搞定了多少烦琐的手续，你根本想象不到。"

我差一点儿就要说我可以帮她搞定那些烦琐的手续。我很擅长这些事。无论计划本身多么令人振奋，其中都难免有沉闷、乏味的部分。艾瑞丝对复杂的手续向来没什么耐心。

但是，我当然不可能帮她处理这个计划当中的烦琐手续。

各种各样的疑问在我脑海中互相推搡。第一个挣脱出来的问题是"为什么"。我问出它来的声音比我预计的要大，几乎是在叫喊："为什么？"

艾瑞丝靠在面前的桌子上："你知道为什么。"

"不，"我说，"我不知道。"

"天哪，特里，我必须讲出来吗？"

"是的。"

艾瑞丝看起来有点儿吃惊。说实话，我通常不会这么有攻击性。"两个字母，"她说着竖起两根手指，"M、S。"

我努力让自己的语气听起来客观公正："好吧，我承认你有多发性硬化症（MS），可是没有那么严重，完全可以应对，不是吗？你一直都处理得很好。而且情况还没有那么糟糕，需要……"

"所以我才要现在做，"艾瑞丝说，"在我还能掌控自己生活的时候。"她让一切听上去都很符合逻辑，很有道理。

"上个星期，吃饭的时候你拥抱了我。"我想起了这件事。那时我走向自己的车，在包里翻钥匙，艾瑞丝从后面追上来，拥抱了我，虽然刚刚我们已经在她家门口说过了再见。

艾瑞丝耸了耸肩:"我为什么不能抱你呢?"

"你一般不那样。"

"好吧,我应该那么做。"艾瑞丝又靠回了座椅上,目光投向窗外。"你是我最好的朋友。"她说,声音平静了许多。

"所以我才不能让你这么做。"我故作轻松地说,仿佛她并没有跟我说那句……好吧,如果她还是平常的那个她,她会管那种话叫"甜言蜜语"。

"所以我才没有告诉你。"艾瑞丝说。有位绅士穿着不大合身的西装,面色愠怒,越过汤姆·克兰西①的平装书怒气冲冲地瞪着我们。我朝他的方向送上微笑,希望这个微笑能起到一点儿宽慰作用。见我微笑后,他马上又低下头继续看书。

我深吸了一口气。

我读过许许多多教养类书籍,其中一本建议说,如果一场对话进行不下去,或者钻入死胡同,不妨从不同的角度重新切入。

我也努力朝艾瑞丝挤出一个令人宽慰的笑容。"我能问一个后勤方面的问题吗?"我说道。

艾瑞丝翻了个白眼。"只不过是时间问题。"她说。

"你为什么要去霍利黑德?我的意思是……你可以从罗斯莱尔直接去加来。"这就是我身上无法自控的那一部分,会让女儿们发疯的部分,可能布兰登也会,虽然我并不经常让它出现,近来它却想要自作主张。

艾瑞丝耸了耸肩。"我在伦敦有事要处理。"她说。

我想到了另一封信,仍旧躺在艾瑞丝的笔记本电脑键盘上:"你

---

① 美国军事作家,畅销反恐惊悚小说大师,代表作有《猎杀红十月号》《惊天核网》《分裂细胞》等。

是要去见你的母亲吗?"

艾瑞丝嗤之以鼻:"天哪,当然不是。"

"只是……那封信?"

"那不是信。那是我的遗嘱副本。这样她就知道她什么也没捞着。"她语气中强烈的敌意令人震惊。她还提到自己的遗嘱,似乎……很确定。

"我知道,这很幼稚。"在我想出恰当的回应之前,艾瑞丝先开了口。

"这不像你。"我说。又来了,所有这些事,没有一样像艾瑞丝会做的,都那么陌生。"难以理解",就像爸爸常说的那样。

"把它拆分一下,一小块一小块地来处理。"每当姑娘们因为什么事情压力重重时,比如学校的项目,我就会这么告诉她们。

我打算从伦敦入手。"那么,"我说,"你为什么要去伦敦?"

艾瑞丝摇摇头:"我不想说。"

"为什么不能说?"

"看在老天的分儿上,特里,我只是……好吧好吧,如果你一定要知道。我要去看杰森·多诺文①。开心了吧?他今晚在伦敦的音乐厅有演出,我要去看。去看他,可以吗?这是我的计划,是我要做的事情。"

爸爸已经丢掉了体育版报纸,像个网球裁判一样脑袋来来回回追着我们的对话跑,此刻他正看着我,等着我回答,虽然我并不知道要说什么。

艾瑞丝笑了:"想来杯茶吗,基奥先生?"

"还有小甜饼?"他问道。我不知道他是否记得我许诺给他一个小甜饼,或者只是提起喝茶他就会想到小甜饼,可能是后者。新的信

---

① 澳大利亚歌手、演员。

息似乎总会从他身上弹开,就像瓢泼大雨重重砸在玻璃窗上。艾瑞丝手心朝下,按在桌上,支撑自己站起来。她不愿因此龇牙咧嘴,但一眼就能看出她很不舒服。说起有多不舒服,她会把腿部的感觉描述为刀刺、滚烫、透彻。她说她更喜欢疼痛,而非麻木。麻木让她在走路的时候好像多喝了几口姜汁白兰地,而疼痛则让她拒绝龇牙咧嘴。

"我去吧。"我说,然后顺畅地站了起来。这似乎很不公平,我的动作一气呵成,而她却要竭尽全力。然而在谈到多发性硬化症的时候,本就没什么公平可言。

公平和这件事儿没什么关系。

排队的感觉很好,尽管是在船上。落脚之处可能没有你喜欢的地面那么牢固,但能像平常一样排队就挺好。一段一段的对话萦绕在我周围。

"……然后我说,要是陌生人让你那么紧张的话,那你一开始就不应该做爱彼迎的生意……"

"……红棕色,会跟你的肤色比较搭,我的造型师觉得……"

"……租车公司说要想让他们升级,只能……"

都是稀松平常的乏味对话。似乎一切如常,生活正沿着既定轨道缓缓前行。

我向柜台里的男子道谢,端起托盘。托盘有一股没洗干净的清洁布味道,让我猛地痉挛了一下,想要抓起每一块清洁布(这个味道绝不止一块布有)扔进泡了米尔顿消毒液的桶里,即便漂白剂会毁掉纤维(特别是不合格的牌子),也要至少浸上一小时。

我小心翼翼地端着托盘,生怕把茶水洒出来,茶的颜色黯淡无光,不怎么值得期待。

艾瑞丝正在听爸爸讲故事,脸上兴致盎然,故事里所有的细节她以前都听过,但还是频频点头,好像这是第一次听。她对我爸爸一直都很好,对协会里的所有患者都很好。很可能是因为她的爸爸也有过同样的经历。虽然她爸爸是早发型阿尔茨海默病，和其他人的情况完全不同。"或许这是最好的结果。"艾瑞丝说，"我会把它比作被闪电劈到。以迅雷不及掩耳之势击中你，但也结束得干脆利落。"

用了十八个月。艾瑞丝当时在医院工作，她请了假，搬回父亲家里。每天下午，他们都看英国黄金台重播的《邻居》。阿姆斯特朗先生只要一听到主题曲就会猛然惊醒过来，每次他最喜欢的演员杰森·多诺文出现时，他都会用手指向屏幕。艾瑞丝一直没搞懂这是为什么，她觉得可能是因为杰森的牙齿吧。他的牙齿又白又整齐，完美无瑕，每次出场他都会挂着招牌式的笑容，嘴巴咧得大大的。差不多就是那时候，她买了杰森的第一张专辑。就像是给小婴儿的嘴巴里塞上奶嘴。"这是专门给你的"是她爸爸的口头禅。到头来，这也成了艾瑞丝的口头禅。

那时我还不认识她。那时她还没有得多发性硬化症，至少还没有确诊，虽然艾瑞丝总像小孩子似的说她的腿里有针扎一样的痛感，像火花在跳跃。当时她就是这样向父亲描述的。腿里火星四溅。所以，疾病或许一直都在。正如凯特所说，万事俱备，只等一个信号。

父亲的去世或许就是那个信号。反正她就是从那时起有了症状，她称为"转变"。视线模糊，步伐不稳，跌跌撞撞，一头撞上门框，仿佛突然失去了空间感。紧随其后的就是疼痛，肌肉的疼痛，关节的疼痛，四肢的疼痛，还有头痛。这些"转变"并不是同时出现的。它们轮番上阵，时断时续，所以一开始艾瑞丝以为这些疼痛都是自己的幻觉，或许因为疲惫。一直都是这样。医生轻描淡写地提出了自身免疫缺陷的可能性，说这些状况可能是由压力引起的，在那种状况下有这种反应很自然。父亲刚刚去世，她自己的新工作刚刚起步，担任阿尔茨海默病协会的通信官员。他将这一切都描述为压力。艾瑞丝不赞同。父亲的去世是整个发病过程中压力最小的因素，她对我说。"如果他是一条狗的话，早就能结束自己的痛苦。"她说。我同意。

我目睹过这种疾病夺走自由。

艾瑞丝对我说，终于确诊后，第一感觉是松了口气。不是阿尔茨海默病。她偶尔会有短暂的失忆，所以已经设想过最坏的可能，这还真不像她的性格，反而更像是我的专长。结果证明，记忆问题可能是多发性硬化症的另一种症状。那是另一个小礼物，艾瑞丝这么说。这个礼物就这么搁在了她门口，就像猫咪留下一只死鸟。

但是艾瑞丝的确诊并没有什么值得松一口气的，那是原发性进展型多发性硬化症。

"我升级了。"艾瑞丝从医院出来的那天说。她终于确诊了。她原本不太想让我和她一起去。"只是例行公事而已。"她说。我坚持去。我的预感不太好。没错，我确实总会预想最坏的结果。但在当时，我已经看出艾瑞丝在肢体行动方面的退化，她靠着拐杖的时候更用力，步子变缓，脸部肌肉紧绷，透露出疲倦和拼命压抑的疼痛。

"什么意思？升级？"我问。我已经感觉到心脏在胸腔内加速跳动起来。我知道艾瑞丝会怎样粉饰一件事，只为让真相听上去好接受一些。

那一天，她真是使出浑身解数。

但是，想要美化原发性进展型多发性硬化症可不是什么容易的事情。

"我们再去别的地方看一下。"穿过走廊的时候我说。

艾瑞丝停下脚步。"不必了。"她说。

"为什么不看？"

"因为我知道没错。"她的声音很平静。

那段时间她正在恋爱。哈里·哈珀，他是个艺术家，还是个全年无休的游泳健将，艾瑞丝就是在游泳的时候遇到他的。他们在海中相遇。

艾瑞丝说他们之间并非正式的恋爱关系，之所以维持了这么久，只是因为性,她说他们的性爱非常深入。而且,身为一个头韵爱好者,她很喜欢他的名字。

但她其实真的很喜欢他。我看得出来。他帅得一塌糊涂,很有趣,又对什么都感兴趣。他很体贴,很善良,总是配合着艾瑞丝的步调,小心翼翼地记着不要总是替她开门,也记得她不喜欢枣,所以从不把它们放进为她做的黏黏的太妃布丁里,因为他知道她喜欢黏黏的太妃布丁,但是不喜欢枣。

他有个前妻,没有孩子,每周他都跟前妻打一次壁球。

艾瑞丝从不相信"一生一世一双人",一次一个人就是她的哲学,所以我看得出来,对哈里,她是认真的。

然后,如她自己所说,升级了,之后便很快结束了和哈里的关系。她说,她拒绝成为任何人的负担。

"你并不是个负担。"哈里说。

"总会成为负担的。"艾瑞丝对他说。

"我不在乎。"他说,"我无所谓。"

"我有所谓。"艾瑞丝斩钉截铁。

他们就这样分手了。

我总是对女儿们说,当她们抱怨这个抱怨那个时,必须客观看待当前情况,努力从中找出积极的一面。

就这个病而言,唯一积极的部分就是,人们只会在年纪很大的时候才得这个病,艾瑞丝也是如此,直到四十五岁才确诊。

除此之外……这个嘛,也只有这个了。这个病的其他积极方面……要找出积极面恐怕不总是那么容易。

艾瑞丝勇敢面对,并没有拼命同它抗争。大多数时候,她选择忽略它的存在,闭口不提。还是有用的,我心想。长期以来,人们似乎都忘了她有这个病,这正合艾瑞丝的心意。虽然还是有些声音不断提醒她,她生病了,要多加留心,可艾瑞丝本人还是压过了这些杂音。

这是她的独门绝技,是那个真正不屈不挠的她。

  我觉得,此时此刻,我们人在这里,就是个巨大的错误。在这里,在一股子脏抹布味儿的船上。这实在不像她的作风。真奇怪,这个想法让我喘息了片刻,稍稍安心。这一切可能只是暂时的挫折,一个难熬的日子。我们都有这样的时候,不是吗?上帝知道,无论是艾瑞丝还是其他人,都有权拥有这样的一天。

  我端着托盘回到了座位上,托盘上有一杯灰扑扑的茶和三块巧克力威化饼(这是唯一供应的有包装的点心)。我的脚步前所未有地轻快,说轻快或许有点儿夸张,但我的步子终于迈得比之前灵活多了。

  一个休息日。就是这样。几周之内,我们会叫它"小故障"。

第5条

不能在正常通行的行车道上停车

　　船抵达威尔士需要三个小时，说实话，关于这趟旅途我说不出什么所以然来，只知道它就那么过去了。

　　我能说的是，威尔士闻起来不太一样，听上去也不大一样。烟尘滚滚，汽笛嘹亮，我放下手刹，现在我们又在坡道上了，不过这次我是要下坡，冲向国外的土地。

　　我完全不知道将会发生什么。

　　但艾瑞丝知道。

　　她说，我应该为爸爸和自己买两张回都柏林的船票。

　　我点了点头，但什么也没说，因为我需要思考。

　　我想想。

　　去往停车场的路上，我惊慌地想，英国人是左驾还是右驾来着。威尔士人呢？是和我们一样的，对吧？当然是一样的。只是……我讨厌在陌生的地方开车，也不喜欢在黑暗中或坏天气里开车。我从来没有在其他国家开过车。我每天开车的路线一成不变，熟门熟路。接送孩子们上下学，白天往返。开车去桑特里，一周中会去阿尔茨海默病协会办几次活动，唱歌、喝茶、吃饼干、围着圆桌聊天，都是"你最喜欢吃什么""你最喜欢哪个歌手"之类的话题。总是有人提到法兰克·辛纳屈，不仅仅是爸爸。谈到布丁的时候，大家都很喜欢粗面粉布丁。我给女儿们做过一次。当我告诉她们这是甜品时，她们都不肯相信。最后我把她们和自己那份全吃光了。她们没说错，布丁疙疙瘩瘩的，很硬。

车里没人说话。我看了一眼后视镜，爸爸在睡觉，脑袋抵在窗户上。他的上衣领口敞开着，露出细细的脖子。每一天，他似乎都会衰弱一点儿。艾瑞丝坐在副驾驶座上，看向窗外。窗外什么也没有，只有一排又一排的车停在刺眼的照明灯下。这些地方让我想起电影里出现的恐怖场景，比如某些惊天巨变。艾瑞丝喜欢恐怖故事，我喜欢历史剧。每次我们去电影院，都要为了看喜剧片还是传记片而相互妥协。

我倒进了一个特别逼仄的空位，猛地刹车又起步，把爸爸给晃醒了。他挺直身子，大喊道："左脚用力往下踩。"我浑身紧绷，脑袋转来转去，眼观六路时脖子都快断了，最终安全地把车停好了。

我看着艾瑞丝。"我们到了。"我说，这话说得毫无必要。

"你打算怎么下车？"她说着冲旁边的路虎点了点头，那个庞然大物离我的车门只有几英寸。

"我爬到你那边出去。"我当然想用更好的方式去停车，但我已经尽力了。艾瑞丝打开她那边的车门，将双手扣在膝盖后面，把双腿抬出车子，再把手放在头枕和车门上，以此为支撑，让自己站起来。我把拐杖递给她，她靠在上面，关节处的皮肤因为用力而泛白。她家里有张轮椅。"以防紧急状况。"在我发现的时候她说，那张轮椅被折了起来，搁在杂物间的晾衣架后面。我觉得她肯定从来都没有坐过。我探进后座，帮爸爸打开车门。"你现在在做什么？"他想知道，他的脸因为焦虑而变得苍白，护理人员说要不惜一切代价避免他产生这种焦虑。他需要稳定，当我接他出来进行大冒险的时候，他们告诉我。大冒险是我们的说法，其实就是去圣安妮公园喂鸭子。他依然喜欢这项活动，即便他已经开始把喂鸭子的面包塞进自己嘴巴里。

要么就是去金斯利那家很漂亮的咖啡馆，那里的服务员很友好，从不介意爸爸把面巾纸撕成一百片撒满餐盘。他还会把糖包从碗里拿出来，沿着桌子边码成一列。把果酱涂满火腿三明治，要么就在苹果挞上涂满番茄酱。不管他做什么他们都不介意，他们还记得他的名字，点单的时候还会对他微笑，好像他说得特别清楚明白，完全没有颠三倒四。

"别担心，爸爸。"我说。我微微一笑，把手放在他胳膊上，温柔地摩挲了一下。他看上去又震惊又忧虑。

"我要出去吗？"他朝我打开的车门点了点头。

艾瑞丝朝他弯下腰来："没错，基奥先生，你现在可以出来了。我会带你去喝杯茶，特里去搞定你们回都柏林的船票。"说罢她看向了我，我什么也没说，而她则点了点头，好像我对此真的没有异议，好像我确实同意她的提议。因为，面对现实，大部分人都会按她说的这样做。

"再来一块小甜饼？"爸爸问。

"没问题。"艾瑞丝答应。

他慢吞吞地从车里挪出去。这迟缓的举动正合我意，因为我需要时间来思考。

再想想。

我拎起后座上艾瑞丝的包。她可真是轻装上阵。要我说，里面顶多只有三天的衣服。

也就是说，我可能有三天时间。

三天。

三天里，布兰登会非常担心那些加拿大人。他的部门里有很多年轻人，两个人刚刚申请了贷款，还有一个刚刚有了孩子。

41

后进先出①，他们挂在嘴上的不就是这个吗？

还有安娜。认认真真、努力学习的安娜，即便如此自觉，如此用功，却总是坚信自己会考砸。这是她的期末考试，不是每周一次的拼写测验。不过话说回来，就算是那些拼写测验，她也担心得不得了。

还有凯特的演出，下个星期在高威，是她初次登台。这是件大事，当然是。她会为此紧张不安，还假装一点儿也不紧张，依我的经验来看，这只会让她更紧张。

家里需要我。

如果我不在家，会怎么样？

我无法想象自己不在家，因为我总是在家。

可是我已经不在了，而迄今为止，什么也没发生。至少还没发生什么事。不过距离我今早离开家门，才过去七个小时，我看了一下手表。怎么只有七个小时呢？他们甚至还不知道我已经离开了。布兰登肯定以为我没有上船，我知道他肯定会这么想。

因为家里需要我。

抛开那一切不谈，我难道真打算拖着老爸跟我兜上三天？这个也不谈，单说艾瑞丝，一旦她怀疑我不按她说的做，打算干点儿别的什么，她肯定会暴走。

再想想。

在码头大楼里，艾瑞丝指给我售票处在哪儿。"我们在这里见，好吗？"她说着冲咖啡厅点了点头，咖啡厅飘出来的味道好像炸锅里的油因为紧急情况而需要更换。

艾瑞丝给了我最灿烂的笑容，笑得毫无保留。"谢谢，特里。"她说。

"谢什么？"

---

① 企业需要裁员时首先解雇新员工，即"后进先出"原则。

"只是……谢谢你理解。"

我点点头。

我什么也不理解。

我停在了售票处门口。艾瑞丝和爸爸走进咖啡厅之前转过身来,我动作夸张,假装在包里翻找什么东西。可能是,钱包。没错,是钱包。我轻而易举就找到了。于是我又动作夸张地表示我找到了。要是凯特看到我的演技,肯定不会让我参演她的节目。我用余光看见艾瑞丝在等。爸爸困惑地东张西望,样子有些恼火,好像他完全不知道自己在这里干吗,但能肯定绝对没好事。

我走进售票处,像高举奖品一样举着我的钱包。

一离开艾瑞丝的视线,我就掏出了手机。有一通布兰登的电话我没有接到。我拨了他的号码。女儿们总是让我把人家的号码存到手机里,但我就是喜欢一个数字一个数字地拨出去。这让我有时间整理思绪,想清楚要说什么。

布兰登马上就接起了电话,好像一直坐在电话旁等它响起。

"特里,"他问,"你在哪里?"

我准备好的说辞被咽了下去。其实也算不上是什么说辞,只是,你知道的,组织了一下语言而已,算是一个解释。有时候,我的语言会出现"突发状况"。我知道我肯定有。现在,我一个字也说不出来,那段简短的说辞就在我大脑的某个盲区里。

"我在霍利黑德。"我说。

"霍利黑德?"好像他从来没听说过这个地方。

"是。威尔士的轮渡港。"

"该死的,你去那里干吗?"他说出了"该死的"这个词,我有点儿震惊。因为我们不这么说话,我也想不起来上一次他冲我大声嚷嚷是什么时候。哪怕是看电视比赛,都柏林在决赛时登场,他都不会提高音量。事实上,我完全想不起我们上一次争吵是什么时候。有很长时间了,至少也有几年,我敢说。

"艾瑞丝说,要去听音乐会。"我突然说出这句话,听上去实在有点儿荒唐。

"音乐会?"布兰登说话磕磕巴巴,似乎觉得自己听错了。

"杰森·多诺文。"我说,只是为了赶紧结束这个话题,"他演过那个肥皂剧,你还记得吗?《邻居》。"

"天哪,杰森·多诺文跟这件事儿又有什么关系?"

"那个,其实没什么关系。只是,艾瑞丝想去看他的演唱会。就是今天晚上,在一个音乐厅里。在伦敦。你可能知道。"

顺着电话线,我听到那头布兰登的呼吸声,空气被深深吸入肺里,停滞,再沿着细细长长的气管,从嘴巴里呼出去。手机又烫又滑,我仿佛握不住。他开口说话,声音还算从容:"我想艾瑞丝可能是因为自杀而感到焦虑吧?"

我什么也没说。我什么也不敢说,因为我忽然非常生气。我怒火中烧,强压着滚滚怒气。如果我用鼻子呼吸,鼻孔就会冒出烟来,我就是这么生气。这种感觉很奇怪,我被愤怒彻底淹没了。

"特里,你还在吗?"布兰登问。

"在。"我说。我的回答听起来如鲠在喉,仿佛有人扼住了我的喉咙。

"那……"

"那什么?"

"首先,你什么时候回家?"

"我不能确定。"

我听出布兰登把话筒换到了另一只手上:"听我说,特里,你得回来,尽快。"

"为什么?发生什么事儿了吗?姑娘们还好吧?"

"当然,她们很好。该死的,她们为什么会不好?"

又是那个词。他的声音还在升高,或许他的血压也在升高。医生说过,那其实不算高血压,只是……他得多加注意。注意日常饮食,可能也要增加一些运动量。我看向周围,站在我身后的女人猛然转过头去,似乎聚精会神地盯着墙上的钟,我估算了一下,那钟慢了五分钟。我降低声音:"布兰登,听着,冷静一下……"

"别跟我说什么冷静,我正在搞清楚状况。如果继续这么荒唐的奥德赛之旅,你接下来的日子绝对不好过,还要拖上你那可怜的爸爸。实在是太……太……"他努力想找出一个恰当的词来,"不负责任。"这就是他在找的词。在他锁定这个词,并将它重重砸向我之前,我已经被它刺痛了。我看到艾瑞丝和爸爸已经进了咖啡厅,坐在窗边。艾瑞丝正用一只不锈钢茶壶往两只杯子里倒水。爸爸正用勺子把一块贝克韦苹果挞切成一百块,同时用眼睛仔细观察着窗外行色匆匆的路人。我很肯定,一天要吃五顿饭的他,今天一顿饭还没有吃过。

布兰登说得没错。我这么做确实很不负责任。

"……而且,要是姑娘们知道你在——"

"你跟她们说过了吗?"

布兰登叹了口气:"早些时候,是安娜从家里给我打电话的。"

"她有没有穿洗过的衣服?我放在她床上了。我是用新买的有机洗涤剂给她洗的。药剂师告诉我,对于湿疹患者来说,这种洗涤剂是整个超市里最合适的。"

"看在上帝的分儿上,特里,我不知道。只是……回家吧,停下吧,马上。"

"她穿了吗?"

"什么?"

"穿上衣服了吗?我跟她说过我都为她准备好了。她真的很担心这次考试,我——"

"她想知道你人在哪儿。"

"你怎么说的？"我屏住了呼吸。

"我说……我说你出去了，和艾瑞丝一起。"

"然后她什么都没问？"

"没问。她一门心思都在考试上。"

身为母亲的愧疚感狠狠地击中了我。有时候我会在学校门口或者超市里碰到一些上班族妈妈，她们常常说起这种愧疚。我都会点点头，说"哦，没错""真是绝望啊"，还有"理所当然"。但事实是，我从来没有感受过这种愧疚，我从未离开过女儿们。我就在她们身边，永远都在。

"凯特打电话了。"

"凯特？"凯特从来不打电话，都是我给她打，在每个星期天晚上，新闻开始前的十分钟，我挂断电话时新闻往往还没开始。当然了，如果我没有给她打，她肯定会找我，但是她太忙了，尤其是现在这种演出在即的紧要关头。再说了，她更喜欢用短信聊天。大部分年轻人肯定都喜欢。

"她为什么要打电话？"

"我不知道。"布兰登说，"是我们在高威那边住宿的事情。她说她联系不到你。"说罢，他陷入了沉默。

"宾馆有什么问题吗？"我问。

"可能是。我不太确定。你看，你确实应该自己和凯特去说一下。"布兰登说。

"但是你都跟她通过话了啊。你为什么不跟她聊一下呢？"

"我不在电话里谈事情，特里，你知道的。"

"好吧，我最好还是别跟你通话了。"

"特里，等一下，我——"

我挂了。

这是一天之内我第二次挂他电话。

也是二十六年来的第二次。

第6条

靠近主干道交叉口时，务必让行

"你还好吗？"我走进咖啡厅时，艾瑞丝想问问情况。他们已经把茶喝光了，爸爸也吃光了那些切得碎碎的苹果挞。

我无法呼吸，而且很可能满脸通红，我从售票处狂奔到书店，又跑来咖啡厅。我也不知道我为什么要跑。人们纷纷注目，仿佛从来没看见过大步奔跑的高个子女人。

我心烦意乱，感到血液涌上平日苍白的脸颊。我曾经为了控制肥胖症和心脏病，每天拎着装了换洗衣物的筐子，沿着楼梯跑上跑下好多次，或许平常都控制得很好，但今天全都爆发了。我想不起上次跑楼梯是什么时候了。

我把书放在桌子上，封面朝上，这样就不会有什么混淆。爸爸读着书名。

"从A到Z的伦……嗯……敦。"他现在读东西都是这么颤颤巍巍的，手指一个字母一个字母地滑过去。

"不行。"艾瑞丝说。

我脱下毛衣开衫，坐了下来。我感到自己出汗了，腋下湿漉漉的，又想起三天内可没机会换衣服。不管几天我都没换的。我打开了书。"嗯，我之前没在伦敦开过车。"我说。"音乐厅在哪儿？"我实事求是地问，然后又不假思索地继续问，"你订好住的地方了吗？"

"你不能跟我一起来，特里。"艾瑞丝说，她的声音沉稳坚定，不容一丝异议。

"我要去。"我回得漫不经心。

"不行。"艾瑞丝说，声音陡然升高，"你别去。"

"如果要去瑞士的人是我，你会跟我一起去吗？"

"如果你希望我去，我会去。"

"如果我不希望你去呢？"

"你看，这种争吵根本毫无意义。你是不会去瑞士的。"

"你怎么知道？"

"因为……你总觉得会找到治愈方法。"

"确实！"

"但那是不可能的。"

"可能。"

"不太可能。至少在我有生之年是不可能了。"

"除非你坚持要缩短自己的寿命。"我低声说，但还是不够低，吸引了邻桌一对情侣的注意力。

艾瑞丝瞪了那对情侣一眼，他们连忙把头扭向另一边，好像对辛辣的食物特别着迷，反正正常人肯定不会喜欢那些食物的。

今晚我原本打算做海鲜派。爸爸在家的时候我就常做鱼，吃鱼补脑。布兰登却认为，以爸爸目前的状况，吃鱼起不到什么作用。我们判断他的病已经达到五级了。但是做些你觉得积极的事情还是很重要的。我想起了家中明亮、舒服的厨房，一把摇椅正对花园，今天早上，我刚刚赞美过去年九月种下的郁金香，花朵已经在细长的花茎上翩翩起舞了，宛如涂满了橘色、红色和黄色的调色板。

爸爸指向了挂在墙上的电视屏幕,记者正在一起交通事故的现场。

"如果你靠近主干道交叉口,"他背诵道,"务必让行。"

"听到没有,艾瑞丝?"我看着她,"务必让行。"

"你们都吃好了吗?"女服务员在我们桌子旁边问道,手拿托盘,嘴巴里鼓鼓囊囊地嚼着口香糖。

"好了。"艾瑞丝伸手去拿拐杖,撑着自己站起来。站定之前她晃了晃,我从服务员脸上看出了经常见到的好奇。

人们习惯于用裸眼就能看出来的疾病,不然就会怀疑某人是不是病了。这也是艾瑞丝极少跟人说她有多发性硬化症的原因之一,以免听到"你看起来挺好啊"之类的话。

"没,还没好。"我对服务员说,"很抱歉,但是……还没,我们还没结束。"服务员正挥舞消毒喷雾,我最受不了那东西,谁知道里面都是什么化学物质?

"我等一下再来。"说完,服务员便带着"有毒"喷雾离开了。她看起来小心翼翼的,好像我们是那种接下来不知道会干出什么事儿的危险人物。

"我是不会让你自己去的。"我说。这话需要我说多少次我就说多少次,如果没用的话,那我就跟着她。无论她去哪儿,我都跟着,决不让她离开我的视线。

"你改变不了这个结果,特里。"艾瑞丝说,"这不是像龅牙之类你能补救的事情。"

确实,龅牙很容易矫正,只要你钱够多。女儿们的正畸医生和布兰登的银行存款可以证明。

"我并不想改变什么,只是不想让你一个人去。"这不是实话。我确实想改变这个结果,这是可以补救的。当然我说的不是多发性硬化症,至少目前还不行,但眼下的状况可以改变。

艾瑞丝并不是个悲观主义者。

她是个现实主义者。

我现在对话的正是她现实的这一面。

"要是你摔倒了怎么办？在去苏黎世的路上，要是你生病了怎么办？万一你太累了，走不动了呢？这段路很漫长，什么事都有可能发生。"

艾瑞丝把旅行包搭在肩膀上，"抱歉，特里。"她说。然后她转过身，朝门口走去。我跳起来，椅子腿和地面摩擦出尖锐的噪声。我必须做点儿什么，我必须说些什么。

我想想。

"你可能会噎住啊。"我在她身后喊道，"你可能会噎死的。"

这太残忍了，一般情况下我是不会这么说话的。或者说，我从不说这样的话。艾瑞丝几乎没什么害怕的东西，除了坐飞机。我也知道她不怕濒临死亡，也不怕死去。

但是疾病损害了她的吞咽功能，她特别怕噎死。她说她宁愿被烧死。

一旦想到死亡，我就会变成一个忧心忡忡的人，而不是什么存在主义思想家。女儿们小时候，我经常想象一些危险场景，孩子们陷入险境，而我无能为力，救不了她们。穿着婴儿连体服的凯特从楼上开着的窗户爬出去。安娜不知不觉从人行道上跌下去，德凯利地毯公司的卡车正在寻找55号楼，正好从她摇摇摆摆的小身体上碾过。

艾瑞丝停住脚步，转过身来。她走回桌子边："你说什么？"几乎是耳语，好像不敢相信我竟然说出这种话。

"我懂海姆里克腹部冲击法。"我说。

"那玩意儿和这件事儿有什么关系——"

"要是你噎住了，"我说，"我可以用海姆里克腹部冲击法。"

艾瑞丝缓缓摇头："听着，特里，我知道你不理解，可是——"

"我不想试着改变你的想法。"我说。

她就那么看着我，检查我的面部表情。我因为说了谎所以十指交叉，这是从小就有的习惯。

我感觉到艾瑞丝的决心有所松懈。同时我也清楚，这并不是因为我的劝说多么有力，而是因为她累了，我马上趁热打铁。

"我永远也不会原谅自己，"我说，"如果我让你自己一个人去。"

"看在上帝的分儿上，我现在是不是应该内疚得要死？"

"嗯，不是，但是……我会内疚。"

"去他的，天哪。"

"抱歉。"

"抱歉什么？"

"让你不爽了。"

"我没有不爽。"

"你有。"

"谁觉得不爽了？"爸爸焦虑地问，我和艾瑞丝双双看向他，都有点儿不好意思。我猜可能是因为我们都有点儿忘了他的存在，而且他完全不知道发生了什么。

艾瑞丝一屁股坐下来，好像双腿突然断了。她叹了口气，摇摇头，我知道我赢了，虽然"赢了"这个词可能并不恰当。

"两个条件。"她说。

真不敢相信才两个条件。我点点头，等她说。

艾瑞丝竖起左手食指。"第一，"她开始说，"接下来的旅程里，我们不再讨论这件事儿。"

我在一张纸巾的遮掩下食指交叉，并且点了点头。

"我会做到。"我答应她，这恐怕很难归为"善意的谎言"，就是个彻头彻尾的无耻谎言。我之后会再考虑这个难题。至于现在，我必须集中精力，因为艾瑞丝正竖起第二根手指。"第二，"她说，"你最远只能跟到瑞士边境,然后你必须掉头回家去。"

"好吧。"我说。第二个谎言竟然说得这么轻而易举,我自己都震惊了。我已然成了骗术大师。

我看得出艾瑞丝也很震惊。要是在其他状况下,我恐怕会很开心。因为艾瑞丝是个宠辱不惊的人。

"完全没问题?"她问。

"完全没问题。"我重复道。

她再一次伸手去够拐杖,把自己撑起来。

爸爸跟着站起来。

我也紧随其后。

"麻烦你现在就要搞清楚,我是不会改变主意的。"往咖啡厅门口走的时候,艾瑞丝说。

我点了点头。我很清楚,艾瑞丝今天决心已定,但还有接下来的几天可以争取。看看她的行李,可以判断或许有三天时间。这足够艾瑞丝改变想法了,足够我说服她改变想法了。

事实上,我这个人从来就没什么说服力。

但这不是我自己的事,这是艾瑞丝的事。

艾瑞丝不会那么做的。到最后,她肯定做不到。真相显而易见,艾瑞丝热爱生活。或许她只是忘了这一点。有时候我们就是会忘了,不是吗?谁都可能碰到这种事儿,对吧?

而我所要做的,就是提醒她那个简简单单的事实。

第 7 条

启程之前，先安排好住宿

我的手机响了一下，提示有短信，不是布兰登就是哪个女儿。我不大愿意把自己的号码留给别人。但是我在开车，不能看手机。

我正开在英国某条陌生道路上，眼下我们肯定是在英格兰了，因为已经离开霍利黑德好几个小时。我后面的车一直冲我鸣笛，尽管我的车速是——我瞄了一眼车速——我的天，时速六十五英里。我赶紧减速，结果引来更多鸣笛。

在高速路上当然应该开得快一点儿，但是我不大擅长开高速。我就开过一次，是在 M50 高速路上。就连上了年纪的司机都冲我摁喇叭，虽然他们一脸歉意，好像别无选择的样子。

艾瑞丝打着哈欠伸了个懒腰。"我们在哪儿？"她问。可我无法回答她，因为我也不知道。"再跟我说一次，你车里为什么没有 GPS 导航？"她一边问一边把没电的手机连上充电器。

"因为我不需要啊。"我说，"通常我都知道要去哪儿。"

我把交通图递给了艾瑞丝。结果呢，艾瑞丝并不像我以为的那样擅长看地图。

"你为什么会这样以为？"艾瑞丝很想知道，这是个好问题。我现在知道真相了，看来我的设想非常荒唐。她从我包里掏出手机，看到屏幕上的"无服务"字样后又扔了回去。

爸爸意识到事情不妙，迷上了大声读出我们经过的每一个路标，路标真的非常多，所以大声读出来的机会也非常多，通常情况下会很有趣，但是目前，我们有很大概率错过转弯，或者很多次转弯，这可就不太有趣了。

我也不好意思说他打扰到我了。

"爸爸，没问题的，你不用——"

"班戈，"他喊了出来，"是那儿吗，特里？"

"不，我觉得不——"

"切斯特。"过了一会儿，他又喊道。

艾瑞丝彻底放弃了地图。

"伯明翰。"爸爸喊道。

外面开始下雨。下午的时间一点点流逝，道路在拥堵。艾瑞丝瘫在座椅上，仿佛电量耗尽。如果要说的话，她会说，疲劳就是多发性硬化症最糟糕的症状，虽然她看上去好像从不会累，除了此刻。但是我猜今天……好吧，今天绝不是普普通通的一天。

我想把车停在硬路肩上，查一查地图，但是硬路肩绝对可以添加到我的恐惧清单上。停在硬路肩上，这是让自己置身险境。

我继续往前开。

"弥尔顿·凯恩斯。"爸爸又喊道。

我瞥了一眼油表，油量不足四分之一。但是我不能提，要是我说了，爸爸就会担心，而他一旦有了什么可担心的事情，就会一直盯着这件事儿，真的会一直盯着，就像哪怕你求他别再撕掉耳朵和嘴巴上的死皮，他还是要撕，医生开的药膏又不管用，你只能给他抹凡士林。

我继续往前开。

艾瑞丝的计划是在高速路上搭出租车,横穿英国和法国。

在第一部分计划当中,她允许我横插一脚,这让我燃起了希望。

她剩下的计划我还没有完全摸清楚,所以有点儿担心。我所了解的只有那件事儿,安排在周六早上。

五天。不是三天。

她轻装出行。

但是星期五晚上医生要跟她开个会才能拿到处方,以确保艾瑞丝心智健全。或许,如果我的计划能实现的话,那就可以取消后面的行动,因为到那时她已经改变了主意。

艾瑞丝从来没有改过主意。

可万事总有第一回。

而行动在未实施之前,都不是行动。

今天是周一。

我还有时间。

"卢顿。"爸爸喊道。

"沃特福德。"

我抱着谨小慎微的乐观,希望我们的大方向是正确的。

前面有个加油站。我可以加满油,查一下我那本《从 A 到 Z》的书。没问题的。

艾瑞丝订的公寓在斯托克纽因顿。

"离音乐厅很近吗?"我一边问一边翻手册。

"不近。"

"那图什么?"

"你保证不笑。"

"我保证,肯定不笑。"

"那里有个秘密花园。"

"什么意思?"

"好吧，其实是个屋顶露台，"艾瑞丝坦白，脸都红了，"但是有秘密花园的感觉。你看见就知道了。"

艾瑞丝看起来似乎毫不怀疑我能找对地方。就在今天，准时到达。

书上说，斯托克纽因顿离沃特福德开车要一小时。书上还说，那里离莱斯特广场的音乐厅有7.4千米，今晚杰森·多诺文就是在那里演出。或者说4.6英里，毕竟这里是英格兰，这里用英里。手机又有了一丝信号后，我允许自己短暂地乐观一下。我打算用手机上的应用程序找到那个公寓，这个应用程序我以前从来没用过，因为我也从来没有在不认识路的地方开过车。应用程序里女人的电子音听起来很厌倦，徘徊在不耐烦的边缘。现在我开始担心漫游费和交通拥堵税，但是艾瑞丝告诉我漫游费已经取消了。同时，她用自己刚刚充满电的手机随便刷了几下电子卡，交了税。

她让一切看起来简简单单。

但伦敦的交通系统可不简单，一条条线路都汇聚到拥堵的路口，我们似乎沿着同一条街不断兜圈子。之后我看到了路标，这条路的名字让我突然想起，我们已经离家十万八千里。

左转。右转。右转。再右转。左转。从第二个出口驶出。直行通过前方路口。我的余生好像都要这么度过了，听从一个电子音没完没了地指给我的方向，永远也无法抵达。所以，当终于到达目的地时，我无比惊讶又如释重负，这两种感觉旗鼓相当。

此刻我正站在大楼门口，我环顾四周，这里看上去很紧凑，是定制公寓，并没有什么花园的踪影，无论是秘密的还是其他什么。好在它有地下停车场，艾瑞丝有密码。

艾瑞丝订的公寓在顶楼，房间很宽敞，数量不多的家具让它显得更宽敞。我们的脚步声在光秃秃的墙壁上来回反弹。有一段逼仄陡峭的楼梯通往屋顶，靠拐杖很难爬上去。但是艾瑞丝一定会排除万难，因为她没说错，屋顶上有个秘密花园。虽然这花园可能有点儿言过其实，毕竟它的面积不大，真要说起来，反而更像书里刚开头的那个秘密花园，而不是后来玛丽·伦诺克斯和朋友们一起悉心照料的欣欣向荣的花园。花盆和花篮里积了太多去年的植物，茂盛的野草沿着露台的地板间隙冒出头来。小小的人工水景完全败给了斑斑锈迹，水流落在光滑浑圆的石头上，声音格外动听，一旁的折叠椅带来了一抹明媚的红色，与活泼的绿色常春藤对比鲜明，常春藤缠绕着熟铁围栏，将这一片区域围起来，也确保不会有人从边缘跌落。

这里没有小小的羞涩的知更鸟，跟着玛丽·伦诺克斯满花园翻飞，只有一对羽毛参差的乌鸦，停在碟形卫星天线上，用冷峻的黑眼睛审视我。我朝它们走去，挥了一通手臂，而它们纹丝不动。

至少围栏看起来还算坚固。地面在很遥远的下方。

屋内的墙壁粉刷成了淡淡的奶油色，灰色的地砖踩在脚下冷冰冰的。在任何一栋房子里，厨房都是我的最爱。这里的厨房有一排闪亮的电器、干净的碗橱和大理石台面。灶台看起来像是一次也没用过。

冷清，用这个词形容这个厨房再合适不过。就在这一刻，一阵孤独感席卷而来，纯粹而有力，压迫得我双腿发软。

我打开手机，查看之前的短信。有一通布兰登的未接来电。我肯定会给他打回去，但不是现在。我会晚点儿再打，或者是明天，明天我可能会稍微清醒一点儿。我得让头脑清醒点儿，我需要新鲜空气。我得从这个厨房出去，从这间看似宽敞但实际并不宽敞的公寓走出去。

我想起来了，我需要内裤、袜子、换洗衣物，还有睡衣、牙刷和梳子。

对了，还有英镑。

不知怎么搞的，这倒让我想起需要弄个插头转换器。

还要去法国。

如果我们要去法国的话。

但我们也很可能不用去，因为在那之前，艾瑞丝肯定能恢复理智。

我把爸爸安置在电视机前，找找有没有体育或者野生动物节目给他看，或者西部电影什么的。我碰巧翻到了罗尼·奥沙利文和马克·塞尔比在克鲁斯堡打斯诺克比赛。陷在扶手椅里的爸爸立即挺直身子，双臂交叉抱在胸前。"绿球，四分之一球。"他边说边冲屏幕点头。

他保留了和某些事物有关的词汇量，斯诺克就是其中之一。这或许是对过往的证明，他的奖品和奖章曾经摆在他们房间的架子上，如今这些东西全收在一个大纸盒里，放在我家阁楼的阴暗角落。

罗尼俯身在球案边，球杆在拇指和食指间的"V"形豁口里快速滑动，直指白球。他击中了绿球。"就是这样，罗尼，好小子。"爸爸对他说。

"我很快就回来，爸爸。"我说着朝门边走去。

"好的，亲爱的。"他说道，眼睛完全没从屏幕上挪开。

艾瑞丝在比较小的那间卧室里，躺在其中一张床上。她穿着跑女性迷你马拉松时的 T 恤，去年她代表阿尔茨海默病协会参赛。

不过十二个月之前，艾瑞丝眼都不眨就能跑十千米。

而现在呢，才刚下午她就躺在了床上。

"你在干吗？"我问。

"休息一下。"

"你从来不休息。"我察觉到自己的语气里充满了指责。此情此景就好像她是站在一个临时演讲台上，向每一名听众宣布自己得了多发性硬化症。这就像她把这个结果按在我脸上摩擦。

"我经常休息啊。"艾瑞丝说，"只是我都在自己的房子里休息，你看不到而已。"

"好吧，可你从来没说过你会在家里休息。"

"我知道你在生我的气，"她说，"我感觉到了。"

"我为什么要生你的气?"

"因为这个。"艾瑞丝指了指一无所有的房间,"这个……环境。"

"听着,"我说,"我过来只是让你知道,我要去买东西。我想知道你是否需要带点儿什么。"

艾瑞丝摇了摇头:"不用,谢谢。你要去哪里买东西?我在这附近没看到玛莎百货。"她咧开嘴笑了,我俩都知道我有多依赖玛莎百货。但是我没办法,那里就是……购物体验很舒服。我知道所有东西的位置,而且还不贵,质量可靠,还有,没错,那里的衣服可能无法让你鹤立鸡群,但是每天早上穿衣服的时候光彩照人也不是我的追求。

"你可以把你爸爸留在家里。"艾瑞丝说,"我会照看他。"

"不行,那你就别想睡了。"

"我不是要睡觉。我只是休息一下。"

"那好吧,如果你确定的话。我不会去太久的。我去买点儿吃的。"

"不,别买了。我今晚要带你和基奥先生出去吃。我觉得我们可以找个吃塔帕斯①的餐厅。"

"听起来很不错。"这算不上是什么征兆。我敢打赌,艾瑞丝肯定不记得我第一次吃塔帕斯就是跟她一起。

艾瑞丝抬起头来,用手支着脑袋:"你还记得我们吃过的塔帕斯吗?在萨福克街上。"

我在她床边坐下:"记得。"

"那天晚上你告诉我,韦伯这只猪是怎么在你八岁生日时把你变成了素食主义者,记得吗?"

"我记得。"我笑了。

那天放学妈妈去接我,我俩坐在双层巴士的顶层,一起玩"我是

---

① 一种西班牙传统小吃。

59

间谍"的游戏,到了镇子里,我们下了车,我抓着她的手穿过奥康奈尔大街去伊森书店。我在小道上寻找警察。妈妈总是对我说,如果我走丢了,就要去找警察,所以我总是很留心找警察,以防万一。

那天我读完了一整本《夏洛的网》。就是这本书让我发现,原来熏肉、香肠、火腿和猪肉都是从像韦伯这样的猪身上来的。我把自己锁在浴室里,想着我吃过的所有熏肉、香肠、火腿和猪肉。当我告诉妈妈,我再也不吃肉时,她只是笑了笑。爸爸说:"你妈妈把什么放到你面前,你就要吃什么,并对此心怀感恩。"

那天晚上在塔帕斯餐厅,艾瑞丝逼问我为什么吃素时,我就把《夏洛的网》这段往事告诉了她。

"对一个八岁孩子来说,可真令人赞叹。"她说。我还记得她说这话时看我的目光,是某种敬佩的目光,我觉得不太合理,因为我并没有其他的童年英雄事迹可讲。大多数时候我是一个害羞、谨慎的孩子。但是那天晚上在餐厅里,当艾瑞丝像那样看着我,我觉得我可能不只是个害羞、谨慎的孩子吧。可能……好吧,可能还是挺可爱的。

艾瑞丝侧躺下来,闭上眼睛。我走到卧室门边。"特里。"艾瑞丝因为困倦而声音沉重。

"怎么了?我在呢。"

"那些塔帕斯真的很好吃,是不是?"

"没错。"我说,"你快休息一下吧。"

我走出卧室,穿过走廊来到客厅。我发现自己在哼《哈利路亚》的副歌部分,这太奇怪了,因为我从来不哼歌,这是我的铁律。我记得,那天晚上我们离开塔帕斯餐厅,朝出租车站走去时,她用最尖细的嗓音哼了这段曲子。我便同她一起哼唱,我不是故意的,完全是不小心。艾瑞丝搂住我的肩膀,唱得更大声了。说我不是个天生的歌手很恰当,尤其不适合当众唱歌,即便是和如此亲近的人一起我也同样不自在,但我还是提高音量,挽住了艾瑞丝的手腕。

那时她还不需要拐杖。看菜单的时候她的手微微颤抖,但她没有提,也不做任何说明。或许她假设我已经通过最可怕的办公室"八卦"知道了她的多发性硬化症,事实也确实如此。

我常常忘了她有多发性硬化症。我对她说过一次——我为此真心地向她道歉——她说那是别人对她说过的最美好的话语。当时她正打算去爬凯里郡的卡朗图厄尔山。我正帮她打包,她把一大包药丢进了登山包隔层里,我就是在那时跟她说了这些。艾瑞丝完全没有给多发性硬化症留时间。她一直忙着过自己的人生,忙着做好玩儿的事情。即使我现在知道了什么是原发性进展型多发性硬化症,以及这种病究竟有多严重,我还是会说,在我认识的人当中,没有一个人像艾瑞丝那么热爱生活。她让生活看上去……我不知道……与众不同,有时候算是津津有味吧。就像第一次吃塔帕斯。

第 8 条

确保你的车辆安全行驶

天气阴沉,天色将晚,而我必须去购物,买衣服。我讨厌买衣服。

这里没有玛莎百货,有个特易购便利店,还有一家星巴克。我买了一些洗漱用品,还有一杯外带的脱因咖啡。

服装店都是一些精品店,橱窗里全是瘦骨嶙峋的光头模特,衣服上没有价签。然后,我看见马路对面有一家苏·莱德慈善商店。

我从来没在慈善商店买过东西,虽然多年来,我为它贡献了许许多多黑色垃圾袋,大包小包地装满了玩具、书和衣服,都是女儿们的。我并不是在自吹自擂什么的,只是,如同我说的,我讨厌浪费。休说,别费事把女儿们的衣服寄给他了,因为他的妻子并不喜欢给伊莎贝拉穿家里人传下来的衣服,再说了,寄到澳大利亚去的邮费很贵,这件事并不值当,我怎能不同意呢?

休的妻子卡桑德拉是个很有意思的人。不是说搞笑,只是有一点儿……冷淡,或许应该这么说。

上次休和卡桑德拉回家时,小伊莎贝拉才两岁,所以那肯定是,哦，五年前了。他们把伊莎贝拉留给我和布兰登，两人待在梅瑞恩酒店。他们说不想让我们感到不自在，又觉得梅瑞恩可能不太适合小孩子住。他们也很清楚，我乐意尽可能多花时间来陪伴我的小侄女。

这倒没错，但这个时间或许不是凌晨四点钟，她总在这时醒来，因为时差和陌生的环境。

每天晚上她都要在我的床上睡觉。布兰登则睡在客房，他说他不介意。

这里肯定是伦敦的时髦街区，因为慈善商店看起来特别像精品店，还有配饰可选，一个打扮完美的年轻女人站在柜台后面，眉毛夸张得吓人。商店里弥漫着和破旧衣服、废弃鞋子无关的明媚而清新的味道。

年轻女子的目光落在了我身上，我立刻紧绷起来。

"有什么需要帮忙的吗？"

通常我会说，不用，谢谢。我总是说，我就随便看看。

"不用，谢谢。"我说，"我就随便看看。"

"你想看看什么呢？"女人问。在她的胸牌上，她名字里字母"i"上的那一点用的不是点，而是一颗硕大、夸张的爱心，她叫珍妮弗。

"我就是需要……什么都要吧。"我说。

"没错。你来对地方了。我敢说，你是……"她上上下下打量着我，"十码？"

"没错，我——"

"我敢说，根据你的身高来看，你的鞋子应该是七码。"

我点点头。她又全神贯注地研究了一下我的胸部。

"34B？"

"没错。你是怎么……"

珍妮弗耸了耸肩。"这就是我的工作。"她说得很职业，"我现在要做一些越权的事情，告诉你一些和你自己有关的事情。"而我突然间害怕起来，觉得她能直接看穿我。她好像什么都知道。

珍妮弗眯起眼睛看着我："你是个不情不愿的购物者。"

"呃，这个，我猜，你可以说是——"

"回答'是'或'不是'比较好。"

"嗯，就刚刚而言，我……是。"

"你经常去玛莎百货买东西。"

"你怎么知——没错。"

"你对穿搭没兴趣。"

"呃，这个嘛——"

"是不是？"

"我觉得是，确实。"

"你喜欢舒服的衣服。"

"是的。"这点没什么难的。谁不喜欢舒服的衣服呢？

"你可以躲在舒服的衣服里。"

"这个嘛，我不会——"

"是不是？"

"这个嘛——我不——虽然我觉得我——"

"今天是你的幸运日。"珍妮弗说着指向试衣间，"到里面去，把衣服脱下来。"

"全脱掉？"

可她已经施施然走开了，并且从衣架上拿下了好几件衣服，一边拿一边焦虑地自言自语。

我什么也顾不上了，只怕自己太粗鲁，只好老老实实按照她的吩咐去做。不过，我保留了胸罩和内裤。她的意思并不是让我把这些也脱了，对吧？是这意思吗？

不是的。我敢肯定不是的。

再说了，慈善商店本来就不卖内衣。

难道他们现在也卖了？

但是不可能，他们不能卖的。这里的东西都是二手的，不是吗？

即便是我，也要对二手内裤说不。

"呃，我不需要内衣。"重重的丝绒帘子将我和售货员隔开了，我提高声音喊道。

她没有回答，但我知道她听见了，因为她停止了自言自语。

"你好了吗？"她人不错，还知道询问我，我准备告诉她我还穿着内衣和内裤，结果她已经准备就绪，拉开了帘子检查我。胸罩和内裤都是玛莎百货的，已经穿了很久，就连玛莎百货的内衣最终也会穿旧。

但我还不想扔掉它们，它们只是……看起来有点儿旧了。

"让我们从这条短裙和上衣开始。"珍妮弗说道，同时从镜子里打量我。我也看着镜子，她看到了什么，我就看到了什么。我那老旧的胸罩和内裤，松垂的胸部，布满妊娠纹的小腹，苍白的皮肤和汗毛密布的双腿。我都看见了，通过正对我的镜子。瘦瘦高高的身材，灰褐色的头发，褪色的蓝眼睛，映在全身镜里，被好莱坞式的灯泡残忍地照亮。

看到你再好不过，亲爱的。

我手忙脚乱地套上裙子（只能干洗）和可机洗上衣，虽然我永远也不会买它们，因为那根本不是我会穿的颜色——分外醒目的绿色和紫色，也不是我的风格——裙子太短，上衣也太短。我不知道怎么说，反正就是太绿太紫了。

不过，我现在至少有衣服蔽体。

"怎么样？"年轻女人问道。

超短裙的裙腰上有什么尖利的东西戳进了我的皮肤，而上衣的V领也太深了，这样的话我就得一直花时间低头看，注意自己有没有走光。

我感到一次恐慌性购物即将完成。

"我会买的。"我说。我得从这里出去，不然情况只会更糟。我可能会去一家可怕的精品店，女人们会对我的身高评头论足，然后说"我知道你需要什么"，即便你已经告诉她们你只是随便看看，"你需要的东西"会变成一条八十欧元的围巾，而你永远也不会戴，因为你从来不系围巾。

　　珍妮弗双臂交叠，观察我的脸色。"你为什么要买它们？"她问。

　　"呃……我……因为它们挺可爱的。"

　　"不啊，它们并不可爱。"

　　"那你为什么要让我试呢？"

　　"只是测试一下。"

　　"哦。"

　　"而你失败了。"

　　珍妮弗露出微笑，我注意到她的门牙上沾了一点儿红彤彤的口红，这让我好受了一点点。

　　"好了，"她松开手臂，摩挲双手，"我们来练习一下，好吧？"

　　我点点头。我不知道她是什么意思。

　　我忽然有点儿怀疑这是那种整蛊电视节目。但是她直勾勾地盯着我，我没办法检查商店有没有藏起来的摄像头。

　　"我要给你看一套衣服，你要直接告诉我你对它的看法。我能知道你有没有说谎。"她盯着我的眼神仿佛我已经说谎了似的，于是我说"好的"，她微微一笑，又露出了那一点儿口红，我们就这样开始了。

　　如果这是个小测验，那就是快问快答那一类的。

　　她拿出了一套又一套衣服，她管那些衣服叫全套装备。不仅仅是上衣和裙子或上衣和裤子，她还搭配了项链、腰带、帽子、鞋子、外套。她让我站到全身镜前，拿着第一套衣服贴在我身上比画。

　　"这个嘛，这套……确实挺可爱的，只是——"

　　"我只需要一个词。"珍妮弗不耐烦地说，"最好是一个形容词，可以吗?"

"好吧。可是……在开始之前,我能不能快速地问一下……有没有深蓝色的衣服?"

"深蓝色?"她反问,"要干吗?"

"这个嘛,因为你知道的,我喜欢深蓝色,我——"

"没人喜欢深蓝色。"她再度举起手里的所有套装,没有一套是深蓝色的。

"低俗。"我开始了。

"哦,没错,非常好。这一套呢?"

"廉价。"

"那不是跟低俗一个意思?"

"不一样。廉价主要是指品位和质量都不行,而低俗可能是质量还不错,但有点儿艳俗。"

"很不错嘛。这套呢?"

"浑身痒痒。"

"这套?"

"暴露。"

"这套?"

"太琐碎了。"

"这套?"

"略暴露。"

"这套?"

"时髦、讲究。"

在我穷尽自己的形容词之前,珍妮弗也用尽了所有衣服。她把手臂垂在身体两侧,开始重新评估我。我看得出她很吃惊,对此我竟然有点儿满足。可能因此有了勇气吧,我指向了一条夏日连衣裙,但是我永远也不会穿,因为那是一条亚麻裙子,颜色如清晨薄雾,很容易起皱，而且不耐脏。一条亚麻的颈背系带连衣裙，刚好到我枯瘦的膝盖处，会露出一截剩下的小腿，我还得剃毛，而且……

"选得好。"珍妮弗说，如同批准似的点点头，"还有呢？"

最终，珍妮弗成功说服我买了满满三个手提袋的衣服，包括：

- 水粉色飞行员夹克（丝绸质地——要用冷水手洗）；
- 绛红色半身裙（棉质——可机洗）；
- 绿色豹纹A字形半身裙（丙烯酸纤维——已经没有洗涤标签了，但是我觉得应该是反面洗涤，三十摄氏度水温比较保险）；
- 棕色（深巧克力棕，大概是70%可可的样子吧）猫跟鞋，我永远也不可能穿在脚上，因为我从来不穿高跟鞋（仿麂皮鞋面）；
- 银灰色"男朋友"风开襟毛衣（80%丙烯酸纤维，20%棉，手洗比较安全）；
- 水粉色网纱高腰长裙（合成物暂不明确）；
- 柠檬绿色T恤衫，星星点点地洒满水粉色（是最柔软的棉质！）；
- 七分袖浅桃色针织短衫（马海毛！）；
- 棕色"罗马角斗士"凉鞋（皮革）；
- 两件细条纹上衣（一件猩红色！一件橘色！！）；
- 一条白色紧身牛仔裤（牛仔布料），屁股口袋上狡猾地加上了水钻装饰（很短，冷水循环洗，还得加点儿醋）；
- 丝绸衬衫裙，太短了，用这么柔软的布料很不明智，隐约呈淡蓝色，珍妮弗说和我眼睛的颜色如出一辙（仅干洗）；
- 黑色单肩单袖上衣，在我看来像缺胳少腿似的，但珍妮弗向我保证，这件衣服简直就是为我设计的，可以突出我精致的锁骨和格外修长的手臂（在购买前我忘了检查洗涤标签……）；
- 两件胸罩（一件是黑色，蕾丝花边；另一件雪白而柔软，很难相信它没被漂白过）；

• 一顶草帽，配一条粉色棉布格子缎带，珍妮弗毫不讽刺地说这顶帽子会让我非常出众。

对了，还有那条亚麻连衣裙，在袋子最底下，已经起皱了。

珍妮弗摇了摇头。

"真没想到你有这种本事，特里。"她说道，我们现在已经关系很好了，可以直呼其名了。

"我也没想到。"我这么说的意思只是我拥有了这些衣服，但不代表我会穿上它们。多佛可能有玛莎百货，应该有吧？

"你必须穿上它们。如果你不穿，我会知道的。"我又有了那种她能看穿我的感觉。我觉得她什么都知道。

我很努力地没有把什么事儿都告诉她。但是，我显然会跟她说起我的女儿们。

布兰登说我可以去参加《足智多谋》节目，把女儿作为我的专长项目，在节目里，我肯定能带着椅子一起离开，让你来不及说出"我要有始有终"这句话。

我说我正在自驾旅行，和艾瑞丝还有爸爸一起。对于我在旅行却没有带换洗衣服这件事，珍妮弗并没有做任何评价，反而想知道艾瑞丝是不是我最好的朋友。

我说"是的"。尽管我们的友谊能够延续至今对我来说仍然值得惊讶。我和艾瑞丝，就像巧克力和红辣椒。

我没说艾瑞丝是我唯一的朋友。如果有人承认自己朋友很少，必定会让周围的人尴尬。我当然有很多熟人。但是艾瑞丝……我觉得艾瑞丝恐怕不知道应该怎么当个熟人。

※

实事求是地说，是艾瑞丝闯进了我平静而普通的生活。当然了，在她闯进来之前我就已经注意到了她,因为她是阿尔茨海默病协会的负责人,主席也好,常务董事也好,总裁也好,我不是很确定她的头衔,因为艾瑞丝怎么都不像顶着那种头衔的人。她在她父亲去世后作为志愿者加入协会,协会为阿姆斯特朗先生做了许多事。他患有阿尔茨海默病,艾瑞丝说,现在轮到她为协会做些什么了。所以她加入进来,并在短时间内放弃了自己在库姆医院的护士长工作,开始运营这个组织。

我第一次同她说话,是她来求助。

不,那不是真的。她并没有开口要求,只是碰巧在大厅后面的小厨房里,大厅里正在举行一周两次的阿尔茨海默病协会咖啡早茶会,而她正同咖啡壶的盖子做斗争。她整个人都压在咖啡壶上,好像她的体重能让盖子乖乖转动,虽然她体重不轻(必须说明,她身上并没有一盎司赘肉,只是身体强壮)。尽管她的手掌巨大,像铲子一样,她会亲口这么说,但这双手在那天早上无法搞定咖啡壶的盖子。我当然没有表现出我知道该怎么办,而是忙着找果酱。爸爸最近固执地喜欢在两块消化饼干中间令人恶心地抹上黑莓果酱吃。可她还在跟盖子纠缠,于是,我伸出手去,用手指包裹住盖子。我目不斜视地往前看,看着水槽周围发黑的勾缝剂将瓷砖顶得变形。不知怎么回事,我就是确信艾瑞丝不会拒绝帮助。我感觉到她长长的手指悄然缩回去,便把咖啡壶滑到我这边的料理台末端来,用我那双巧手拧松了盖子,又把壶传给她,整个过程中,我的目光都集中在勾缝剂上,或许我想到了醋和小苏打,这两样东西混合在一起就能把油污清理干净。她可能飞快地嘟哝了一句谢谢,我呢,可能是点点头接受了吧。然后我找出果酱,检查了一下保质期,把厨房留给了烧水壶的哨音,尖厉而持久。

正式同艾瑞丝碰面是在几周之后。当时我在家,正是晚饭时间。我们正在吃蘑菇杂烩饭,所以应该是周一或周三,这两天我会做凯特最喜欢的烩饭。安娜喜欢的饭菜则是在周二和周四做。每周五我们都会出去吃饭,星期六晚上我会烤金枪鱼排,因为布兰登很喜欢。周日则不固定,虽然我经常做咖喱,还好大家都很满意。

让每个人都满意比你想象的要难。

门铃响了,我去开门,竟然是艾瑞丝·阿姆斯特朗。

看到她,我很惊讶,连"你好"都没说。是艾瑞丝先开的口:"哎呀,她在这里呀,时代英雄。"

我完全不知道她在说什么。

"你打算邀请我进门吗?"她问,这时我才注意到下雨了。其实只是毛毛雨,尽管如此,当你湿漉漉地站在别人家门口时,这雨还是挺烦人的。

"天哪,抱歉,我……当然了,进来吧。"

艾瑞丝围着餐桌走了一圈,和每个人握了手。她完全没提起我们正在吃的晚饭。

"你真是个幸运的男人啊。"她对布兰登说,并且拍了拍他的肩膀,"生命中拥有特里这样的女人。"她对他莞尔一笑,而布兰登也做了他唯一能做的事情。艾瑞丝·阿姆斯特朗这样对别人笑的时候,别人也只能做同样的事情,还给她一个微笑。我到现在都能想起布兰登当时很快活的样子,像是被艾瑞丝的笑容点燃了。

我站在厨房门口,不知该做什么或该说什么。我猜我是在担心她的吃饭问题。如果邀请她和我们一起吃饭的话,剩下的饭菜还够不够?艾瑞丝喜不喜欢蘑菇呢?很多人不喜欢。

"你绝对应该为她骄傲。"艾瑞丝边说边来回看着姑娘们和布兰登。没人立刻回应她,她便转向了我,然后又转回到桌子上,空空的双手放在屁股上。"你没告诉他们!"她说。她的声音有点儿惊讶。即便是在当时,我们还不是朋友,她好像就已经很了解我是个什么样的人了。

"告诉我们什么？"布兰登看看我又看看艾瑞丝，之后目光再次回到我身上，他看上去好像有点儿害怕。可能"害怕"这个词有点儿过了。不过在我们家，用餐时间并不会常常出现这种情况——厨房里有个陌生人在讲话。也不是说艾瑞丝是个彻头彻尾的陌生人，我只是……好吧，我对她还不太了解。

"你们的妈妈今天救了泰德·戈尔曼的命。"艾瑞丝说。

"哦，确切地说，我不会……"

"泰德是协会最重要的捐助人之一，"艾瑞丝费劲儿地脱掉外套搭在椅背上，然后坐下来继续说道，"今天，他去我们的某个日托中心参观，突然倒地，特里给他做了心肺复苏，救了他一命。"她拿起一片蒜蓉面包，咬了一大口，片刻间，房间里唯一的声音就是艾瑞丝的臼齿咀嚼面包的声音。"我刚从医院回来，医生跟我说，如果不是特里的及时抢救，泰德今天晚上就得躺在棺材板儿上了。"

一片沉默，因为大家都很震惊。女儿们看着我，布兰登看着我，艾瑞丝也看着我。我感到滚烫的血液顺着脖子冲上脸颊。

"真不敢相信你竟然没有告诉我。"布兰登的语气接近控诉。

"我是打算说的，"我说，"等吃完饭后，大家都休息的时候再说。"我也不知道自己说的是不是实话。救护车来的时候我溜走了，继续做我这一天的事情。我从干洗店取回布兰登的西装，去伊森书店给安娜拿我帮她预订好的练习册，把爸爸带回家照顾一天，帮妈妈洗了衣服，在回家路上去食杂店采购了一番，然后做晚餐。说实话，做完这一切之后，我几乎已经忘了戈尔曼先生的事情。

"这个蒜蓉面包真好吃。"艾瑞丝评价道，伸手就抓起了布兰登的餐巾擦了擦嘴巴。

"请和我们一起吃饭吧。"我说道，但还是非常担心食物可能不够。

"恭敬不如从命，我快饿死了。"艾瑞丝说罢就把布兰登的餐巾塞进了自己的领口,"因为太惊心动魄,我午饭都忘了吃。"

"我都不知道你会做心肺复苏。"布兰登说,而我正绞尽脑汁从锅里刮出分量足够又不失体面的烩饭来。

"我上过急救课程,还记得吗?"我说,"在孩子们小时候上的。就是……你知道的……所以我得知道该怎么办,如果她们……把自己烧伤了或者发生别的意外。"

"哦。"布兰登说。

"我差点儿忘了。"艾瑞丝大喊一声,从包里掏出一瓶香槟来——我的意思是,普通的香槟,不是那种起泡酒。"我们得敬你啊,特里。你真是个多才多艺的女人,总在危难关头如天降神兵,无论大事小事。"艾瑞丝冲我眨眨眼,我猜她可能是指咖啡壶的事。虽然那算不上什么危急关头啦,但……我还是很确定,她指的就是那件事。

※

装好所有战利品后,珍妮弗说:"一共七十四镑二十便士,如果你准备好付款的话。"我递给她两张薄薄的五十英镑钞票,还带着取款机的余温。我对她微笑:"再见,珍妮弗,谢谢你的帮忙。希望所有衣服都能派上用场。我敢肯定,要是你解释一下的话,你的女朋友一定能原谅你。"

"你真这么想?"

"是的。众所周知,盆景树很难养。而且,很明显,她为你疯狂。"

"谢谢你,T。"她竟然喊我"T"!"旅途愉快。你们下一站要去哪里?"

"我也不是很确定。"

"哇哦,我猜你可能跟我妈妈差不多,随身带着覆膜的行程本。"

"确实,经常的。"我说,"我的女儿经常抱怨我缺乏自发性。"

"我也经常抱怨我妈妈。"珍妮弗说,"但是如果没有她的话,我早就迷路了。"

离开前,珍妮弗拥抱了我,虽然她跟所有客户都可能这么自来熟。

开门时,门"叮当"响了一声,我一步跨上了主路。

高街。在英国你会这么叫。

不管怎么叫吧,反正是一条路,一个陌生地方的陌生道路,我的包里也没有覆膜的行程本,我喜欢不断触碰那个本子,只要有它在,我就很安心。

我觉得就是在那时那刻,我突然想到了那个计划。

我要给艾瑞丝的妈妈打电话。

维拉。

给维拉·阿姆斯特朗打电话。

就像珍妮弗说的,没有妈妈的话,我们都会迷路。即便是维拉那样的妈妈,乍看上去可能无论何时都不会成为一个模范妈妈。但是从本质上来说,她仍然是个妈妈,或许她正是艾瑞丝此刻需要的人。

反正也没有其他行动计划,这看上去是个可行选项。

让她知道我们在城里,一定不难,我们正路过她的地盘。我提一下,或许她愿意见一面呢。我可以把她当成惊喜送给艾瑞丝。

艾瑞丝痛恨惊喜。

但维拉并不知道。

我非常肯定,艾瑞丝上一次见到维拉是在父亲的葬礼上。艾瑞丝说,维拉之所以会来,只是想看看遗嘱里有没有什么东西留给她。

不可能是那样的。至少,那不是唯一的原因。

不管怎么说,维拉都是艾瑞丝的妈妈。无论发生什么事,这都是改变不了的事实。

从那以后，她们再没有说过话。但是再给彼此一个机会永远不算晚，是哪位名人这么说过，还是我在哪件T恤上见过？

这不重要。我的主意已定，信念牢牢扎根。我深信，母亲的爱是此时此刻艾瑞丝最需要的东西。母亲的爱是一座桥梁，能跨越所有的伤痛与漠视，好吧……抛弃，没错，这是无法回避的，可能是很难跨越的鸿沟。

但也不是全无可能。

第9条

有备无患

我没拿手机,把它放在公寓里充电了。但是刚刚,在街角,我看到了鲜红色的伦敦电话亭。

那可能就是个暗示。

我走进电话亭。电话锈迹斑斑,还有一股尿臊味儿,让我眼睛发酸,但是当我用被袖子遮盖的手抓起听筒时,里面传来了拨号音,还有电话查询台的号码,电话上方贴着操作指南,我打算忽略上面的天价服务费,这个电话必须打。在接线员应答之前,我就往脏兮兮的投币口里塞了好多硬币,她有阿奇威路上的维拉·阿姆斯特朗的电话,艾瑞丝放在笔记本电脑上的信封上写了地址,而我记住了。她问我是否需要转接过去,我说"是的",接线员说"请稍等片刻",电话里响起了阵阵铃音,这就意味着在伦敦的某处,在阿奇威路上,有一部电话正在响铃。我想象着那是一部老式电话,也可能是黑色的胶木电话,被放在走廊抛光的桌子上,桌腿弯曲,还有个小抽屉,她在里面放了可能是优惠券之类的东西,我猜,或是针织图案样式。

"哪位?"一个粗粝、沙哑的嗓音,声音里充满疑虑,有浓重的伦敦东区口音。

"你好，是……维拉·阿姆斯特朗吗？"

"是的。你是哪位？"

"我是特里·谢泼德。"

"从来没听说过。"

"是的，是的，你肯定没听说过，我可能解释得不太清楚。"

"确实不够清楚。"

"我是艾瑞丝的朋友。"

"谁？"

"艾瑞丝。你女儿。"

"我知道艾瑞丝是谁，非常感谢。"

"当然了，我只是……我想要解释……"

"艾瑞丝出什么事儿了吗？"

"没！没有。只是……好吧，我们今晚在伦敦城里，我想你可能会愿意跟我们见见面？"

迎接这份提议的是一阵沉默，漫长的沉默。因为太过漫长，我以为电话已经断开了。

"你好。"我说。

"你好，我还在。"

"哦，好的。"

"艾瑞丝知道你打电话来吗？"

"这个嘛……你也看到了。我觉得……也许会是个惊喜。"

维拉像个女巫一样大笑起来，是嘎嘎嘎地笑，声音尖厉。我不得不把听筒拿得离耳朵远一点儿。忽然间她不笑了，好像有人突然打断了她。然后她说："你说你叫什么来着？"

"特里。特里·谢泼德。"

"好吧，特里，特里·谢泼德。你知道通往地狱的道路是用什么铺成的吗？"

"呃……是……善意吗？"

"完全正确，亲爱的。我明白你是善意。可是，如果你觉得她看到我会高兴的话，那你可能没那么了解她。"

我迅速思考，想说"给彼此第二次机会永远不迟"之类的话，但我还是没有说。

相反，我说的是："我们今晚会去音乐厅，从七点半，我不太确定，到十点半吧。在莱斯特广场。"

"我知道音乐厅在哪儿，亲爱的。"

"你当然知道，抱歉。"

"你打算告诉艾瑞丝你打电话来了吗？"

"不。"

"很好。因为这事儿……"

"我的零钱快用完了，阿姆斯特朗太太，所以，我们今晚有希望见到你吧？我很期待。"说罢，我就挂了电话，连再见也没说。这种情况从来没有过。

我走出电话亭，回到街上，一辆巴士擦肩而过，掀起一阵强劲的冷风，珍妮弗一心一意的关怀原本给我留下不少余温，这下全被这阵风卷走了，还有我的草帽，从店里出来的时候珍妮弗坚持让我戴着。我看着它在空中飘着，然后坠落在马路中间，当即被一辆城市越野车碾平了，那轮子看起来更适合安在拖拉机上。

我摇摇晃晃地走在人行道边缘，迅速地将头左右转动，等待川流不息的车子出现空隙。等我终于拿回帽子，它已经扁得像一块松饼了，还印着黑漆漆的轮胎印。

如果这是个信号，那可不是什么好兆头。

第10条

当心可能遮挡前方视线的路况

我记不清上次去看演唱会是什么时候了。即便是在年轻时，我去得也不多。那么多人挤在那么狭小的空间里，冷空气凝结的水珠顺着墙壁滚落，上厕所要排队，然后呢，等你终于排到前头，厕所也非常恶心，完全就是细菌的天堂，通常也没有厕纸或者肥皂，只有细细的冷水可以稍微保护一下自己。

这已经足够说明，我对杰森今晚的演唱会毫无期待。我对杰森本人没什么意见，不过我必须承认，我也不是很清楚他究竟做什么工作。

"你没必要跟我一起去。"当我用谷歌查询音乐厅的电话时，艾瑞丝说，"再说了，也不会有余票了。"

有余票。我买了两张。

"你不能带你爸爸去看演出。"艾瑞丝说。

"他喜欢音乐。"我说。

"他喜欢的是法兰克·辛纳屈。"艾瑞丝说。

"确实。"

离开前，我检查了艾瑞丝平板电脑上的所有东西。开车去唐人街的停车场要花二十二分钟。为安全起见，我预留了十五分钟用来停车。然后，花两分钟走到音乐厅，但是考虑到艾瑞丝的拐杖和爸爸缓慢的步伐，我把这段时间延长到十分钟。从生理上讲，爸爸的腿脚没有任何毛病，高级顾问医师的报告可以做证。但他每一步都走得畏畏缩缩的，就像光脚走在铺满鹅卵石的海滩上。目前还没办法解释这种现象，但确实是必须考虑到的因素。

一共需要四十七分钟，所以在演唱会开始前的六十分钟，我们得离开餐厅，以免出现我没有考虑到的意外。

艾瑞丝穿了一条翠绿色的丝绸连体裤，我以前没见过。凉鞋是银色的，还扎了柔软的灰色头巾，和她的发色很搭。洗完头之后让头发自然晾干，这是她的习惯。她化的妆是她称为晚妆的那种，有浓重的睫毛膏、口红，隐隐约约的腮红沿着面部长而立体的骨骼扫了过去。

"怎么回事？"艾瑞丝问我，"你看起来很焦虑。我把腮红涂脏了吗？我没化好，是不是？"

"这就是我的默认状态嘛。"我说道，并尽力让面部表情放松一点儿，"你看起来很棒。"

"我喜欢你在伦敦的穿搭。"艾瑞丝说着，咧开嘴笑了。

我低头去看我的新衣服。我穿的是粉色网纱高腰长裙，浅桃色七分袖马海毛针织衫，棕色罗马凉鞋，为此我不得不刮掉腿毛。我用了爸爸的剃须刀，为了穿这条裙子还划伤了两处皮肤。

裙子里面是我的新内裤，在快易购便利店里买的，选择有限。内裤的衬料就那么一点点，和舒服完全不沾边。

哪怕头发还是梳成平常的马尾辫，但我看起来还是完全不像我自己。

"这完全不是我。"我说。

艾瑞丝并没有理会我的保守，而是说："你看上去很美。"在我想到怎么回答之前，她已经钻进了车里。

每件事都照计划进行。在停车场，我想办法找了个停车位，小心翼翼地把我的车子挪进去，不能伤到自己的车，也不能剐蹭到别人的车，五分钟我就搞定了一切，给自己多留出了十分钟。

去音乐厅的两分钟步行却花了八分钟。主要原因是爸爸非要停下来欣赏街道上挂起的一排排红色中国灯笼，不然我们还能更快。不过我不得不承认，当我驻足仰头，这些灯笼真的非常喜庆。

步入剧院时，我扫视人群，却找不出任何一个可能是维拉的人。

但是话说回来，我怎么能认出她来呢？艾瑞丝没有一张她的照片。无论从哪儿看，艾瑞丝的房子里都没有维拉的痕迹。

我甚至不知道维拉有多大。在我的想象中，她可能是七十多岁吧。艾瑞丝一直没提过和她妈妈有关的任何细节，此时此刻，我真希望自己没有给她打过电话。还是别管了吧。平常我不是个多管闲事的人。

世事不可强求①，我妈妈总是这样说。

别多管闲事，是她的另一个座右铭。

多说无益。

音乐厅看起来像个赌场，我们还有二十一分钟的富余时间，艾瑞丝说，这些时间足够在吧台喝杯东西了。

她不应该喝酒。医生说饮酒和吃药有冲突。我爸爸也一样。而我又是司机，所以……

艾瑞丝伸手拍打吧台，"亨德森酒，给我们每个人都来一大杯，如果你愿意的话。"她对吧台后面的年轻男子说。男子一头黑发，笑容拘谨。他窄窄的面庞上残留着痘印，那可能让他备受困扰，他可能觉得这些痘印永远也不会消失。我想趴在吧台上俯身过去告诉他，凯

---

① 原文为法语 *Que sera sera*。

特在过二十三岁生日之前,也是这样以为的。

"给我一小杯就行。"年轻人开始服务时,我喊道,但他并没有听见。布兰登总说我说话声音太小。所以酒水递上来时,绝对比一个司机应该喝的量多得多。

"干杯,亲爱的。"爸爸说着从吧台上举起玻璃杯,伸向我和艾瑞丝。

"干杯,亲爱的。"我们也这样对他说,因为这样说总能让他笑出来,当他露出笑容,病态便飞离他的面庞,让他看起来依然是他自己,虽然只有短短一瞬间。

我从来没进过赌场。艾瑞丝去过,这是肯定的。爸爸不记得自己去没去过。要我说的话,肯定没去过。他是那种去大众酒吧的朴素男人,反而是妈妈比较热衷于尝试新鲜事物,至少她总是说起想尝试不一样的事情,去不一样的地方。但是最终,她都没能实现多少。

事到如今,我依然感到震惊,竟然是她的心脏停止了跳动。

那不是爸爸的错。

她照顾了他十年,然后她的心脏停止了跳动。

"她是不会有感觉的。"事后顾问医师如是说。怎么可能呢?我妈妈的心脏,她硕大而宽广的心脏,这么多年之后停止了跳动。她设法做到了这么多事情,她忍耐了这么多事情,她对一切都不曾有半句怨言,她接受了所有事情。之后呢,她的心脏停止了跳动,她却什么感觉也没有。

艾瑞丝将酒杯举到嘴边,仰起头一饮而尽。"来吧,"她说,"我们来玩二十一点。"

"我以前可是个无懈可击的投手。"爸爸说,只要提到游戏或运动他就会说这句话。爸爸之所以戴着假牙,罪魁祸首就是板球。

"我不知道怎么玩二十一点。"我说。

"很简单的。"艾瑞丝说着抓起拐杖,"跟我来。"

我拿着杯子离开吧台。人不在的情况下,把杯子留下是不明智的,可能有人偷偷往里掺毒品。女儿们去酒吧或者俱乐部的时候,我总是叮嘱她们要千万小心。即使再小心也不为过,我告诉她们。

一个男孩掌管二十一点的牌桌,他绝对不超过十八岁。他和我爸爸击掌,对我咧开嘴笑,冲艾瑞丝眨了眨眼,扔出来一张五十英镑的纸币。"你觉得有好运,是吗?"男孩说着朝她俯过身去,眼仁几乎全黑,灿烂夺目,用一种看老熟人的眼神看着她。

"准备吧。"艾瑞丝说道,同时将双拐挂在椅背上。我将爸爸安置在我俩中间的座位上。男孩儿分给我俩一人两张牌。

"我们要干什么?"我看着手中的牌问道。

"你什么也不用做,你有一张A和一张K。那就是二十一点。"艾瑞丝说。

"哦,这就是二十一点?"女儿们在学校里学习加减法时,我经常跟她们这样玩。

"给我吧。"艾瑞丝对男孩说,他翻开最上面的一张牌,滑给她。

"我完蛋了。"她说,"基奥先生,你觉得呢?"

"我不太确定。"爸爸说。

"如果我是你的话,我就让他把牌砸给我。"艾瑞丝说。

"我砸过一个男的。"爸爸说,"我打破了他的鼻子。"

这对我来说可是个新闻。"哪个男的?"我问。

爸爸的脸因为精神集中而皱起来。

"你还要一张牌吗?"男孩儿问。

爸爸双手抱头,摩挲太阳穴,似乎想把那段记忆揉出来。

"别着急爸爸,会想起来的。"我安抚他。

"会什么?"他问。

"再给他一张牌。"艾瑞丝对男孩说。他照做了,然后爸爸输了。发牌的人有一张黑桃K。他看着我,我点点头,他又翻开了第二

85

张牌。

输了。

我赢了。

我从来没有赢过任何东西。天知道,过去这些年来,我买了多少彩票,都是各种各样的学校和团体筹款。

"我们再玩一次。"我说。

发牌者给我、艾瑞丝和爸爸发了牌,发牌者输了,我赢了。

我一直在赢。

"新手有好运。"我对男孩说,因为我发现他满腹狐疑地盯着我,好像怀疑我在数牌。

他们会拿那些数牌的人怎么办呢?叫警察或者把他们拉出去?我比较倾向于哪一种呢?我猜是被拉出去吧,这样至少不会留下犯罪记录。

当然,无论哪种处理办法都跟我没关系,因为我没有数牌。

但是一个人要怎么证明自己没数呢?

"特里,"艾瑞丝将手搭在我的肩膀上,"要不你就别要牌了,或者把牌扣过去?"

我检查了一下面前桌上的牌。有四张:红桃六,黑桃八,梅花A,方块五。

艾瑞丝和爸爸已经输了。

男孩表现出有一张A的样子,他的第二张牌还反扣着。

"给我牌。"我说。

"你已经二十了。"艾瑞丝说,"不应该要牌了。"

我摇摇头。"给我牌。"我重复道。我也不知道为什么要坚持。我的获胜概率显然不高。我需要一张A,但是剩下的牌里只有两张A了。如果发牌者那张牌翻过来是A的话,就只有一张了。

男孩的手指触碰到那摞牌,我心想,如果是A的话,就是个预兆。一切都会好起来的。我能说服艾瑞丝回头,我们都回家去。

真是疯了。我不应该再要牌的,我肯定输了。

但要改主意为时已晚,我眼睁睁看着男孩将手伸向了最上面那张牌,熟练地用两根手指捏起牌来,推到我面前。

是一张 A。

是红桃 A。

男孩管这个局面叫"查理五牌"。他说这是他第一次亲眼见到这种牌局。

"天哪,诺拉。"艾瑞丝说,"你赢了庄家。"

"谁是诺拉?"爸爸想知道。

"要再来一次吗?"男孩问。

"当然!"我说。现在我终于明白赌博有多容易上瘾了,有一种感觉在我的身体里悄然绽放,绚烂而愉悦,像家里做的太妃糖一样温暖、甜蜜。我感觉自己不会输。

艾瑞丝一把抓起我赢来的筹码。"我们得走了。"她说,"还有两分钟演出开始。"

"哦,没错。"男孩说,"贾斯汀·多诺万。"

"是杰森。"艾瑞丝纠正他。

"就是他。"男孩说,"他之前演了《聚散离合》。"

"是《邻居》。"艾瑞丝纠正他。我拿上我们的包。爸爸正开口讲自己和法兰克·辛纳屈的故事:"……他给了我一根雪茄,是美国雪茄。他把雪茄放在一个漂亮的银质烟盒里保管,烟盒上有他的首字母缩写 FAS,法兰克·阿尔伯特,沿着上面的……"

阿尔茨海默病会带来各种各样的怪癖,这就是其中之一。爸爸的语言表达充满漏洞,像是被虫蛀过的针织衫。但是有时候,比如现在,当他讲起自己陈芝麻烂谷子的故事时,那些消失的语言会重新出现。它们回来了,回到之前有破洞的地方,于是他的话语又成了一张

87

挂毯，织满爸爸曾经惯于使用的丰富词汇，唯一的难点就在于从过剩的正确词汇里挑选出正确的词汇来。

剧场在赌场后面。我所期待的是像伯德盖斯动力剧场那样的剧院，或者还要更宏伟一些，因为这里是伦敦啊，这里的一切都要更大一点儿。鉴于随手就能搞到两张票，我有点儿担心杰森的实力能不能撑起那么大的场面。然而，赌场背后的音乐厅非常小，"私密"或许是更恰当的形容词。会场完全布置成余兴节目的样子，场地里散落着圆桌，观众（大部分是四十多岁的女性）坐在桌边，小口抿着混了汤力水的杜松子酒。剧场后方是楼座，座位分了层，每个座位都坐了人，我为杰森松了口气。

艾瑞丝找到了我们的桌子，我将爸爸安置在我俩之间的椅子上。他看起来有点儿慌乱。"你妈妈现在应该到了啊。"他说着看向手腕上原本佩戴手表的地方，手表后来丢了。

"别担心，爸爸，我去找她。"我十指交叉。"我去把赢来的筹码兑现。"我对艾瑞丝说，"给你买一杯奢侈的鸡尾酒。"

"你不是应该告诉我酒精会影响药效吗？"艾瑞丝咧开嘴笑了。

"说了有用吗？"

"没用。"

"那不就得了！"

我给爸爸买了一杯可乐，骗他说这是一品脱健力士黑啤。有时我会很好奇，要是有一天他清醒过来会怎么样。从神志不清的状态里清醒过来，就像睡美人从一百年之久的睡梦中醒来。他会说什么呢？反正我知道他会怎么对待这杯可乐。他会相信吗？是我想要哄他上当吗？

我也不知道我为何总是为这种事情烦心，我是真不知道。尝了一口后，他咂摸了一下嘴，声称自己喝了一大口。我给自己和艾瑞丝要了玛格丽特，她喝的是正常版，我喝的则是无酒精版。他们称之为无酒精鸡尾酒，是不是很聪明？

即便是付给酒吧招待一笔极其巨大的金额，我赢来的奖金仍剩下很多。

此刻，灯光暗下来，虔诚的寂静降临在人群之中，杰森·多诺文出现在舞台正中，起初只有一个轮廓，然后瞬间被一束聚光灯照亮，观众纷纷鼓掌喝彩，尖叫声夹杂其中。

我鼓掌。艾瑞丝尖叫起来。爸爸喝着可乐，咂摸着嘴。杰森一点儿也没变，看起来和过去一样，可能发际线更高了一些，额头露出得更多，但是他的额头不赖。说实话，那是个很漂亮的额头，被晒成褐色，没有一丝皱纹。

我听过第一首歌，是他以前经常和凯莉·米洛①一起唱的《特意为你》。凯莉唱的部分由一个年轻女子来演唱，她看起来和二十岁时的凯莉一模一样。她栗色的齐肩发打着卷，光彩熠熠，这让我想起了安娜的头发。在她还是个孩子时，总是抱怨自己的头发。确实，某些早上，想用梳子把这样一头发丝梳通绝非易事。最终，我在图书馆的一本书里找到一个小妙招——用蜀葵根做护发素。但在那个时候，很难弄到蜀葵根。

安娜对护发素唯一的印象就是气味。我已经尽可能用精油让它的味道好闻一些，但是不得不说，护发素本身的气味非常浓烈。

而这个和凯莉一个模子刻出来的女孩，似乎并没有头发打结的烦恼。

手机响了，我连忙抓到手里，羞愧于忘记调成振动模式。我环顾四周，似乎没人注意到。我看了一眼手机，有两条信息。

一条是安娜发的：

---

① 澳大利亚女歌手、演员、词曲作者。1986年，因主演肥皂剧《邻居》而进入演艺圈。

你在哪儿呢？我给你打电话了，但是直接转入了语音信箱。爸爸真的很奇怪。我的黄色丝绸，当然，也不是真丝绸的那条裙子，不在你留给我的那堆衣服里。你知道它在哪儿吗？#紧急情况。

另一条是凯特发来的：

你在哪儿呢？之前在电话里听爸爸说话，感觉他有点儿困惑。他跟你说宾馆的事情了吗？你订了另一家宾馆吗？今天的彩排简直是灾难。真希望我听爸爸的话，去当个会计师就好了。你能不能把经常给我泡的"万无一失减压茶"的配方给我？

我试图组织语言去回复她俩的信息，但最后我关掉了电话。
"你在哪儿呢？"
我给不出任何适合用来编辑成短信的回答。
我当然可以简简单单回一句"我在伦敦"，但这会招致其他问题纷纷砸来，这些随之而来的问题可能才是真正难以回答的。
而且很可能会牵连到她们。
这是不是意味着布兰登已经被牵扯进来了？
那我呢？我有没有可能和艾瑞丝一起，在这个地方进了监狱？
想想姑娘们。她们的妈妈在监狱里。
凯特的事业还没起步就毁了。
还有安娜，人生中第一次考砸，皮肤上布满湿疹。
艾瑞丝用力拉了拉我的衣袖，我抬起头来。"你还好吗？"她用口型问道。我灿烂一笑，点了点头，把手机扔进包里，猛灌了一大口我的鸡尾酒。龙舌兰酒的烧灼感应当是此刻最受欢迎的宠儿，哪怕我根本不喜欢龙舌兰酒。在哥哥的坚持下，十八岁生日时我喝了两杯，他认为那是标志人生进入新阶段的饮品。喝完之后,我在吸烟区吐了出来,我是去那里呼吸新鲜空气的,后来才意识到这种举动完全自相矛盾。休把我带回家,又回了酒吧,因为那会儿才晚上十点。妈妈没办法说我什么,因为我实在太狼狈了。她帮我上了床,并且告诉我,她会在早上和我谈谈。但是她并没有和我谈,或许她意识到根本没这个必要。确实没必要,因为从此以后我都没再碰过龙舌兰。

事实证明,杰森·多诺文是个能治愈别人的人,他的歌是一种慰藉。当我不小心对上他的眼睛,他正在唱"世上有太多伤心人",如果副歌有参考价值,应该就是这么一首歌。他微微一笑,冲我点了点头,好像是认识我,好像知道我为什么在这里,好像确信一切都会有个好结果。

我只对他在《邻居》里的样子有模模糊糊的印象。我记得十几岁时,我没看过多少电视节目。我猜,或许是因为在面向我这个年龄段的电视节目里,我没有在任何一个角色身上看到我自己的影子。电视节目里的青少年要么叛逆,要么搞笑,要么聪明,有的人兼顾以上所有特点。那些安静的人呢,也只是安静一小段时间,然后呢,我也不知道怎么回事,她们就摘下了眼镜,散开马尾辫,允许她们的闺密往自己的脸上涂脂抹粉,然后她们再也不会低调做人。她们或叛逆或搞笑或聪明,现在呢,又浓妆艳抹。

我猜,当时如果问起我的看法,我肯定会说,我在电视上看到的那些青少年角色跟我没有半毛钱关系。

奇怪的是,我却不记得自己因此觉得沮丧,或者感到格格不入。确实,我也没有太多朋友,大部分的原因是,在多数社交场合,我发现要找话说真的很困难。

我还记得,去上化学课的时候,在高三走廊上偶然听到过莉莎·墨菲和西沃恩·麦肯纳聊天。她们在聊初次进入交际圈的舞蹈。实际上,她们并不知道我在身后。

"……想想所有人都会有一次约会，不是吗？"

"没错，我觉得是，除了特里，但是我猜她肯定不会去，对吧？"

"除非他们让她带着妈妈一起去。"

我清清楚楚地记得她们肆无忌惮的笑声，有一种不经意的残忍。我放慢脚步，让其他女孩钻进莉莎和西沃恩之间的空隙，这样她们就不会回头看，然后突然发现我在场。

我其实不应该在意。她们说的是事实，妈妈就是我最要好的朋友。

实话实说，她真是了不起的挚友，我的妈妈。她从未让我觉得自己古怪。

我很快就明白了，这事儿确实很古怪。一个花季少女，最好的朋友竟然是自己的妈妈。

但我从不觉得自己格格不入。除了某些时候，我从第三者的视角来看自己，就像那一天，在去上化学课的路上，在高三的走廊上。

不管怎么说，我并没有带着妈妈去社交舞会。我当然不会这么做。

我压根儿就没去。那天妈妈带我去了霍斯的贝壳餐厅吃晚饭。那家餐厅现在已经不复存在，但在当时去那里吃饭可谓光鲜体面。热心的服务生身着黑西装，打着白色蝴蝶领结，亚麻餐巾搭在小臂上。那年夏天，休作为访问学者去了波士顿，爸爸在开出租车，上晚班。我很开心。因为爸爸绝不会同意我不去参加社交舞会，他肯定会赞同莉莎和西沃恩的看法。让我们面对它吧，这也是大部分同龄女孩的想法。我很古怪。

我觉得杰森·多诺文是那种善解人意的人。我猜他肯定也是班级里最受欢迎的家伙之一，但我同样把他看作对怪人比较友好的人。对他们友善。并不是说我是个怪人才这么想。我打算只享受眼前。

我看得出为什么艾瑞丝和她爸爸那么喜欢杰森。尤其是在那些漫长的下午,阿姆斯特朗先生的记忆飞速逃离他的大脑,比流过滤水器的水还快。对他来说,有着一张熟悉的邻家男孩面庞的杰森一定是一种慰藉,他一头卷发,明眸湛蓝,笑容真挚灿烂。

我看向艾瑞丝。她看起来就像在夜晚正常外出的普通人。我也是。爸爸也是。

我们仨没有一个人看起来有什么古怪之处。

艾瑞丝对我莞尔一笑,我猛地将大拇指甩向舞台,然后直直竖起来。我竖起了大拇指,杰森看见了。他回给我一个灿烂的笑容,那笑容仿佛能从他脸上脱离。我也回了一个笑容,嘴巴能咧多大就咧多大,没有一点儿勉强。

就连爸爸也陶醉了。当杰森翻唱《唯有孤独》的时候,他用最洪亮的声音跟他一起唱,全然没有注意有些听众冲他投来愤怒的目光。一切都很顺利。我甚至接受了维拉的缺席,并且很好地说服了自己,她没出现算是好事。

这就是最好的安排。

我并没有忘记我们来这里是做什么,要去哪里,我似乎已经能够把它掩藏在其他七七八八的事情之下,不再那么焦虑。至少,在那一刻不那么担心。就像担心在唐人街的停车场找车子,我有百分之八十五的把握能安然无恙地找到车。艾瑞丝给停车位里的车拍了照,车位号特别清楚。还有一个值班的保安留意周遭的一切……肯定没问题。

虽然,我还是担心布兰登和女儿们,尤其担心她们的短信,因为我还没有回复,但我其实又没那么担心他们。比如,在我不在家的时候她们可能碰到的任何事情,有人往她们的饮料里掺了迷幻药,或者布兰登在上班路上跌进敞开的下水道检查口里。从各个方面来说,我的担忧并不比平常多。

所以,当艾瑞丝走出音乐厅忽然跌倒时,我毫无防备。

第 11 条

随时检查视线盲区

艾瑞丝在台阶上摔倒了,真的是在台阶上。一共有三级台阶,台阶面很长,起伏也很缓,两边都有金属扶手。我走在她前面,双手扶着爸爸,不然他可能会在人群中走丢。

响声从我身后传来,是一声仿佛被扼住喉咙的尖叫。我转过身去。艾瑞丝摔倒了。对于这突如其来的状况,她似乎和我一样惊讶,完全没时间抽出手来护住自己。她像倒下的大树那样摔倒了,倒得毫不费力。

一阵噼里啪啦的声音。那是艾瑞丝的脸撞上金属扶手的声响,谁能忍心想象那种画面?她似乎在落地之前被金属扶手弹了回去,当即躺在地上。那一刻,全世界都鸦雀无声,我们仿佛置身水下世界。就连我第一时间朝她而去的动作都显得笨重而迟缓,好像整个人都淹没在水里。

"艾瑞丝!"我的声音似乎打破了寂静之墙,嘈杂的世界又回到我身边。我跪在她身旁。温热而殷红的血,顺着她的额头汩汩流出。已经有些凑热闹的人将我们围了一圈,我看了一下,爸爸也在。他正和身旁的女人讲法兰克·辛纳屈的事儿："……他问我能不能在出租车里抽烟，我说……"

"艾瑞丝！"我大声喊她，"你能听见我说话吗？你还好吗？"

那条漂亮的翠绿连体裤的膝盖处已经破了，她的皮肤上泛起愤怒的红色来。还有她的脚踝，扭成了一个非常难对付的角度，已经肿了起来。

"特里，你能帮我站起来吗？"艾瑞丝的声音因为痛苦而僵硬。

"还是不要动比较好，艾瑞丝。怎么都得等到救护车来。"

"我绝对不会坐救护车去任何地方。"艾瑞丝说。

"但我觉得你的脚踝可能骨折了，而且你很有可能会脑震荡。你的额头可能需要缝针，还有……"

"没事儿，我没事儿。我只是需要调整一下呼吸。"

她自己挪着坐起来，一手抓住金属扶手，硬是把自己撑了起来。

"艾瑞丝，求你了，我觉得你不应该动。"

她用那条好的腿支撑身体。好吧，应该说相对好一点儿的那条腿。站起来之后，她靠在了墙上。

我在包里翻了一通，找到一沓纸巾，拿了一张抵在艾瑞丝的额前。她暂时顺应了我，让脑袋靠着我的手，合上双眼。随后她自己拿过纸巾，按压在伤口处。附近的围观者都在盯着我们。艾瑞丝瞪了回去。"演出已经结束了，伙计们。"她告诉他们。

他们垂下眼帘，看向别处。

我捡起艾瑞丝的包。

"我们去洗手间吧。"我说，"我可以给你清理一下伤口，看一下你的脚踝。"

"我们能不能离开这儿？"艾瑞丝说。她面色惨白，拼命克制自己不再颤抖。

"你吓到了。你得坐一下。"

"拜托了，特里。我只想回家。"

家？她说的肯定不是那个有无菌厨房的爱彼迎民宿。她说的家肯定就是家，是亲爱的都柏林，它在我眼中前所未有地亲切。

"你能走吗？"

"可以。"就是这样了。用尽她全部的勇气，她的决心。全是凭着这两个字。

我将她的手臂搭在我脖子上，用手环住她的腰部，"你确定你可以？"我问。

她点点头，竭力不让自己蹙眉。

我看了看爸爸。他还在跟那个女人说话，女人脸上流露出被囚禁的听众寻求解放的表情。"……我说，去哪里，辛纳屈先生？而他坚持要我叫他法兰克，所以我……"

"爸爸！"我喊了他一声。

爸爸看向我，然后又看看那个女人，说道："我得……"

他一开口，女人立刻插了话："没关系，别在意。"说罢，她就大步流星地离开了。

爸爸好奇地看着艾瑞丝乱糟糟的头发，还有布满血痕的脸。"我们现在要回家了吗？"他问。

"没错。"我说，"跟着我，爸爸。"根本没必要让他帮我扶着艾瑞丝。他根本不知道该怎么做。

我们朝出口走去，走得很慢。我试着忽略身后耗尽耐心的人潮，也不去想赌场敞开的大门，透过那扇门我能看到外面下起了毛毛细雨，还有一列长长的黑色出租车（都是人们预约好的）沿着因雨水而湿滑的街道缓缓挪动。

到了外面，他们在我的护送下来到一处雨棚下避雨，艾瑞丝靠着墙壁支撑身体。"在这儿等一下。"我说，"我看看能不能叫到出租车。"

"我不需要出租车。"艾瑞丝说。

"我就是个出租车司机。"爸爸说。

"你不能走着去停车场。"我说,"看看你自己的脚踝,简直有西瓜那么大了。"

"太夸张了啊。"艾瑞丝说,"顶多也就葡萄柚那么大。"

"你妈妈爱极了葡萄柚。"爸爸说。

"确实。"我说,惊讶于他竟然记得。虽然说"爱极了"未免太过,但她确实吃葡萄柚。节食的时候她就吃葡萄柚当早餐。多数时候,她都会一直吃到周三。

"我很肯定,我能走到车子那儿。"艾瑞丝说着,伸手来拿我手里的拐杖。

"那你的手腕呢?"我问。艾瑞丝的手腕是多发性硬化症最喜欢攻击的目标,即便是在最四平八稳的情况下,也能让她很费劲地拄着拐杖走路。而现在,情况相当不妙。

"它们……"艾瑞丝略有犹豫,然后说,"很有气势。"当我听到一声巨响,并看见一道闪光时,真希望能有一辆轮椅,我甚至想象我们面前突然出现了一辆轮椅,如同施魔法。是不是很可笑?巨响来自回火的引擎,那一道闪光则是闪电。我侧耳聆听雷声,却什么也听不到,可能是引擎回火的巨响损伤了我的听力吧。

雨势渐强,我闭上眼睛抵抗暴雨,就那么一秒钟,只是想搞清楚状况,检查我的听力有没有受损,再做些计划。等我睁开眼,面前站了一位女士。这是一位瘦小、年迈的女士,穿了一件皮毛外套、黑色紧身牛仔裤,踏着一双黑色高跟凉鞋,手里举着一把豹纹伞,有些地方因为伞骨损坏而瘪了下去。她的头发扎成了一束一束的小辫,染成了明亮而暴躁的大红色,鉴于她正斜睨着我们,我得说,她肯定应该配副眼镜,但她从来没去配过。从她苍白干燥的嘴唇一角翘起一支手卷烟,烟已经被雨水打湿,融化在人行道上只是时间问题。

我的第一反应是,哇哦。作为高跟鞋来讲,她脚上这双鞋可以说是最高的鞋跟了。我自己是不穿高跟鞋的,很可能是因为我的身高。但更重要的原因是,我没法穿着高跟鞋走路,所以其他女人精于此道总令我钦佩不已。

我还来不及多想,艾瑞丝已经满怀敌意地打量起这个女人,并且开口说:"维拉!"

维拉就在这里,她来了。她来了,因为我让她来。她说得没错,这是通往地狱的路。艾瑞丝怒容满面:"你在这儿干吗?"她的一绺头发上还粘着一点儿血珠,然后滴落到她脸上,沿着脸颊向下滚落,像一串眼泪。她用手背抹去。

"你看起来不大好啊,孩子。"维拉说着摇了摇头,脖子里尖锐的骨头几乎要穿透薄薄的皮肤。

"别叫我孩子。"艾瑞丝说。

"我不是来打架的。"维拉说,"我来只是因为她让我来。"维拉用点燃的烟头指了指我:"特里,是不是?"然后维拉又面对艾瑞丝说:"她在电话里特别坚持。"

"哦,你好,维拉。"我说道,"那个……见到你可真好。"我如鲠在喉,不敢看艾瑞丝。

"特里!"艾瑞丝瞪着我。

"在下雨呢。"爸爸说,好像才注意到。他讨厌雨,雨水让爱尔兰的气候非常恶劣。"有没有谁有一个……一个……"他双臂举过头顶,做出屋顶的样子。

"你可以到我的伞下来,甜心。如果你愿意的话,我们三个可以在我的车里避避雨。"她朝一辆宝马车点了点头,那真是一辆老车了,完全可以称为古董车,锈迹斑斑的。没有一个轮子上有毂盖,保险杠上也有不少凹痕,这一点又让我想起了自己对维拉视力的判断。车停在残疾人停车位上,就在赌场门前。

"我们不需要避雨。"艾瑞丝说。

99

"你随意，亲爱的。"维拉说。

"你就不能好好叫我的名字吗？"艾瑞丝说，"你肯定记得我的名字，是不是？"

我得做些什么才行。

结果，采取行动的人是爸爸。他一路小跑，朝着维拉的车子就去了。

"哦，他很想去。"维拉说话的口吻有一种漫不经心的卖弄的风情，我的悔意如同削笔器里的铅笔一样，瞬间锋利起来。

"爸爸！等等！"我必须跟着他。当他想到什么事，就会立刻去做，像冲往悬崖边的旅鼠一样。

他跑到维拉的车旁，猛拉门把手，"我不行……"他摇头，剩下的句子仿佛卡在了原地，而他正努力把那些词拽出来。他看向了我。"我不知道我们在这里干吗。你妈妈会担心的。我跟她说过，我很快就回去。"他开始哭。在他患上阿尔茨海默病之前，我从没见过他掉眼泪。即便是妈妈去世的时候、他的弟弟去世的时候，他都没掉眼泪。妈妈疑似患癌的时候，他也没哭过。

现在，他能哭出来了。哭声很悲伤，仿佛突然间克服了一切障碍，仿佛阿尔茨海默病伸出手来，爸爸终于明白无论做什么都无法打败它。

阿尔茨海默病胜券在握。

"对不起，爸爸。"我扶住他，摩挲他的手臂。我想要岔开话题，让他分散一下注意力，但我也不是每一次都知道该怎么做。

我到底在想些什么啊？

维拉将伞举过他的头顶。"车门开了，亲爱的。"她对他说，"不是锁着的了，看见没？"她拉开了副驾驶的门，冲爸爸明媚一笑。她应该发现他的眼泪了，但她什么也没说。他一动不动，警惕地看着维拉。

"来吧，甜心。让我们离开这场雨吧，嗯？你坐到前面来，好吗？陪陪我，可以吗？"她拍了拍座椅，"我得说，你年轻的时候肯定很帅气，是不是？你的特里跟你简直是一个模子刻出来的，不是吗？她遗传了你的蓝色大眼睛，是不是？"

她的语气安抚人心，爸爸破涕为笑，坐进了车里。我朝剧院的方向看去。"我马上就回来。"我跟爸爸说。"最好拿上这个。"维拉说着，把伞塞进了我的手里。

雨点如拳头般砸落在劣质伞面上，这把伞竟然也能承受住。我驻足在艾瑞丝面前，她还杵在遮雨棚下。

"我很抱歉，艾瑞丝。我……"

"你到底在想什么？"艾瑞丝质问我。

"我……"我在想什么？"我是想，或许……你可能愿意见见她，哪怕就一次。你明白吗？"

艾瑞丝摇摇头："这不是《脱线家族》里的一集，特里。电视剧里，我们发现一切不过是个天大的误会，然后我们亲吻，和好，约好每个周末都通电话，每个该死的圣诞节都要互相看望。"

"我知道，我知道。对不起，我不应该给她打电话的。"

"你怎么能……"艾瑞丝开始责怪我了，随后她又摇摇头，"算了，忘了吧。不重要。"她脸上的血凝结成弯弯曲曲的长长痕迹，头发紧紧贴在头皮上。

"爸爸在维拉的车里。"

"我知道。"

"我得上车跟他在一起。"除非雨停，否则爸爸绝不会出来，而雨看起来好像会下一整夜。

"没有一件事合我的心意。"她说，基本是在自言自语。

我感觉糟透了。

"你们是来还是走？"维拉从车里冲我们喊。我看了看艾瑞丝，她什么也没说。我倒宁愿她生我的气。她的沉默里有着某种挫败感，是被什么打败了的感觉。血流并没有止住，都顺着连体裤流了下来。要是我在家，就能很好地处理掉那些污渍，先用冷盐水彻底清洗，涂上渍无踪去污剂，然后用热水快速冲洗。我肯定会先检查洗涤标签。连体裤的材质看着像丝绸，但我猜，还是巧妙的混合纤维能更好地承受高温。

还有膝盖上的破洞。要我说，那个破洞可以缝上。不过，裂口不是在拼接处，可惜了。

奇怪的是，想到这些琐碎的事儿竟然能让我感到安慰，我极不情愿地说服自己走出脑海中的洗衣房，在洗衣房里，我很少失败。我看着艾瑞丝说："我真的很抱歉。"

"我知道。"她说。

"来吧。"我将伞举过她的头顶，拉过她的手臂，搭在我的脖子上。我们慢吞吞地朝维拉的车走去。我打开后车门，帮艾瑞丝坐进去，随后又关上门，顺着车屁股绕到对面去。

有那么一个瞬间一闪而过，我想到了奔跑。跑过街道，即便没有人行横道，车流又格外稠密。跑下自动扶梯，跑进地铁站，跳过屏障，甚至连票都不买。直接跳上列车，车去哪里我就去哪里。

想象逃跑。

一天两次。

我坐进了车里。车里弥漫着陈年烟味，湿淋淋的躯体在散发热量，还有隐隐约约的狗的气味儿，充满土腥味儿，而且牢不可破。我之所以这么觉得，或许都是因为后视镜上挂着一张覆了薄膜的照片，看上去像是一张护照上的证件照。狗的个头很大，郁郁寡欢，是粉白色的。盯着相机的时候，它的牙齿都露了出来。

"有人介意我抽烟吗？"维拉说着，点了火。

"我介意。"艾瑞丝说。

"我会把车窗放下来，可以吗？"维拉用力去摇把手，打算将车窗摇下来一英寸。

"那是只比特犬吗？"我问维拉。

她伸手去够那张照片，手指轻轻滑过照片表面："这是可可·香奈儿。"

"他……挺大的。"我说。我本身并不怕狗。小狗没什么问题，都由谨慎的主人牵着。小而干净的狗，由谨慎的主人牵着。

"她。"维拉纠正我。

"哦，没错，抱歉。"

维拉把后视镜转向艾瑞丝："……艾瑞丝，我亲爱的，你最近怎么样？"

"很好。"艾瑞丝回答。我给她的纸巾已经被血浸透，染成了粉红色。我递上新的纸巾给她，把用过的放进可以封口的保鲜袋里。我一直在包里放保鲜袋，以防万一。我们在无声中完成交换。艾瑞丝并没有看我。

"真是个该死的夜晚。"爸爸摇着头，冲车窗上顺流而下的汩汩水流说道。维拉打开了雨刷，雨刷扫过玻璃窗的时候发出不情不愿的叹息声。在她的香烟尽头，烟灰摇摇欲坠，最终掉落在腿上。她并没有把烟灰掸掉。

"那么，"她说着看向爸爸，"你们这么多人住在哪儿？"

"你是谁？"他问。

"我是艾瑞丝的妈妈，甜心。"

艾瑞丝从嗓子里挤出一些声音，但没开口。

"你说什么了吗？"维拉透过后视镜看着艾瑞丝。

"我们住在斯托克纽因顿。"我答道。维拉摇了摇头。

"斯托基？你们为什么要住到那里去？都是同性恋和雅皮士。"

"我……艾瑞丝想要一个有花园的地方。"我真希望自己没说这个话。我觉得自己似乎是以某种方式背叛了艾瑞丝的信赖。

103

"她一向热爱自然，艾瑞丝就是这样吧。"维拉说。她的声音很是伤感，好像艾瑞丝是一段记忆，是一个远在天边、惹人爱怜的事物。或许在未来，艾瑞丝确实是这样一种存在。

维拉转动车钥匙，拉动变速杆，车子发出一阵低沉的吼声。她没打转向灯，也没有检查两侧的后视镜，就将她的宝马车开进了车流之中，迎接她的是刺耳的鸣笛，嘟嘟嘟响个不停。

"随时检查视线盲区。"爸爸对她说。

维拉拍着他的肩膀尖叫说："你是个淘气包，对不对？我的视线盲区，是在G点附近吗，嗯？"她爆发出了咯咯咯的笑声，我万分确定她把眼睛闭上了，这比她起步前没打转向灯、没看后视镜还让我紧张。

"我的车就停在下个左转口。"我说罢指了指唐人街的方向。维拉将烟蒂扔出窗外，又单手卷了另一支烟，我必须承认，这技术真令人赞叹。

"那么，你们晚上玩得愉快吗？"当我们轰隆隆转过弯的时候，维拉问道。

"哦，维拉，我觉得你可能错过了……"

"我原来爱极了老音乐厅。"维拉继续说，完全无视我慌乱的手势，"那还是八十年代，彼得·斯特林费罗在经营。那时候一切都是那么魅力四射，我不介意告诉你们这些，都是迪斯科、慢摇、马提尼。"

"维拉，事情是……"

她突然向右转，既没有减速，也没打转向灯。有个骑自行车的人不得不紧急刹车，以免撞到引擎盖上。他冲维拉挥了挥拳头，维拉把烟换到另一只手里，朝骑车人的方向竖起两根弯弯的手指。她又咯咯咯地笑起来："这骑车的真该死。"

"你能回去吗？"我说道，声音比我原本预期的要大，语气里充满哀怨。车在路上猛地停下，艾瑞丝尖叫一声，我们后面的车也停了下来，然后疯狂鸣笛。

爸爸用手捂住耳朵。维拉转过头来看我。

"对不起，维拉，我只是……车，停车的地方，我们得开回去。"我指向后车窗，指向鸣笛的那辆车，"在唐人街。"

"你为什么不说清楚啊？"维拉说。

"那个，我……"

"那个该死的家伙有什么可按喇叭的？"她咒骂着，朝后面的车点点头。

"我……不太清楚。"

维拉看了看艾瑞丝："我觉得你们应该来我家。我的公寓就在这条路尽头，我有消毒液，可以把你额头上那个伤口里的'屎'清理掉。"她又咯咯咯地笑起来。

"她可能需要缝针。"我说。

"我不用缝针。"艾瑞丝说。

"无所谓，说实话我可不擅长针线活儿。"维拉说道。忽然，一个病态臃肿、怒气冲冲的男人出现在了车后面。

"我觉得我们得走了。"我对维拉说。当男人缓缓朝我们走来时，我的声音很大，还很紧张。

"好吧，好吧，冷静冷静。"维拉把烟头抛出车窗，差点儿蹭到男人穿着凉鞋的脚。我绷紧了每一块可以由我控制的肌肉。维拉下意识地给车加速，沿着这条路疾驰而去。

105

第12条

经常查看后视镜，时刻注意后车情况

"你住哪儿？"呼吸恢复平稳后，我问维拉。

"你知道拱门路吧？"

"不，我——"

"你知道自杀桥在哪儿吧？"

"呃……不，我不……"

"好吧，我就住在那儿。在拱门路上，就在桥前面。"

"好吧。"

"过去他们总是排成一队，挨个儿把自己从桥上扔下去，结果现在有金属围栏了，是不是？要跳桥可困难了。"她摇了摇头。

"什么可困难了？"爸爸问。

"自杀。从自杀桥上跳下去。"维拉对他说，"没有以前那么容易了，看见没？"

"自杀？"爸爸重复了一遍，听到这个词，他的脸上浮现出困惑不解的神情。阿尔茨海默病赠予了他对死亡的恐惧。

"没错，"维拉说，"自杀，你知道吧？就像那首歌里唱的，对吧？"维拉的歌声是她身上最苍老的地方。她的音调很高，打着战，脆弱不堪。

  自杀毫无痛苦，它带来变化万千，只要我愿意，我可以接受或远离。

  爸爸跟着她一起唱，他的恐惧就像孩童的眼泪一样，轻而易举便一扫而空。我想起每到星期天下午，他就坐在前厅沙发上看《陆军野战医院》，而我和妈妈则在厨房里洗餐具，休在吞下最后一大口果冻和冰淇淋后便飞也似的从前门跑走。爸爸笑出声来，更像是咯咯轻笑。笑声一次次流淌过厨房的双扇门。那些周日的下午，我特别喜欢听到他笑。星期天是他的休息日，他不用出去开出租车，也不去酒吧，更不会寄希望于必赢的赌注。星期天，一切总是很轻松。星期天，我无须焦虑。我们聚在一起，去散步。我们回到家，我和妈妈一起做饭，爸爸看电视。休就待在自己房间听音乐，音量开得比平时大，也没人会让他关小一点儿。
  而现在呢，他正哼唱着《陆军野战医院》的主题曲，再次露出了微笑，我瞥了一眼艾瑞丝，她仍旧凝视窗外。
  我真希望维拉没住在一个叫自杀桥的桥边上。
  我哆嗦起来。
  "你在后边觉得冷吗？"维拉问道。她肯定一直在通过后视镜观察我们。我希望她能把注意力放在道路上，真心的。
  "我们挺好的，谢谢。"我说。但是维拉根本没在听，她指向一家酒吧，她称之为"酒馆"。现在，她正跟爸爸讲起飞镖锦标赛，以及她连续五年战无不胜的战绩。她伸出一只手，在爸爸面前举起来。"看看这只手，"她说，"稳如磐石，真的是。"爸爸伸出一只手，拉住了维拉的手。这个剧情走向完全没有让她感到一丝困扰。她继续往前开,现在只有一只手搭在方向盘上了。

艾瑞丝盯着车窗外。我看到伦敦城在她的眼眸中渐次掠过。我靠近她:"你还好吗?"

"挺好的。"她的声音苍白、低沉,也没有看我。

车子突然向左急转,冲上了人行道,在刺耳的刹车声中停了下来,维拉说:"我们到了,亲爱的。甜蜜的家。"

她从爸爸的手中抽回了自己的手,指向我们停车的楼。我很肯定,那是违章建筑。我们都看向那栋楼,包括艾瑞丝。那是一栋三层小楼,看上去疏于照料,随时都会坍塌。一个红色的维多利亚式露台或许一度很壮观,一楼和二楼有华丽的飘窗。但是年复一年的汽车尾气已经将红砖熏黑,整栋楼外立面的每一个缝隙里都有杂草冒出来。袖珍的前院围着一圈生锈的栅栏,堆满了黑色垃圾袋,都翻倒在地,宛如肿胀的蛞蝓。一个卫星电视碟形天线挂在破损的铰链上,在风中来回晃动。维拉熄灭引擎,拉起手刹,重新调整了一下后视镜,好从镜子里看见自己的脸。她从外套口袋里摸出一支唇膏,涂抹在呈"O"形的薄薄嘴唇上,那两片嘴唇非常干燥。

"你是……停在这里没问题吗,维拉?"我试着问她。我不喜欢对别人的事多嘴多舌,但也不希望她面临夹在车上的巨额罚单。我不是很确定,而且我也不喜欢假设,但是……维拉的确有可能没多少可支配收入。

"别为我担心,甜心。"她用涂了指甲油的长长手指敲了敲自己的鼻梁,"我认识人。"

她没有观察侧翼的反光镜就猛地推开车门,甚至连一眼都没看自己的视线盲区。她对道路安全是如此漫不经心,我实在不知道她是怎么活了这么久的。走在路上,她把牛仔裤往上提了提,因为滑下去不少,裤子此刻不太牢靠地挂在她的屁股上,而她正把裤子拉上自己窄窄的腰身。她问还待在车里的我们:"你们进来吗?"

"哪里?"爸爸问。

我打开了车门。

艾瑞丝一言不发。

我扶着艾瑞丝来到公寓门口。一共有三个门铃，每个门铃边都有个压了塑料膜的牌子，住户的名字本应出现在这里，结果三个全是空的。大门上的气窗阻碍了自然光，玻璃表面上已经堆积起厚厚的灰尘，同样有裂缝，根本承受不了过多清洁，不然就会立刻粉身碎骨。

维拉打开门，踏进一条逼仄的走廊，走廊里歪歪斜斜地放着一张缺了一条腿的桌子，上面堆满了洗衣店和外卖店的传单。桌子旁边是一辆爆了胎的自行车，公用电话的电线裸露在外，电话上放了一盆死了很久的吊兰，这种花一般不太容易养死。

楼梯井狭窄阴暗，台阶的踏板、高度等状况同现行的健康及安全条例规定不大相符。

维拉以惊人的速度爬上楼梯，爸爸紧随其后。同陌生人建立关系对他来说极不寻常，维拉似乎是个例外。

楼梯上只能容纳一个人。"你可以吗？"我问艾瑞丝。她点了点头，开始上楼。我跟在她身后，尽可能屏住呼吸，因为空气中弥漫着霉味。

它让我想起了"遗弃"这个词。

这让我感觉很糟。

或者说更糟。

所以我试着不要去想"遗弃"这个词。

也不去想可可·香奈儿，维拉的比特犬。

我试着什么都不想，只是不断爬楼。我跟在艾瑞丝身后，谨防她跌倒。我可以阻止她摔下楼去，这似乎是我唯一能做的事情。我低头看自己的双脚，将注意力集中在穿了棕色罗马凉鞋的脚上。我小心翼翼地将脚迈上上一级台阶，再上一级，避开每一级台阶的边缘部分，老旧的地毯已经磨损，卷了起来，露出下面的木头。那应该是实木，可能是橡木。如果稍用砂纸打磨，重新上一层清漆的话，应该会好看得多。

这让我想起了自己家中走廊里的橡木实木地板。当落日的余晖透过前门色彩驳杂的玻璃窗投射进来时，地板总是泛着柔和的光芒。

这又让我想到了"遗弃"这个词。

我又把注意力集中在凉鞋上，细长的脚趾从鞋子前端探出来。我抬起脚来，小心翼翼地放在上一级台阶上，再上一级。我要集中精神，不要脚底打滑，不要跌倒。

维拉的公寓在顶楼。

"顶楼套房。"她宣称，同时在包里翻找钥匙。

打开门，是一间紧凑的小客厅，里面摆了一张白色塑料桌子，两张白色塑料餐椅，脚凳上放着庞大的电视，电视前则放着一把扶手椅，还有一个狗篮，里面有床垫、枕头、毯子和一只泰迪熊。泰迪熊体内的填充物已经露了出来，眼睛的位置空着两个大窟窿。福米卡塑料贴面料理台贴着其中一面墙，有一个水槽、一个烤面包机和一个水壶。维拉走进屋，脱下外套，搭在其中一把餐椅上。她从桌子上挪开一大摞杂志、半块切片白面包、一盆人造黄油、一罐马麦酱和一盒牛奶。

"来杯好茶如何？"维拉拧开牛奶盒的盖子，把鼻子凑到瓶口处，朝里面闻了闻。她蹙了蹙眉，把盖子拧了回去，又把牛奶盒丢进垃圾袋，酸腐的牛奶还在盒子里。

"或者喝杯酒？"她说着朝冰箱走去，"我有罐装的。"她朝我们转过身来。我们看起来肯定像极了一群湿漉漉的怪家伙。艾瑞丝衣衫褴褛，染了血污的头发乱成一团，一脸桀骜不驯地站在门边，紧紧抓住门把手。我就畏畏缩缩地杵在她旁边，将包紧紧抱在胸前，脑袋伺机左摇右晃的，想要发现可可·香奈儿的踪迹。爸爸呢，径直走到房间另一端的过道上。我想象可可·香奈儿就在那边，在她那卷翘的嘴唇后面，血盆大口一览无余，牙齿在黑暗中闪着白光。

"你在找茅厕吗，尤金？"

爸爸转过身来，仔仔细细打量维拉，仿佛她是博物馆里的异域样本。"什么？"他问。

"茅房。"维拉说，"厕所。马桶。宝座。"

爸爸看看我。"洗手间。"我说，"你是在找洗手间吗？"

"哦，没错，是的，确实。"他回答。

"跟我来，乖乖。我来告诉你该把帽子放在哪里。"维拉说着挽起爸爸的手臂，把他带走了。我做好准备，迎接可可·香奈儿刺耳的叫声，结果除了维拉在说话，没有任何声音响起，维拉正在解释拉链式冲洗器偶尔不太好用。

维拉从洗手间回来后，审视着依然站在门边的我俩。"你最好坐下来，艾瑞丝。"她说，"你看起来累坏了。"她指向那把扶手椅，是褪了色的红色人造革，天气热的话，光腿躺上去可能会被粘住。扶手处的填充物都露了出来，上面还摆了个硕大的玻璃烟灰缸，堆满的烟蒂都快溢出来了，过滤嘴上沾满口红。

艾瑞丝坐了下来，维拉把扶手上的烟灰缸拿开，递给了我。"帮我们把急救包拿来，你愿意吗？"她对我说，用头点了点白色塑料椅上的特易购袋子。

袋子很沉，我拎起来的时候，里面传来玻璃碎裂的声音。维拉坐在扶手上，把艾瑞丝额头上的头发全都拂开了。艾瑞丝死死盯住电视，好像电视开着。

"我需要消毒液、药棉、镊子和绷带。"维拉边说边检查艾瑞丝额头上的伤口。我在购物袋里一通乱翻，惊讶于我竟然找到了维拉需要的每一样东西。还有一个挺好用的药品混合装，我敢肯定，不是所有人都能在药店里找到这些东西。

我把所需的东西从袋子里拿出来，放在维拉旁边。

"你能再给我弄碗温水来吗？"维拉一边问一边透过艾瑞丝连体裤上的破洞来查看她膝盖处的伤口。

水龙头里流出来的水有点儿泛棕色。

"我还需要一些冰块，亲爱的。"维拉说。

"你有冰块吗？"我问道。我在厨房里并没有看到冰柜。

"就在冰箱最上层，亲爱的。没有冰块可做不了马提尼雪泥，是不是？"

打开冰箱门的时候，冰箱里的灯并没有亮。然而，即便是在一片漆黑之中，我也能清楚地知道，它已经有相当长时间没被温暖的肥皂水清洗过了。我忽然生出一种并不罕见的渴望来，想要挪开一罐罐拉格啤酒，挪开爱思·新格斯奶酪，挪开盘子上两块加工过的汉堡肉，肉饼的边缘已经卷起来了。我想要把冰箱擦洗一番，让它焕然一新。

我找到了冰块，用干净的毛巾包起来，拿给维拉，她让艾瑞丝用冰块贴着额头上肿起来的地方。事实上，比起艾瑞丝额头上的肿包，维拉怎么说她怎么做才更让人不安。

现在，维拉开始检查艾瑞丝的膝盖，一片通红。她用放大镜细细查看，用镊子夹出嵌在擦伤处来自音乐厅的灰色地毯纤维。她将一片药棉浸在温水里，然后沿着艾瑞丝膝盖上的伤口涂抹，动作缓慢，小心。

妈妈的照顾让艾瑞丝缴械投降。事情本就如此。这是天性，我们生来就会帮助自己的孩子。就好像是铭记于心的一首歌，无论你在多久以前听过这首歌，事到如今你还是能记得它的歌词，记得旋律，依然能随之吟唱。

"可能会有点儿刺痛。"她对艾瑞丝说，同时将消毒液倒在一块新的药棉上。艾瑞丝没有回应，看向别处，好像她人都不在这儿。

"你这伤口也有点儿太多了，亲爱的。"维拉说道，用生锈的剪刀裁下一段绷带，双手微微颤抖。我试着不去想患破伤风的风险。

"我不是在做什么判断啊，别在意。"她继续说，好像艾瑞丝回了话，"那些奇奇怪怪的酒水，我可熟得很，是吧？"她咯咯笑起来，拍了拍艾瑞丝的胳膊，然后跪在了艾瑞丝脚边的地毯上。这一举动引发了骨头嘎吱脆响的交响乐，听起来格外痛苦。"你脚踝怎么样？"维拉问女儿。艾瑞丝耸耸肩。

"我就是看看你的脚踝还能不能动，好吗？"

维拉用枯瘦的手指抬起艾瑞丝的脚踝，触摸着做检查。"真滑稽，"她说，"小时候我总是想象自己是个护士。"她用冰块包住艾瑞丝的脚踝，用的是一条旧毛巾，然后轻轻把艾瑞丝的脚放在白色的塑料餐椅上。

"艾瑞丝是个护士。"我插话道。

维拉抬起头去看她的女儿："是吗？"

艾瑞丝点点头。

"这样的话，就太好了，没错。"维拉说道。当她咧嘴微笑，我从她的脸上看到了艾瑞丝的影子，在她的微笑之中。

我听见过道那头传来一阵嘈杂，连忙扭头去看。我完全忘了爸爸，还有可可·香奈儿。

"你的老先生一点儿不着急。"维拉说。

我站了起来："我还是去看看他比较好。"

"当然了，亲爱的，你在这儿千万别拘束，跟在自己家一样！"

我有点儿怀疑能不能把这里当自己家。

维拉看着我："你还好吧，甜心？"

"是的，我没事。我只是……我只是想知道可可·香奈儿是不是……"

"她已经死了。"

"哦，很抱歉，很抱歉。"

"她十六岁了。"维拉说，"我说的是人类的十六年，无所谓。"

"哦，那……那真不错……对一只狗来说，我的意思是。"

"人们都这么说，还行吧。"

"她什么时候……去世的？"

"去年。"维拉说着看向了狗篮,面露微笑,仿佛可可·香奈儿仍旧在那里。

"你一定很想念她。"

"人们总是很容易养成习惯。"

我看向艾瑞丝。"我很快就回来。"我说。

我沿着过道朝前走,此刻过道看起来似乎不再那么阴森可怕了,因为我知道可可·香奈儿在何处了,或者说,知道她不在何处,我应该这么说。

"爸爸!"我隔着浴室门喊了一声,但是无人回应。我推开门,朝里看,房间里根本没人。厕所有个冲水链,原本还挺古雅的,结果生满了锈。在芥末黄色的洗脸池上方,镜子表面溅满了黑色污点。是有方法可以把这些污渍清除掉,但我无论如何也想不起来了。过道尽头的房门通往维拉的卧室,看起来很像凯特的卧室,当然是凯特搬到高威之前的。皱巴巴的衣服抛得满地都是,椅子上也堆满了,梳妆台被润肤乳、爽肤水、化妆刷、眼影盘霸占,一瓶瓶指甲油站成一长溜,仿佛在等待自己闪亮登场。

卧室中间是一张巨大的双人床,而床的中间躺着我爸爸,衣服全穿在身上,人却迅速睡着了。

无论从哪方面来说,这样都不大好。我首先想到的是他的夜间药片,我还没让他吃呢,因为没带在身上。他所有的药都在民宿里。我其实不知道那些药都有什么用,或者说有什么保护作用。我朝床走去,一边走一边把地上的衣服捡起来,叠好,整整齐齐码放在椅子上。我觉得这是职业病。

"爸爸?"我坐在床边,用手指戳了戳他硬邦邦的胸口。我不是想要捉弄他。

他完全没反应,就那么面朝上躺在床上,直挺挺地,一动不动。

他很可能会死。

到时候，我得向有关部门解释，我们为什么会来到这里，我们都去过哪里，我们要去哪里。我很可能会被逮捕，那就无法安排爸爸遗体回国的事宜，即便我能，费用也肯定高得离谱。而我还没拿到旅行保险，估计在我的"离家出走账户"里并没有足够的余额来支付这笔钱，即便有，事实仍然是他死了，而这都是我的错，因为我不该带他跟我来。我自己首先就不该来。

爸爸嘟嘟哝哝地翻过身，我一跃而起，脚踝撞到了床腿，一阵剧痛传来，我很欢迎这突如其来的疼痛，疼痛远比另一个选项好得多。

此刻我终于看清他胸口的起伏。他面朝上睡着，双手垫在脑袋后面，仿佛在绿草如茵的河岸上晒日光浴，他的脸上没了白日里逡巡不去的焦灼与恐慌，看起来终于像是他自己了，从前的那个他。

他在维拉的床上睡着了，没有死。

安娜跟我说过，我是她见过的最可怕的灾难妄想症患者。

当我回到起居室，维拉已经将所有东西扔回了特易购的袋子里。

"那个老家伙在哪儿？"她问。艾瑞丝仍旧盯着空无一物的电视机屏幕。

"我真的很抱歉，维拉，他跑到你床上去了。他很快就睡着了。"

"最好让他睡。"维拉说，"老年人打盹的时候，你是不会想叫醒他们的。"

"嗯，是不想，但是——"

"你们今晚可以在这儿落脚。艾瑞丝也可以睡我的床，她那个样子看着像要睡着了。床下面有张充气床垫，你们可以用，特里。可可身体变差以后，那张床垫是给她用的，这样她能更好地舒展身体。"

我不知道该怎样说才不显得鲁莽。艾瑞丝一定知道该说什么。艾瑞丝肯定会站起来，宣布这个主意很荒谬。她会径直冲进维拉的卧室，把爸爸叫醒。如果有必要的话，她会把他从床上抬起来，扛着他走下逼仄、阴暗的楼梯井，到楼外的人行道上，她会在路上拦一辆突然出现的出租车。

艾瑞丝确实站了起来，如我所料。但她的动作非常缓慢并且谨慎，好像不太确定身体能否承受自身的重量。她朝维拉的卧室挪去。她打算接受维拉的提议。忽然间，民宿变成了全世界最舒适、最温馨的所在，我之前怎么能觉得它冷清呢？

"可是你呢？"我问维拉。

她冲扶手椅点点头。"我就睡这儿。"她说。

"不行。"我说，"你去睡充气床垫吧，我来睡扶手椅。"

维拉摇摇头说："不行，床垫会让我想起很多关于可可的事儿，那上面仍旧有她甜甜的气味，你会闻到的。"

艾瑞丝让我分了神，她一路走得跌跌撞撞。我朝她走去，但先碰到她的是维拉，是维拉把艾瑞丝的胳膊搭在脖子上，是维拉将手臂环绕在艾瑞丝腰间。当维拉说"靠着我，亲爱的"，艾瑞丝照做了。

了不起的艾瑞丝靠在了她妈妈那一小把骨头上，不知怎么的，维拉打算架着自己的女儿走过走廊，进入自己的卧室。我跟在她们身后。

等她们到了房间，艾瑞丝并没有叫醒爸爸，也没有把他抬出房间，抬下逼仄、阴暗的楼梯井。她反而坐在了自己妈妈的床边，踢掉银色凉鞋，解开了肩膀处的银灰色围巾。

"艾瑞丝。"维拉依次解开艾瑞丝衣服前面的小纽扣，每解开一粒就轻轻唤一声。对她僵硬的手指来说，这衣服的布料一定是种宽慰吧，像棉花糖一样柔软。艾瑞丝盯住妈妈的头顶，或许是注意到了一块块浅粉色的头皮，以前这些秃斑处都是有头发的。

"你需要好好睡上一觉，我的姑娘。"维拉低声说着，同时沿着艾瑞丝的腿脱下裤子，又把她的双脚抽了出去。我看到艾瑞丝的大腿上有一颗痣，深棕色，微微凸起。她肯定没想办法处理这颗痣。

现在，艾瑞丝穿着胸罩和内裤坐在床边，尽管屋内极度闷热，她还是瑟瑟发抖。

维拉在角落的衣柜里翻找一通，往地上丢了一堆胸罩和围巾，最后终于找到一件T恤，衣服正面有一张汤姆·琼斯[①]的脸，脸下面印着"性感极了"四个字。她把这件T恤套在艾瑞丝头上。

"好了。"她说，"都搞定了。"她把手伸到艾瑞丝背后，努力把破旧干瘪的枕头弄得蓬松一点儿。她将双手搭在艾瑞丝肩膀上，温柔地将她推倒，抬起她的双脚放到床上，又给她盖上一条毯子。她把毯子拉到艾瑞丝的脸上，掖在下巴下面。"好了。"她说。

艾瑞丝看起来筋疲力尽。她脸色惨白，脸上肌肉紧绷，嘴唇干裂得快要渗出血来。她明亮的绿眼睛的眼白部分变得浑黄，就像女儿们从前用过的习字簿，至今我还保存在阁楼里。

维拉弯腰去捡艾瑞丝的连体裤，搭在自己的小臂上。她将手放在艾瑞丝头上："睡一会儿，好姑娘，明天早上你就好了。"

维拉说的话就像我妈妈说的，我妈妈特别相信睡个好觉的作用。明天将是崭新的一天。

"你不介意和那个老先生一起睡吧，是不是？"维拉冲我爸爸点点头，问道。

艾瑞丝摇头，没有任何不合时宜的言论，比如爸爸得继续赶路，而她已经气力全无。

相反，她用温和得几乎听不到的声音说："你为什么从来都不说对不起？"

有那么一会儿，卧室里鸦雀无声。焦虑在我体内摇曳。

维拉站起来说："我从来都不值得原谅，所以也从不请求原谅。"

她的语气波澜不惊，但是在说这句话的时候，她的目光从艾瑞丝的脸上挪开了。艾瑞丝叹了口气，闭上眼睛，眼皮缓缓垂下来，就像一天的营业结束后，商店的百叶窗缓缓放了下来。

[①] 英国歌手，2006年封爵后也被坊间尊称为汤姆·琼斯爵士。

第 13 条

犯困时绝不开车

在家的时候,如果我睡不着觉,就会在房间里徜徉,触碰每一样熟悉而亲切的物品。冲柑橘茶,裹上毯子,在摇椅上晃悠,夜晚就这样过去了。

有时我甚至很享受失眠,房子在我耳边叹息,嘎吱作响,仿佛是只有我才能听到的熟悉声音。

隔着维拉公寓的地板,我听见房门砰砰作响,人在叫嚷,狗在狂吠。窗外,车流滚滚,轰鸣不息。我的注意力都在那些夜行司机身上,他们是谁?这时候他们要到哪儿去?每当车流平息,我的思绪就会收拢回来,有一种陈旧的忧伤重重压在身上,几乎是在奚落我。

这就是你的下场,谁让你非掺和进来?

在这张充气床垫上,我每次翻身都能听见空气被挤压出去的咝咝声,等到破晓时分,苍白的晨光匆匆扫过玻璃窗,床垫已经像松饼那么薄了。

维拉说得没错,可可·香奈儿是只味道浓烈的狗。

我坐起身来。爸爸鼾声轻微。妈妈说他打呼噜像个小老太太。

这种老太太说的可不是维拉。

爸爸的头发虽然灰白，但仍旧浓密，盖住了眼睛。他得剪剪头发了。

睡在他旁边的是艾瑞丝。她在睡觉的时候看起来特别平静，仿佛梦到了大海的声音。她很爱大海，在海中游泳，在海边散步，看海。她喜欢海水的颜色千变万化，喜欢海水漫过陆地，温吞而残暴，无休无止，坚定不移。她说那种感觉仿佛置身画中。一个喜欢这一切的人，怎么会想出那种计划呢？

艾瑞丝的眼皮下出现了轻微抖动。我忽然觉得嘴巴干燥，整个晚上我想出的那些反驳理由顷刻间烟消云散。也许她会继续睡，现在才七点。但是艾瑞丝的眼皮快速抖动，我看见她黑色的长长睫毛上下扑闪。我调整了一下表情，让自己看起来轻松镇定一些。

"你牙痛吗？"艾瑞丝斜睨着我，问道。

"没有。"我坐直身子，"我只是想告诉你，没什么可担心的。昨天晚上的事儿，不会再发生了。我绝不会再给你的其他亲戚打电话了，也不给任何人打电话。绝不，永不，我保证。"

艾瑞丝咧开嘴笑了："我真不敢相信你给她打电话了。她没在电话里拿话噎你或者朝你吐口水吗？"

"那个，我……我只是被她吓了一跳。可她还是来了，去了音乐厅。我的意思是，她想见你。"

艾瑞丝摇头，却依然在笑："她就是个祸害，不是吗？"

"我没办法完全说……"

艾瑞丝抓住窗台边缘，把自己拉了起来。结果她手滑了一下，又坐了回去。在她又一次尝试的时候，我克制住去帮她的冲动。于是我去找包，在包里翻来翻去。

"好吧。"艾瑞丝直挺挺地坐好后，说道，"我会给你五十欧元，只要你能说出她身上一个优点来。"

"哦，好吧，让我想想啊。"

我必须想出点儿什么来，任何事情都行，这似乎很重要。因为，虽然话是没错，维拉确实挺糟糕的，但她毕竟是个母亲。而且我相信，她对自己在这方面的职责缺失很清楚。

或许我是为她感到遗憾吧，或者我坚信那是我的义务——作为同一边的战友，至少要表现出一点儿团结来吧。

我想想。

然后我就看到了艾瑞丝的丝绸连体裤被整整齐齐地叠好了，放在蓄热暖气片上。我俯过身去，把它拿起来。"维拉已经洗好了。"我说。我检查了一下膝盖部位，看到撕裂的地方已经……好吧，用"修补"这个词可能有些过誉。维拉用的是绿色的线，和衣服的绿色深浅不同，在丝绸布料美丽的翡翠绿上格外醒目。还有，她用的是平针而不是跳针，但就是优点啊。我把连体裤拿给艾瑞丝看，她不禁流露出震惊的表情来。她摸了摸自己脑袋上的绷带，肿块似乎已经消下去不少了。她看了看我，我绷紧身体。就是这一刻了，她肯定要告诉我，她不再需要我的帮助。

她张了张嘴，但紧接着将目光转向了卧室门，脸上浮现出诧异的神情。"我闻到了火腿薄片的味道。"她说。

"我也闻到了。"我说。

"肯定是从楼下飘上来的。"

"不，我觉得是从厨房来的。"

"维拉不做饭。"

"或许她现在做了。"

艾瑞丝摇头："像维拉这种人是不会改变的。再说了，厨房里压根儿没有炉盘和烤箱。"

艾瑞丝把腿移下床，弯下腰去，把绑了绷带的膝盖捋直。"宛如新生。"她说。

"你的脚踝还肿着呢。"我努力保持不那么在意的语气,"我觉得你今天还是应该休息。"

"我的船今晚就出发去加来。"艾瑞丝说。她和我的语气差不多,但说话声音比较大,其实没必要这么大声,还特别强调了"我的船"。

我假装没有留意到。"我们明天也一样能搭上船。"我说,"只不过多逗留一天。"我狡猾地将第一人称单数变成了复数"我们",漫不经心地提到"多逗留一天",好像还有很多天一样。

艾瑞丝并没有回应我的提议。她朝爸爸点点头:"你得带他回家,特里。疲惫地东奔西跑对他并不好。"

这是她的王牌。爸爸,以及大多数阿尔茨海默病患者都喜欢待在属于自己的地方,即便那地方只是个热烘烘的私立养老院,就在机场附近四通八达的商业园区背后,交通噪声不断,土豆牛肉馅饼的味道挥之不去。

"这对你的婚姻也没好处。"她补充道,"我敢打赌,布兰登肯定不赞成你在这里陪着我。"

"他没什么问题,他能理解。"我把手塞进皮毛外套下面,昨天晚上维拉把这件外套借给我当羽绒被。我十指交叉在一起,甚至不清楚布兰登对安乐死持什么态度。这难道不是我应该知道的事情吗?我们都结婚这么多年了。

"我知道,你觉得你能改变我的想法。"艾瑞丝说。

"我没有。"我说。

"我是不会改变想法的。"

"我知道。"但她会改变的。我会说服她,我会找到有说服力的方法。

我看得出艾瑞丝在研究我的表情,试图揣测我刚刚那个回答的真诚度。我装作没注意到,一副无动于衷的样子,一心一意把充气床垫里最后一丝空气榨干。

"你可能会面临起诉。"艾瑞丝说,她朝我俯身过来,"你可能会进监狱。"

我挥动双臂,赶走这种可能性,就像是在打苍蝇,就像是我并不害怕。"我要和你一起去,"我说,"我们说好的。"

艾瑞丝沉默了片刻。我以为她终于答应了,结果她很快就恢复了之前的态度:"这是我必须独自一人去做的事儿。"

"可是你不能一个人,你这个无情的大波女。"我说。

"无情的大波女?"艾瑞丝冲我翻白眼。我知道她是在取笑我,因为我不是会说出"大波女"这种词的人,也不会讲什么"无情"之类的话。当然,我会说"乳房"这个词,如果必须提到的话,但是自从停止母乳喂养之后,我就再也没说过这个词。

"没错。"我说,"无情的大波女。"我着重强调了"大波女"这个词。

这个词听起来有点儿搞笑,可能是因为重复了一遍吧,我也不知道。反正不管是什么原因,我们都哈哈大笑起来。艾瑞丝的眼睛水盈盈的,好像在哭,我这才意识到,我从来没见过艾瑞丝哭。

这有点儿不可思议,毕竟我已经认识艾瑞丝·阿姆斯特朗七年了。但是我确定这七年里她从来没有哭过。哪怕是在医生告知她得了多发性硬化症时,她也没有哭。我记得那一天的她,耸了耸肩,说"就是这样了",一副逆来顺受的样子,好像事不关己。

或许那时她就已经做好了计划。

艾瑞丝不再笑了,她清了清喉咙:"你看,特里,我不想为你担心。"她说,但语气已然不如先前那么坚决。我轻松地插话:"那就别担心嘛。"不担心就像决定不担心一样简单。我站起来,把压在身下的外套举起来叠好,这可真是个大工程。我屏住呼吸。

"那是真皮吗?"艾瑞丝看了一眼外套。我觉得我赢了这一局。虽然"赢"这个词不恰当,但我还是忍不住有些开心。

"不，不是真皮。"我说道，虽然我也不是很确定。外套上有很浓的肉味儿，而且很沉，或许是因为被我睡过了。我似乎还记得，某一刻我忽然惊醒，深信可可·香奈儿就四仰八叉地躺在我身上。

厨房里，维拉在衣服外面套了条豹纹围裙。鞋子和昨天一样，黑色高跟鞋，没穿短袜。脚趾因为拇囊炎而肿起，脚背上是缓慢循环的蓝色血管，密密麻麻地布满错综凸起的纹路。她的脚就是年迈女人的脚，而她的鞋子呢，则属于那种你提出帮她拎包而她不理不睬的女人。

我很惊讶，因为艾瑞丝错了。

维拉确实做饭。

至少，她今天做了。

她用围巾包住头发，是头巾样式的那种，也是豹纹的图案。一根香烟摇摇欲坠地叼在嘴角，细细长长的烟灰迟早会掉进锅里。

锅里塞满了火腿薄片、香肠和黑白布丁香肠，锅就架在一个便携式的野营炉盘上，连着一罐煤气，这显然会让我担心一氧化碳中毒。

艾瑞丝读懂了我的想法，咧开嘴乐着告诉我不如担心食物中毒。

幸好有煎肉的嗞嗞声，维拉听不见我们说话。

她转过身来："你们终于起来了。鸡蛋你们想怎么吃？"

"你没必要做饭，维拉。"艾瑞丝说。

"为什么？你们不饿吗？"维拉问。

"我快饿死了。"我抢在艾瑞丝前面答道，"我们都饿坏了，对吧？"我瞪大眼睛盯着艾瑞丝，她叹了口气，然后摇摇头。"好吧。"她说。

我闻到了糊味儿。

"我能做点儿什么帮帮忙？"我问。

"什么都不用做，甜心。你就好好坐着，倒点儿茶喝。我煮了一壶茶。"

维拉将我们引到桌边,她在桌上摆了不太匹配的盘子、粘满油污的刀叉和廉价的马克杯。桌子中间是一条白面包、番茄酱、棕酱和一包糖,还有一盒新鲜的牛奶。

"庄园主去哪儿了?"维拉问。

"他还在睡。"我说,"昨天对他来说太漫长了。"

"所以你们会在伦敦待上几天,是吧?"

"我们今天就要走。"艾瑞丝说话的语气唐突无礼,她一和妈妈讲话就这样。

"给,艾瑞丝。"维拉说着,将满满一盘食物放在了女儿面前,"统统吃下去,亲爱的。你看起来需要多吃一点儿。"

实话实说,艾瑞丝最近确实消瘦了。但维拉这么一说我才注意到。

"我只吃个鸡蛋就行。"当维拉开始盛第二盘时,我连忙说。她缓缓转向我,一手拿着叉子,油从叉子上淋到了地板上。

"啥意思?"维拉问。

"我是说,你知道的,一个鸡蛋就行。鸡蛋怎么做都行。"

"为什么你只要一个鸡蛋?"维拉问。

"那个……事情是……"

"特里是素食主义者。"艾瑞丝说。

"素食主义者?"维拉重复了一遍。她把这个词说得很慢,在嘴巴里滚了一整圈,好像在品尝滋味。

"没错。"艾瑞丝说。她从袋子里拿出一片面包,涂上黄油。

维拉看着我:"所以……你不吃肉?"

"不吃。"

"那你吃什么?"

"这个嘛,你知道的,蔬菜和……"

"但是不吃肉?"

"不吃。"

"你不能只吃蔬菜啊。"

"其他东西我也吃。"

"其他什么东西？"维拉问，叉子上的油还继续往地板上滴。

"很多东西啊，比如鸡蛋、奶酪、豆子，还有……"

"我有豆子！"维拉说道，她终于松了一口气。

"别担心。一颗鸡蛋就挺好的。我很爱吃鸡蛋。"我露齿而笑，笑得特别灿烂，只为向维拉证明我有多爱吃鸡蛋。维拉看了看艾瑞丝，她点了点头："是真的，特里真的很爱吃鸡蛋。"

维拉再次摇了摇头，然后转过身去面对那口属于肉食者的锅。

爸爸在房间里出现了，这让话题成功转移。

"别告诉我你也是个素食主义者。"维拉说道，她用叉子扎起四根香肠，冲爸爸晃了晃，有点儿像在示威。

"它们都煳了。"他指着那些香肠说道，确实又硬又黑。

"只要是吃的他都那么说。"我对维拉解释，这当然不是真话。他只对烤煳的食物这么说。

我站起来，把爸爸安置在我的椅子上，往一片面包上涂了黄油和一点儿果酱递给他。维拉给他倒了一杯茶。

艾瑞丝一口气吃完了盘子里堆积如山的早餐。"谢谢。"快吃完时，她对妈妈说，"早饭……挺好吃的。"

"我也只能做这么点儿事儿了。"维拉说，口吻很是小心。两个女人彼此对视，我屏住呼吸，不知道接下来会发生什么。如果真有话要说，那总归要说出来。

然而什么也没发生，什么话也没说。

维拉把艾瑞丝的盘子放到扶手椅的扶手上，料理台上实在没地方了，然后她坐了下来。

"你什么都不吃吗？"我问她。

"我当然吃。"她一手捏着烟,一手端着茶杯,"茶和烟,我也能当个素食主义者,看见没?"

我们都笑了。笑声交织,听起来还不错。在这个弥漫着食物焦煳气味儿、烟味儿和逝去宠物狗的气味儿的狭小空间里,我们的笑声听起来确实像是一件好事儿。

所以,吃完饭后,艾瑞丝站了起来说"我们得走了"时,这话听起来似乎也不那么刺耳了。我是说,没有在笑声爆发前说出来那么糟。此刻听起来,这句话就是漫不经心地表达了一个事实而已。

我们得走了。维拉提出要送我们去唐人街的停车场,但艾瑞丝谢绝了。

"谢谢,我们会打车去。"她说。我明显松了一口气,简直心花怒放。

我们拿好外套和包,朝门口走去。

"那就再见了。"维拉说着把烟头摁灭在一片火腿外皮上,"感谢你们的突然到来。"这话说得好像我们经常来访似的。

爸爸挥挥手,笨拙地朝门口走去。维拉站在艾瑞丝身边。"你从现在起得小心一点儿。"她说,"不要再摔倒了,行吗?"

"我尽力。"艾瑞丝答道。

维拉看着艾瑞丝,真的是在看她。"你爸爸把你养得真好。"她说。

我很好奇艾瑞丝会说什么,但她什么也没说,只是点了点头。

"你现在知道可以在哪儿找到我了,如果你还需要消毒液。"维拉又发出了招牌式咯咯咯的笑声。

艾瑞丝说:"那就再见了。"维拉的笑声戛然而止。艾瑞丝靠在拐杖上,跟着爸爸走出门去。

我也跟了上去。维拉瞥了我一眼,我在她面前停下了。

最后,我拥抱了她。我也不知道为什么,她是那么轻盈,瘦骨嶙峭，轻而易举就被我抱在怀中。一开始她有些僵硬，但是我一直没有松开她，这种事情真的很少发生在我身上。我一直抱着她，最终她不再抗拒。我感受到她的身体软下来，顺应了我的拥抱。她沉下肩膀，原本僵在身体两侧的手臂也放松了。她举起手来，顺着我的手臂轻轻拍打，短暂地停留在我的肩膀上。

维拉回抱了我。

"谢谢你的款待。"我的话埋在了她有些扎人的头巾里。

当我松开她，她满脸通红，仿佛是在脸上打了两遍腮红。"你最好保持警惕，"她说，"如果你要跟上那两个家伙的话。"

第14条

清楚示意车辆绕行,让车流通畅

我的车还在唐人街上的停车场里。让我惊讶的是,我意识到自己其实希望车子不见了,可能是被停车场的管理员拖走了,或者是被偷了,要么就是出了故障。

而让我更惊讶的是,无论出现上述任何情况,我竟然都不担心。我都能听之任之。

听之任之不只有负面含义,也可能是好事。因为艾瑞丝看起来也完全是一副听之任之的样子,她似乎已经听凭自己陷入这趟旅途的变故之中,听凭我和爸爸出现在这里。

当售票机显示出应付的停车费时,我强迫自己保持面无表情。

"我来付。"艾瑞丝说着从钱包里掏出银行卡。

"不用。"我说罢便将一张二十英镑的纸币喂进了机器贪婪的大嘴里。

"我现在有大把的钱可以花。"艾瑞丝说,"而且也没有太多时间花掉了。"她的语气完全是在开玩笑。

"我觉得我们还没打算谈论这个。"我说。

"我并不是在谈论这件事儿,我只是用比较搞笑的方式提到了而已。"艾瑞丝说。

"并没有那么搞笑。"

"这是黑色幽默。"

我从机器里拉出收据,塞进钱夹。我不知道我为什么要保留这张收据,或许是习惯吧。我保留所有收据,每个月末都把它们记录到一个分类账簿里,已经坚持了很多年。那并不是个真正的账簿,不太专业,只是记录一下支出。布兰登说根本没必要,但我还是在做。当你花别人的钱时,总是格外小心。

有时候女儿们会问我,为什么我不像她们朋友的妈妈那样有一份工作,哪怕是个兼职工作。她们不明白,她们就是我的工作。我使出浑身解数去做这项工作,哪怕到头来没人感谢我、从未拿到薪水、没有升职或者拿到一块金表。没人拍着我的背说,干得漂亮,这也没关系。我不在意的。

结果呢,你的女儿们很可能看着你,为你感到那么一丁点儿遗憾,这种感觉令人刺痛。

我从钱夹里拿出收据,撕了个粉碎。我像个毫不在乎的人一样,把碎纸扔进面前的杂物箱里。因为这不是布兰登的钱,这是我的钱。

我驱车穿过伦敦的大街小巷。在星期二早上,伦敦有一千万人口。我觉得所有人似乎都在街上,不是在车里就是在自行车上,要么就是挤在巴士和出租车里。蒸汽从前方道路上的一个个出气孔里喷出,地下的地铁轰隆隆驶过。头顶上,飞机如秃鹫盘旋,等待着陆时机。

艾瑞丝从包里摸出手机,打开了一个 GPS 应用,但我不需要,因为我记得回民宿的路。

我几乎不相信 GPS。

结果证明,我的方向感没我自己想的那么差。

结果证明，熟悉一条路线意味着开过一遍。

艾瑞丝佩服得五体投地，我看得出来。

车经过苏·莱德商店时，我看到了珍妮弗。她站在门口，正在抽烟。我检查了一下后视镜，后面没车，我们可是在伦敦啊，这是个好兆头。我停下车，打开双闪。

"你这是要干吗？"艾瑞丝问。

"你为什么停下？"爸爸问。

我没有回答他们。我打开车门，踏上马路。

"珍妮弗，"我喊道，"嘿，我是特里，昨天那个。"

珍妮弗看着我，其他成百上千人也是这样看我，而这并非我的本意，但我别无选择。我转了一圈，一个圆满的三百六十度。马海毛针织衫贴在我身上，粉色高腰网纱长裙在我的腿边旋转。我闭上眼睛，这样我就看不到任何人对一个中年妇女当众转圈圈会做何反应。

我转了满满一圈，然后睁开眼。眼前的世界歪歪扭扭，这恰恰表明我有多不习惯转圈。

"我穿了我买的衣服。"我冲珍妮弗喊道，同时张开双臂。我马上意识到，在光天化日之下站在大街上说这种事情有多奇怪。

"你看起来美极了。"珍妮弗喊着回应道，她的声音淹没在响亮的汽车喇叭声里，几乎听不见。鸣笛的车子在我的车后排成一长溜。

我冲紧跟在我车后的司机挥手致歉。他的嘴巴快速地一张一翕，肥嘟嘟的嘴唇上有白色的唾沫星子。他的肢体动作幅度很大，脸憋成了绛紫色。

我担心他可能会伤到自己，我是真的担心。

我回到车里，熄灭双闪，放下手刹。

"你抽什么风？"艾瑞丝问道，她看着我的眼神好像……好像我额前长出了独角兽的犄角。

"那是珍妮弗，苏·莱德商店的店员。还记得我跟你说过……"

"是的，我知道，但是……你竟然转圈，就在马路中间。"

"我知道。"

"那你为什么还要转呢？"

"我不知道。"我对艾瑞丝说。我是真不知道，毫无头绪。

艾瑞丝向后靠在椅背上，小心翼翼地盯着我，好像我是从动物园逃跑的动物，要么就是从马戏团逃跑的，上帝喜欢它们。不管怎么说，她看我的眼神都像是她不知道该期待什么，对此，我无法责怪她。

回到民宿，我将爸爸安置在厨房里的餐桌边，给他吃了药。一共十片。他现在一次只能吃一片，有时他会把药都吐出来，握在手心里，像要供给别人。

就是在喂爸爸吃药时，我决定去多佛，决定上船之前去看看白崖。

我已经算过了，时间很充裕。

艾瑞丝洗完澡后，我将爸爸送进浴室，把电动剃须刀也给了他。他很喜欢刮胡子，有时候他一天刮两次。我觉得这是因为他记得该怎么刮胡子，记得刮胡子的流程。这个过程在他脑海中根深蒂固，埋藏在疾病无法企及的深处。

在墓穴里挖坑。他是这样形容刮胡子的。我把新衣服都收拾到一起，把所有东西打包到爸爸的旧手提包里。

我做这些的时候，艾瑞丝就坐在屋顶露台上。她已经换上了虎纹哈伦裤和黄色T恤，我也应该换一下的。我的衣服上都是维拉公寓里的味道——香烟和可可·香奈儿。

艾瑞丝坐在帆布折叠椅里，修长的双腿搭在凳子上。她的头发被打湿后颜色很深，近乎黑色。她看起来又像从前的她了，她看起来很了不起。

狭窄的屋顶露台因为艾瑞丝的存在而更像秘密花园了。

"你涂防晒油了吗？"我问。

"你当我是小孩子。"她说。

"职业习惯。"我说。

我坐到她旁边："所以你打算做什么？"

"就闻一闻玫瑰。"艾瑞丝说。

"你的脚踝怎么样了？"

"非常好。"

"要我帮你换掉额头上的绷带吗？"我问道，"话说回来，我可没把你当小孩子。只是，你知道的，保持伤口清洁很重要。"

"谢了。"艾瑞丝说，"对了，你能帮忙我很感激。我不知道这话我说没说过，我一直都很抓狂。一开始是因为跌倒，然后是维拉突然蹦出来。"

"你还在生我的气吗，因为维拉？"

艾瑞丝考虑了一下这个问题，然后说"没有"。我知道她是真的不生气了。

我看了看表。"你需要帮助吗？"我问道，"收拾行李？"

"不着急。"她说，"船是今天晚上七点半的。"

"我觉得我们还是早点儿出发比较好。"

"那我们只能在港口闲逛。"

"我觉得我们可以当一会儿游客。"

艾瑞丝却摇头："我只想去我要去的地方，不想再分心了。"

"我知道，但是你见过多佛白崖吗？"

"我们从船上能看见。"

"那不一样。"我说。

"确实，可我的脚踝怎么办？"艾瑞丝继续反对，她卷起裤腿，指着脚踝处的肿包，动作夸张，得意扬扬。

"你可以用拐杖啊。"我说。

133

"那我的手腕呢？"

"你说它们毫发无伤，还记得吗？"

这种感觉并不好。用艾瑞丝的积极乐观去对付她。但是这样很有效，我感觉到她犹豫了。

"好吧，那么，要是你真想去的话。"她叹了口气，流露出倦容。但我不会上当，我跳起来说："太棒了。我十五分钟后就能出门。"

我们就这样坐在了车里，朝多佛白崖驶去，看起来就像三个普普通通的人，虽然爸爸总是把假牙给取下来，朝超越我们的车子挥来挥去。

"你想知道我们现在要去哪儿吗？"我问。已经有很长时间了，他都没有问过我要去哪儿。

他摇摇头："你妈妈肯定不在那里，是不是？"

"不在。"我不知道自己为什么没像平时那样骗他。我觉得有可能是因为他一般不用否定的方式来表达。你妈妈肯定在那里，是不是？这才是他平常会问的话。

他咬了咬下嘴唇，每当他思考、看电视里的马儿飞奔或者研究报纸上的表格时，就会这样。

"你觉得我很快就能见到她吗？"他问。

我犹豫了："那个……要是你相信的话，你知道……像上帝啊，天堂啊，或者类似的事物……"

"天堂？"

"没错，那是个可以去的地方。有些人相信他们会去那个地方，在他们……去世之后。"我为什么要说"去世"这个词，还那么大声地说出来？我真希望艾瑞丝没听见我说这个词。我为什么不拿平时那套说辞来哄骗他，反而跟他说什么去世，谈什么死后会出现的状况取决于你的信仰？

我忽然意识到，那是因为我不相信。我已经不相信很久很久了，或许压根儿从未相信过,而我还是会去做弥撒,你或许会觉得有点儿可笑。我不是每个礼拜日都去,隔三岔五会去一下吧。反正我依然去,布兰登也是。可我并不知道他是否相信,或者说,他是否仍然相信。

"我觉得死亡是一件积极的事情。"艾瑞丝说着,从副驾驶座上瞥了我一眼。

"死亡?"爸爸瞳孔放大,惊讶地问。

"你到底为什么要说这话?"我嘘了艾瑞丝一声。

"抱歉,"艾瑞丝说道,"我只是想说,如果没有死亡,生命就不会那么珍贵了,你明白了吗?不然我们只是……存在而已,我觉得。"

"你说得没错,艾瑞丝。"我说,"生命确实很珍贵。"我的语气很尖锐。我无法自控,或许是因为昨晚睡得断断续续。那样过了一夜,谁都会声音尖厉。

"每天晚上我都要在床上念三遍万福马利亚。"爸爸说。

"真的吗,爸爸?"我有点儿讶异。首先是他竟然记得"万福马利亚"这个词。他经常说"把我安葬在长满青苔的河岸上,这样就圆满了"。我从未想到他竟然相信死后的世界。我的意思是,没错,他经常在星期天和妈妈一起去做礼拜,并让我和休也这样做。要是我们去做了和他们不同的弥撒,回家后爸爸就会考考我们。弥撒是谁做的,福音的内容是什么,圣保罗给谁写了信。问的几乎都是《新约·哥林多前书》。

"我不想死。"爸爸小声说。

"我们要去看多佛白崖,基奥先生。"艾瑞丝马上换上一副轻松明快的语调去分散他的注意力。

"为什么?"

"因为那里很有名。"

"为什么?"

"前面得绕行,"我说,"然后,我们要——"

"车辆绕行需要清楚示意,这样才能让车流通畅。"爸爸说。

"别担心,爸爸,我知道路。"我宽慰他。

严格地说,我骗了他。

第 15 条

拖车时,拖杆一定要结实

我们把车停在了游客中心,这样艾瑞丝就能利用那儿的辅助设施,爸爸则能喝杯茶,来一块贝克韦苹果挞,我也可以研究下墙上的信息面板,我从上面了解到许多信息,其中最重要的是:

- 悬崖是由白垩土构成的,一直都在瓦解;
- 绝不要行走在悬崖边缘,因为悬崖由白垩土构成,并且一直在瓦解;
- 悬崖很高,确切数据是三百五十英尺。

一张地图上标记了小路,东起游客中心,一直延伸到南部灯塔海岬。这对靠拐杖行走的人来说,实在是太长了。而爸爸最近走起路来也变得笨手笨脚,就像穿了双码数过大的拖鞋。

我向他望去。他把苹果挞切成了小碎块,堆在盘子一侧,用刀子把其中一小块挪到盘子中间,再把刀尖插进去,送到自己嘴巴里。他原来吃东西都是大快朵颐的。

"爸爸。"他抬起头来,正要用餐刀把那一小块苹果挞送进嘴巴里。我和他说话的时候,多半是用"爸爸"这两个字开头,这样他就能知道我是在跟他说话,也能记起我是他女儿。

我试着想象自己把凯特和安娜都忘了。但我想象不出来,并不仅仅因为我想象力贫乏。孩子们就是脑中的一条热线。人们绝不会把孩子给忘了,就像爸爸不会忘了交规和他的法兰克·辛纳屈逸事,虽然这个故事根本没发生过。出现阿尔茨海默病的症状后,他就编出了这么一个故事。医生说,有时候就是会出现这种情况。但不管怎样,爸爸坚信那件事是真的,并且牢记在心,就像牢记他喜欢的那些歌的歌词一样。

我的女儿们就是我的歌词,我的交规。我对她们的记忆肯定不会丢失,不在这个疾病的统治范围内。

"哦,你好啊。"爸爸回应我,"你什么时候来的?"

"刚刚。"我答道。曾几何时,我也常常鼓励他重拾回忆啊。

"爸爸,我得打个电话。"我说,"我得给布兰登打电话。"

"布兰登?"

"我丈夫。"

"哦,没错。当然了。"以前他假装想起来时,我总是很不高兴。可现在,我有点儿开心。仿佛他是为了我而努力这样做的,只是为了我。

"我要到外面去给他打,外面的信号更好一点儿。"

"好的。"

"所以,你会好好待在这里,直到我回来?"

"小菜一碟。"他说,这是他过去常说的话,我审视他的面庞,想看看能不能找出从前那个他来,可他只是微微一笑,转而问道,"你什么时候回来?"

"我很快就回来,好吧?"

那块小小的苹果挞从他的刀刃上掉回盘子里,他锲而不舍地追着它,重新用刀子叉起来,送进了嘴巴里。

屋外，阳光下有一条长凳，我拿着手机坐下来。这将是自周一以来，我第三次在工作时间给布兰登打电话。在此之前，这些年来，我总共往他金星保险的办公室打过五通电话。

第一次，是我在超级奎恩百货的果蔬走道里，突然要生凯特。好吧，是我觉得马上就要生了。最后，凯特是两星期之后才降生的。

之后呢，是安娜把手指夹进了玩偶童车的铰链里。还有一次，是凯特一脚踩上了波特马诺克海滩上的玻璃碴。

我母亲去世的那天。

我在城里弄丢了爸爸的那一天。就是那一天，布兰登把养老院的手册顺着厨房的餐桌推到我面前。确实，在爸爸这件事儿上，他是对的。照顾爸爸远比我预想的要难。

他的电话响了一声又一声，当他忽然短促唐突地回答"布兰登·谢泼德"时，我正琢磨在他的语音信箱里留什么话。

"是我。"我说。

"我知道。"但凡我在工作时间给他打电话，他都非常不耐烦。现在是八点。我感到心跳瞬间加速，好像我们正在吵架，但是并没有。

"那你为什么还要说布兰登·谢泼德？如果你知道是我的话，你为什么不直接说'你好'？"我原本没必要这么大声的，语气还很尖锐。

"我接电话都是这么说的。"布兰登回道。

"我知道，很抱歉。"我说。

"没关系。"他说道，而我又感觉到了自己的怒火，像从空荡荡的小腹里蹿上来的胆汁，可我并不知道我为什么要生气，我真的不知道。

"事实上，我并不觉得抱歉。"我说。

"你是在生我的气吗？"

"不是。但是，我只是……没想说什么对不起。我不知道我为什么要那样说。我猜是习惯吧。"

"你还好吗，特里？"

"挺好的。"

"你什么时候回家？"

"要……看情况。"他并没有问要看什么情况。我猜他心知肚明。但他要是能说点儿什么的话，我会更好受一些。

"凯特今天晚上会开车过来。"他说。

"凯特？为什么？一切都好吗？"凯特回家来，她当然会回家来，但是从来不会不提前说一声就突然上门。她会通知我们很多次。再说了，她明明正集中精力准备自己的首场演出。

"是的，冷静。一切都很好。"他听上去就像在用手掌根揉眼睛，每当疲惫的时候，他就会这样，"她说要回她的房间里拿些资料。"

"什么资料？"

"我不知道。我只是把她说的话告诉你。"

"她房间里根本没有什么资料。"

"我没有盘问她。她已经是个成年人了。"

这些年来，布兰登一直在告诉我，我的女儿们已经长大成人。我也知道确实如此。可我也知道，凯特绝不是回家来拿资料的，因为我每周五都会清理她的房间，我可以保证她的房间里绝对没有任何资料，整栋房子里也没有任何属于她的资料。

紧接着，我就明白了。

她是回家拿蛋蛋的。

有些孩子会有一条安慰毯、一个橡皮奶嘴，或者一根拇指。凯特有蛋蛋。蛋蛋是个特别柔软的黄色小猪，是我妈妈买给她的。凯特和蛋蛋形影不离。凯特抱着蛋蛋睡觉，带着蛋蛋去幼儿园和小学。随着年纪渐长，这种小玩具对她来说太幼稚了，可她依旧带着蛋蛋。我有点儿担心其他孩子可能说什么、做什么，但我也很欣赏凯特，她并没有像我一样，去担心别的孩子可能说什么、做什么。

蛋蛋是凯特的幸运符。她深信，如果没有了蛋蛋，所有降临在她身上的好运都会戛然而止。当然了，这也让我担心。要是凯特弄丢了蛋蛋怎么办？要是它从婴儿车上摔下来了怎么办？或者她非要带着蛋蛋去游乐场，把蛋蛋放在儿童秋千上，想荡多久就荡多久（通常都会荡很久），万一她把它忘在那儿了，怎么办？

在凯特考完了一年级的英语、完成了三位一体戏剧表演之后，她把蛋蛋带去了考场，藏在皮书包里。此后，这只小猪就……怎么说呢？用你们的话说就是，正式停止使用。蛋蛋就放在凯特房间的架子上，曾经柔软的黄色身体变得又硬又灰，虽然这些年来我一直无微不至地打理蛋蛋的个人卫生，它还是成了一个缺胳膊少腿的集合体：一只眼睛，半只耳朵，三条腿，没有尾巴。每星期，我在女儿们的房间吸地擦灰时，都在蛋蛋快要从凯特房间的架子上掉下来时，尽量避免去抓它那只完好无损的眼睛，它就那样被遗忘在原地。

然而它并没有被遗忘。因为凯特回来找它了，这也意味着凯特感到紧张。

而我不在她身边。

我女儿惴惴不安，紧张到需要回家来。而我本应该在家的。

"特里。"

"什么？"

"我只是想知道，你有没有处理高威那边酒店的事情？凯特会问我的，我……"

"没有。"我说。又来了，怒火，像危险信号一样熊熊燃烧。或许是因为我来了例假？不，还没到时候。我到更年期了？很可能是这样，我已经到这个年纪了，是吗？

"没有？"布兰登不可思议。公平地说，通常情况下，这类事情都是由我掌控。

"没有。"我又说了一遍，然后补充道，"那你处理了吗？"我不知道我为何这么问。

"什么？没有！当然没有。特里，我觉得你根本没明白现在的情况有多严重，那些加拿大人随时随地开会，报告没完没了，还有口音问题。工作强度非常高。我的意思是，他们希望我们别把他们跟美国人混为一谈，但说的都是'过得开心啊'和'我的曾祖父就来自该死的巴利湾'。"

"布兰登，我——"

"……而且他们已经开始跟我的员工谈话。因为想要保住自己的工作是个奢望……"

"布兰登！"

"……起初我们估计只有百分之十五的可能性，结果很明显，机会还是要大很多，远比……"

"布兰登！"我吼道，旁边一棵白桦树上的林鸽猛烈地扇着翅膀飞向空中。

布兰登闭上了嘴。

"我只是……"我说，"……想让你注意听我讲话。"

顺着电话线，我听见他的手指在摩挲下巴，虽然今天早上他肯定仔细地刮过胡子，但下巴上还是覆满了胡楂。

"我在听。"

"哦，好的，很好。"

"你要说什么？"他问。

"我记不得了。"我说。

"或许你是打电话来让我知道你人在哪儿？"

"没错。"我说，虽然我并不确定自己到底为什么要打电话。而现在我真希望自己没打这个电话。我希望自己不知道凯特的事情。

"那么，"片刻之后，他问，"你在哪儿？"

"多佛。"

"多佛？真不敢相信你——"

"听着，布兰登。"我说，虽然我并没有大喊大叫，甚至都没有提高声调。他话说到一半停了下来，停得很突然。

"我和艾瑞丝一起。我必须陪着她，不管需要陪多久，我是不会留下她一个人的。换成我的话，她也会这么做。所以，要是每次我告诉你我在哪儿的时候你不那么大惊小怪，那我会很感激的。你能做到吗？"

"你这个时机选得真是太糟糕了。"布兰登说。

"不用你来告诉我，我早就知道了。"我说，"我已经感觉糟透了。但是，如我所说，我是不会离开——"

"这件事很严重，特里。你可能在手续上遇到麻烦。"

"你没告诉任何人，是吧？"

"当然没有。"

"因为没有必要，你知道的。我要阻止她。"

布兰登哈哈大笑，是短促而刺耳的笑声："没人能拦住艾瑞丝，只要她迈出脚步，简直就是军用坦克。"

"但我能，我会让她改变主意的。"

他顿了顿，然后说道："你确实觉得你可以，是吧？"他的语气很惊讶，让我想挂掉电话。

"所以，你听好，"我说，"你得自己给高威的酒店打电话，解决一切需要解决的问题，好吗？从英国给他们打电话太贵了。或者说，从法国。"

"法国？该死的，特——"

"我现在要挂电话了。"

"别！等一下，我……钱，你打算怎么办呢？你带银行卡了吗？美国运通卡呢？"这就是布兰登的道歉方式，我突然意识到，他要用钱来摆平局面。

"我什么都不缺。"我告诉他。

"好吧,好吧。很好,那样的话……很好。"

我应该就此结束对话,但是我说:"我妈妈在一个账户里给我留了些钱。"

"哦,你从来没提过。"

"没有。"

"我的意思是,挺好的,我只是……"

"她管这个账户叫离家出走账户。"我好像关不住话匣子了。

"这就是你正在做的事吗?"现在他是迷茫的语气了,好像这是个可笑的想法。我,离家出走了。

或者只是离开。离开是更有尊严的。

他很可能是对的。这太可笑了。我不是一个会离开家的人。

"我觉得不是。"我能从电话里的沉默感觉出来,对于我的回答,他和我一样震惊。

我当然没有离开了。

首先,我能去哪儿呢?

电话另一端是沉默。

"信号不太好,布兰登,我得走了。晚点儿再打给你,好吗?或者明天,好吧?"

我挂了电话。

我知道他会想什么。他会认为是艾瑞丝的原因。我觉得他从来都不喜欢艾瑞丝。和微风般的我比起来,艾瑞丝就是一阵狂风。

布兰登更喜欢徐徐微风。

"你会再跟艾瑞丝出去吗?"既然想到这里,我便想到了他最常重复的这句话,平静的面容之下潜藏着怨恨。你只有潜入水中,才能感受到那种拉力,但我拒绝跳进去。我不仅不跳,还邀请他一起。

去图书节、看戏、酒吧知识竞赛或者音乐会,反正我知道他是不会来的。

"那真的不是我的菜。"这是他的说辞。

那不是他的菜。

那他的菜是什么呢?

你不可能跟一个人结婚四分之一个世纪,却还不知道他喜欢什么。

可能吗?

我当然知道他喜欢什么。他喜欢打高尔夫。至少,他每个星期天下午都要打。等他回家以后,我问他打得如何,他回答"惨不忍睹""糟糕透顶"或者"筋疲力尽",我便问"为什么"。他就会说说球场、天气、他的膝盖,而我会说"哦不,真可怜"或者"下次会有好运",然后他会问晚餐吃什么,尽管我们星期天总是吃咖喱,但他还是会问,我便将晚餐计划告诉他,他说"你又要跟艾瑞丝出去"。我邀他一起去,他便会说"那真的不是我的菜"。我拿起水壶,他开始玩数独,我按照他喜欢的方式给他煮了杯茶——半勺糖,加一点儿牛奶。吃完饭后他说"把碗留着,我来洗"。我亲吻他的脸颊,然后和艾瑞丝一起去做他不感兴趣的事。此时此刻,我想到这一切才意识到,在我亲吻他的时候,有时候我的嘴唇根本就没有碰到他的脸颊。

既然想到了这个,我已经想不起上一次亲他是什么时候了,我是指真正意义上的亲吻。亲在他的嘴巴上,双臂紧紧环抱住他,闭上眼睛。

我希望自己不要再想这些事情。在眼下的计划里,这件事儿根本不重要。

你不能因为不记得上次闭上眼睛亲吻丈夫或者双臂紧紧拥抱他是什么时候,就离家出走。

你不可能跟"住在34号的安吉拉"说这种事情,只有意义更重大的事情才行，或者是桩风流韵事、赌博成瘾，或者，家暴之类的，我也不知道。

布兰登说他太累了，根本没心思出轨。

而他每年在切尔滕纳姆赛马上花的钱不超过五欧元。

有一次，我们的厨房里出现了老鼠，他用塑料瓶、牙签和橡皮筋做了个陷阱。抓到老鼠后，他在屋后的田野里放生了它。

所以，当我试着让"住在34号的安吉拉"理解我为什么要从家里逃跑时，我举不出一个能表现他残酷的例子。

可是，话说回来，我为什么非要让"住在34号的安吉拉"理解我呢？

我压根儿就不应该在乎"住在34号的安吉拉"，我压根儿就不应该在乎她对我离家出走怎么想。

再说了，我根本没有离家出走。

我是因为艾瑞丝才来到这里的。

"特里，你还好吗？"艾瑞丝出现在我坐的长凳边，我不知道我在这里坐了多久，完全没有注意到时间流逝，也没关注爸爸。我往游客中心看了一眼，找到了他，仍旧满盘子堆着贝克韦苹果挞的碎块。

"你看起来忧心忡忡的。"艾瑞丝坐了下来。

"我总是看起来忧心忡忡的。"我说。她笑了，点点头。

"一切都好吗？"

"嗯。"要是我告诉她，她就会说我应该回家，家里需要我。而她说得没错，所以我什么也没告诉她。事实上，我补了一句"一切都好极了"。不过，我可能是有点儿太夸张了，因为艾瑞丝的白眼都快翻上发际线了，她露出怀疑的表情，而我真的无法责怪她，因为在一般的事情上，我不是会说"好极了"这种词的人。

"你从这里可以看见悬崖。"我说着，指向了白崖。我不知道我为何非要绕这个圈子。艾瑞丝不可能拄着拐杖走上那条坑坑洼洼的小路,尤其经过昨晚的折腾。爸爸也做不到。他俩都不想去。所以我到底为什么非要拖着他们跟我兜圈子,就像凯特拽着蛋蛋到处跑一样。

艾瑞丝望向悬崖。"真是壮观啊,是不是?"她说,听起来很惊讶,好像完全没有料到。

"你的脚踝怎么样?"我问。

"好多了。"艾瑞丝说着转动了一下脚,"消肿不少。"

"维拉要是听到这个消息肯定很高兴。"我试探着说。艾瑞丝张了张嘴,无声地说了什么,然后又决定不说出来,只是点了点头。

"那么,"我说,"我给你指的地图上的那条路,你觉得可以走一走吗?"

艾瑞丝朝爸爸的方向点点头:"那他怎么办?"

"我们带着他。"

"他做不到的。"

"我们可以让他分心。"

"让他分心?"

"是的。"

我们正是这样做的。所谓分心,就是拉着爸爸的手臂,唱他熟悉的歌,我选了《但愿有情人》,这样他就不再抱怨,反而会跟着我们一起唱。这招屡试不爽。很快,我们三个就走上了小路,就像狮子、稻草人和铁皮人走在黄砖路上。

木板上夹了一首诗,名字是《今日,是什么风把你吹到这里》。

真是个好问题,也是个我没有现成答案的问题。

悬崖上的白垩土反射着阳光,使悬崖的白色特别梦幻,就像洗涤剂广告里那些曾经污渍满满的衣服,此刻白得发光。

头顶笼罩着无边无际的天空,让我想到浅蓝色的蕾丝。脆弱,极易撕裂。

我们脚下,渡船出港,缓缓滑过水面,留下一条白花花的水痕,仿佛一道画在英国与法国之间的白线，也画在我们所在地与目的地之间，画在此刻与未来之间。

未来从未像现在这样不可预知。

低矮的草丛里野花星罗棋布，因为一直都有马儿在吃草。当我们靠近的时候，马儿们抬起头来，爸爸停下脚步，脸上凝结着恐惧的神情。虽然我在动物身边时，总是表现得很焦虑，但爸爸对动物的恐惧是最近才出现的。马儿并没有被拴上，放牧的人也不在这里。我想到了某个穿着威灵顿长筒靴的男性形象，他可能是个农民。没人可以管一下这些马。

"它们看……"爸爸努力想找到下一个单词。他目光集中，敲击手指，好像指尖的噪声能把那个词从他的记忆深处震出来。

"你是对的，基奥先生。"艾瑞丝说着，便走到最近的一匹马身边，用脑袋来回蹭它毛色锃亮的侧面，"它们看起来很友好，不是吗？"马儿甩了甩头，跺了跺蹄子，我害怕艾瑞丝高估了这头牲口的友好程度，但她正在轻轻摩挲马儿的耳朵，一只接一只地摸，它还耐着性子让她摸。

"我的背包里有一袋苹果，"艾瑞丝说，"你能拿一下吗，特里？"

我瞥了一眼爸爸，他看起来才像个家养的牲口，好像随时都能被拴起来。

"没事的，爸爸，没什么好担心的，真没事儿。"我一边说一边朝艾瑞丝的背包挪去。我尽可能离她远远的，拉开背包，伸手进去找苹果。

"你想摸摸它吗，特里？"艾瑞丝问道。不，我不想摸。

"当然了。"说罢，我回过头去看爸爸，笑容满面，这样他就看不出我害怕了。

"我不觉得……"他开口了。

艾瑞丝伸手拉我，把我的手拉向这只动物，放在了它的皮毛上。

它的皮毛竟然如此光滑柔顺，我惊呆了。还有味道，是一种温暖而甜蜜的味道，像磨损的皮革。

"给，"艾瑞丝说着，递给我一只苹果，"放在手心里，递给它。"

"我不确定，我是不是……"我想着要不要走开，但是马儿闻到了苹果的味道，冲着我抓紧苹果的手伸长了脖子。现在，我能感觉到这只动物柔软的嘴唇，像是有人在胳肢我，我觉得我笑出了声。我张开手，马儿张开嘴，我瞥见一排又长又黄的牙齿，然后苹果就不见了，马儿走开了。我这才意识到，我刚刚一直没有呼吸，所以我呼出一口气来。

"你想要喂一个吗，基奥先生？"艾瑞丝问道。我觉得她根本不知道我到底有多害怕，或者说我刚刚有多害怕。但这也让我很开心，我可以将"马"从我的恐惧清单上删除了。要我说，还能删掉牛、骡子和驴。

面对递上来的苹果，爸爸往后退了退。我拉住他的手，哄着他从那些马旁边走过去，继续前进。

前面有条长椅，爸爸径直朝长椅走去，也可能是朝坐在长椅上的女人走去。要我说，她比我爸爸年纪大，头上包了头巾，干枯的灰色卷发从头巾里探出来，华达呢外套的扣子一直扣到了下巴处。她身旁的小推车上放着一个购物袋，她那患有关节炎而肿胀的手正握着车把手。爸爸看见她的时候面露微笑，一屁股坐到她旁边，然后亲了她，亲的是嘴巴。

"爸爸！"我一把拉开他，女人哈哈大笑，疲惫而褶皱的脸颊上浮现出两团害羞的粉色。"别担心，亲爱的，"她重新涂上唇膏，说道，"自从特拉法加广场上的欧洲胜利日之后，就没人这样吻过我了。噢，我的天哪，这可真是难忘的一天，真的。"她靠在了爸爸身上，去拧他的胳膊，我担心他又会乘虚而入，但他没有，反而往后退了退，伸手搂住她的肩膀，扬起脸来直面太阳，然后闭上眼睛，我已经很久都没见过他这么放松了。说真的,他们看起来很像一对夫妻,那种相互抱怨对方说话有问题的夫妻。

"这是我父亲,"我介绍道,"尤金·基奥。"

"我是温妮。"女士自我介绍。她伸出手来,我同她握了握手。

"我是特里。"我说,"这是艾瑞丝。"

"你们是在度假吗?"温妮问。

"不是。"在我这样说的同时,艾瑞丝却说了"是"。

"我明白了。"温妮说道,好像我们的回答特别清楚明白。

"A代表的是阿尔伯特。"爸爸告诉温妮,"法兰克·阿尔伯特·辛纳屈。"

"我还真不知道,"温妮说,"你是个粉丝吗?"

"在哈罗德十字街的房子后面有个屠宰场。"

爸爸杂乱无章地讲述时,温妮看了看我。我露出了抱歉的微笑,但我觉得温妮已经明白了。"要是你俩想走得更远一点儿,我会在这里照看卡萨诺瓦①。"她说,"你需要休息一下,不是吗?"她轻轻用胳膊肘推了推爸爸。"我觉得肯定很辛苦吧,要照顾这两匹小母马。"她冲我和艾瑞丝笑了笑,降低声音说,"我照顾了我哥哥很多年,他也是一样的情况。"

"你真是太善良了。"我说。

"我们不会很久的。"艾瑞丝说。

"好好享受吧。"温妮说,"我和尤金会在这里度过一段开心时光,我们会相爱吗?"她冲爸爸莞尔一笑,仿佛已经认识他很久,并且对他很感兴趣似的。

爸爸也回给了她一个微笑。"一定会的。"他说。

---

① 极富传奇色彩的意大利冒险家、作家,"追寻女色的风流才子",是18世纪享誉欧洲的大情圣。

于是，我们出发了。当我回头张望时，瞧见爸爸正从屈指可数的记忆库存中找出法兰克·辛纳屈的故事来，掸掉灰尘，取悦温妮。

我转过身，小跑着追赶艾瑞丝，像往常一样，惊讶于她拄着拐杖走路的速度，尤其是她昨晚还摔过。"别太靠近悬崖边。"我在她身后喊道。我告诉她白垩土及其自然瓦解的特质，还告诉她这些白垩土一直被不断侵蚀，崖边离海面越来越远，而我们所立足的这片土地随时都会坍塌。我知道她在听，因为她一直在点头，然后停下脚步，离崖边还有五米远。我心想，这还不赖，站在这里我们足够安全，我正要热情地谈论眼前的风景、此地的平静、漫山的野花，谈论所有人驻足在这样一个地方深深呼吸时会谈论的东西，就在这时，艾瑞丝把拐杖抛到一边，膝盖和双手着地，趴在了地上。

"艾瑞丝！你还好吗？"

"我没事，"她说，"我要把脑袋从悬崖边探出去看看。"

"不行！"

"你不必跟我一起。"她说着，已经爬到了快掉下去的地方。

"这里有三百五十英尺高。"我在她身后喊道。

"那是多少米？"她问。

"是……呃……"在这种情况下，我很难算清楚，"……大概是一百一十米。"

艾瑞丝继续往前爬。

"等一下！"我叫停她，意识到自己上当受骗了。但又等什么呢？而且，根本没有任何用，因为艾瑞丝是不会等的。她现在几乎已经到了悬崖边，要是她在这里发生什么意外，那就都是我的错，因为是我起的头儿，是我坚持要绕这个荒唐、愚蠢的圈子来到这里。而我明明应该是阻止她的那个人，并不是助她一臂之力的人。

我小心翼翼跪下来，四脚着地。青草因为盐分和海风格外坚韧，很扎手，透过凉鞋的空隙戳着我脚上的皮肤。我发现我在想珍妮弗那惊恐的眉毛。要是她现在能看见我，穿着柠檬绿的T恤衫、白色紧身牛仔裤，闪闪发亮的装饰都巧妙地藏在屁股口袋上。她可能会提及要把白色牛仔裤上的草印子洗掉有多麻烦，她是对的。

我回头瞥了一眼，看到爸爸坐在长椅上，和温妮手拉手，谈天说地。他没有在看我。

我不知道我为何最终这样做了。或许生命中有些事情，你就是做了，没有什么道理或缘由。

我开始朝着悬崖边爬行。艾瑞丝的鞋子进入了我的视线，鞋底朝上。是她"朴素而实用"的鞋子之一，她是这么形容的。

现在她的大部分鞋子都是朴素实用的鞋子。

要是你问她多发性硬化症这种病最糟糕的地方是什么，她会说，鞋子。

我看过她在"鞋角商店"里以79.99欧元的价格买这些鞋子。

艾瑞丝叉开腿坐在草地上，小腹着地，脑袋探出了悬崖边缘，正往下看。

三百五十英尺高，或者说是一百一十米，不管用哪种单位计算，都挺高的。

"太神奇了，特里。"她大声喊道。

我慢慢往前爬，一直爬到多佛悬崖边上，这种行为和游客中心里的好建议完全背道而驰。我压低身体，同白垩土做对抗。悬崖边是没有草的，只有一直在坍塌的白垩土。我紧紧抓住悬崖边，好像这样就能保护我免遭厄运，然后我小心翼翼地将头探了出去。

我这样趴了一会儿，眼睛紧紧闭上。

我听到了海鸥的高声悲号，身后传来温妮少女般尖细的笑声。在我身侧，我感觉到艾瑞丝光滑的手臂贴在我的手臂上，温暖的阳光浸透我的棉质T恤。"睁开眼，特里。"艾瑞丝说。

"我觉得我做不到。"我将边缘处抓得更紧了。

"来嘛。"艾瑞丝怂恿我。

于是，我照做了。忽然，我睁开了眼睛。

有那么一会儿，我满眼五彩缤纷，蓝色、白色、黑色、灰色交融。地面似乎是倾斜的，没有正确的角度，也没有直线。我眨了眨眼，努力让自己保持呼吸，让世界重新聚焦，一切事物都是它们原本的样子，除了我和艾瑞丝。我们的脑袋就悬挂在一个悬崖上，直接违反了全国托管协会①的要求。

悬崖下方的海水呈条状，是明亮而清透的绿色，向远处逐渐变为深蓝。水波荡漾向远海，然后流速减缓、停滞、掉头，重新抵达悬崖下方，撞上漆黑岩石，浪尖卷起，泡沫翻涌，在完全覆盖礁石之前让礁石的样子有片刻的模糊，然后浪花平息，停止，跌落回去，仿佛松开了拳头的双手，接受了命运，再次涌向海洋。

这一系列动作之下有声音搅动其中，隐隐约约，像是某种回声，像是吸或拉扯水流的声音，咝咝作响的泡沫抚过光滑的礁石。

看起来不像是三百五十英尺或者一百一十米高。

要高得多。垂直距离非常陡峭，非常生动，几乎是一种邀请。我高声呐喊起来。我的喊声听起来有些哽咽，那是因为胸部被挤压在地面上，只能这么叫了。但不管怎么说，都算是一声呐喊。

"你刚刚是喊了一声吗？"艾瑞丝转过头来看我。

"喊了。"我说。

"为什么？"

"我不知道。"

"我觉得我也会喊的。"艾瑞丝说。

"一定的。"我说。

于是我们两个昂起头来，面朝法国，高声呐喊。声音或许很大，

---

① 负责管理并保护英格兰、威尔士及北爱尔兰的历史遗迹或自然景观。

大到爸爸和温妮都能听见。我不应该弄出这种噪声来。

阿尔茨海默病患者喜欢安静,我将这个疾病比作以前的图书管理员,总是嘘人,让人安静。通常我都会谨遵规则。

但此时此刻,我并不担心噪声,也不担心爸爸会怎么理解这个声音,可能会做什么,比如逃跑之类的。更糟糕的情况是,他会冲我跑来。我想象他往悬崖边跑,等他跑到的时候自己吓了一跳,他用力挥动手臂想让自己停下来,飞离边缘时他身体前倾,<u>坠下悬崖</u>,整个人一点点变小,<u>下坠</u>,<u>下坠</u>,<u>下坠</u>。他坠入海中,海水在悬崖下等,等着接纳他。

我将这种可怕的想法赶出脑海,继续大喊大叫。过后我肯定会喉咙痛,因为用力过猛。

不知怎么回事,我就是知道,如果有必要的话,温妮肯定会拖住爸爸。我对她一无所知,只知道她被亲了两次,还有她了解阿尔茨海默病。但了解阿尔茨海默病的人都知道自己该做什么,而且他们都很愿意去做。

"你还好吗,特里?"我不再叫喊之后,艾瑞丝问我。

我肯定不能说自己没事儿,我当然很害怕,头晕目眩,但也格外兴奋,肾上腺素飙升,像是怀有了某种希望,但我不太确定是哪方面的希望。还有一点儿无所畏惧,但同时也很蠢。上帝保佑,我竟然在一个悬崖上,无忧无虑,或者只是普通意义上的快活。

当然了,还有一种不负责任的感觉。因为别处需要我。

恐惧再度袭来。巨大的恐惧,但是充满热情。年轻,不计后果,清醒。

当你一下子感觉到太多情绪的时候,真的很难描述自己的感受。所以最后,我说:"没事儿,我挺好的。"

艾瑞丝咧开嘴笑了,说道:"我也是。"

事实证明,从悬崖边折返更困难。或许这是我自己的想象,但对我来说确实如此，让自己重新四肢着地，风也吹起来了。一缕一缕的头发从我扎紧的马尾辫里用力挣脱，全部逃逸出来，挡住我的眼睛，糊得满脸都是。

我倒退着往后爬，左手右腿，右手左腿。忽然我听到一段旋律，于是抬起头来，只见艾瑞丝已经做好了匍匐的姿态，但是并没有离开悬崖。

"艾瑞丝。"我停下来。她没有回答。

"艾瑞丝，来呀。"她依然没有回答。

她的脸似乎僵住了，完全扭向一边，眼睛猛然闭上，一侧嘴角向下拉扯。"艾瑞丝，什么情况？你怎么了？"

她的嗓子里发出一些声音，整个身体都在发抖。

她的腿弹向一侧，脚离我的脸有几英寸远。我意识到，这是痉挛。

"艾瑞丝，我应该做些什么？"我朝她喊道，但是她的面部肌肉都变形了，说不了任何话。现在她手臂上的肌肉也开始蠢蠢欲动，宛如电流，在表皮下流窜。她举起一只手，手指收缩僵硬，身体下方的腿似乎完全瘫痪了，她撞击白垩土，但这些土壤此刻似乎并没有先前那么松软，而她又那么靠近悬崖，我却不知道该怎么办，还有……

我站了起来。世界似乎飞速旋转了一圈，一圈圈光晕在我的外围视野里纷纷迸发。我唯一能看到的就是崖边，是闪烁其上的危险。在我身后，爸爸和温妮正沐浴着阳光，坐在长椅上相谈甚欢。在我面前，是坠落三百五十英尺入海的风险。可能坠落三百万英尺也不过如此，结果都是一样的。

我将目光对准艾瑞丝，来到她身后，和她胡乱挥舞的四肢保持距离。我再次跪下来，伸手去抓她完好无损的那只脚踝。她的腿猛地甩了出去，脚踢到了我的手腕骨。疼痛来得非常突然，而且很强烈，简直有提神醒脑的作用。我再次伸出手去，想用两只手抓住她的腿，现现在我是站着的，拖着她往回走，她就像圣诞老人的玩具袋。我感觉到她的脚、她的整条腿，在我的手里拼命扭来扭去，宛如落入陷阱的动物拼命挣扎。

艾瑞丝真是死沉死沉的。我是又拉又拖，唯一能听到的就是自己混乱而粗粝的呼吸声，还有耳朵里血液的咆哮。好在离悬崖边越来越远，我们终于来到草地上，而我继续拉她、拖她，不断拓宽她与崖边的距离。

最后，我在草地上躺下来，躺在她身边，伸出双臂去拥抱她，紧紧抱住她，好像这样做便能把最后一丝痉挛从她体内挤压出去。"艾瑞丝，你还好吗？"此时此刻，痉挛渐渐变为轻微的抽搐，沿着她的腿和手臂上上下下流窜。她发出短促而尖锐的声音，这让我想起了幼鸟，在鸟巢里叽叽喳喳叫，等着妈妈带食物回来。

"没事儿了，艾瑞丝，都没事儿了，呼吸一下，好吗？呼吸。"我悄声说着，话语纷纷钻进她的头发里，我感到自己的嘴唇碰撞着她浓密而柔软的发丝，同时想着她可以剪一剪头发了，不知道渡船上有没有理发师。

真是太奇怪了，在危急关头我想的却是这些，显然不是我以为自己会想的事情。

"同性恋。"有人叫道。我抬起头来，看到一群男孩，十几岁，可能是十五岁吧。他们的脸上布满粉刺，都穿着一样的运动长裤、帽衫和跑鞋。

"滚开。"我冲他们吼道。我感觉到艾瑞丝又开始发抖，于是紧紧抱住她，好在没有像我害怕的那样产生更多痉挛。她在笑。

她的身体是因为哈哈大笑而颤抖。我看着她。痉挛已经脱离了她的面庞，嘴巴将笑声释放出来。我坐了起来。

"有什么好笑的？"我问。我必须承认，艾瑞丝的笑声化解了那些男孩带给我的羞辱感。

"滚开。"哈哈大笑的艾瑞丝想要在笑声中说清楚这个词。

"好吧,他们太粗鲁了。"我说。

"你没必要这么直截了当。"艾瑞丝说。她自己挣扎着坐起来,看上去面色苍白,呼吸急促,好像刚刚追了一班公交车。除此之外,她看起来挺好的。我伸出手去,把她头发上的杂草拂开。

"都过去了。"艾瑞丝摇摇头,说道。

"这种情况之前也发生过吗?"我问道。我之前见过细微的抽搐在她的胳膊和腿上来来回回,但今天这种情况还真没见过。

艾瑞丝点点头,我想知道她还承受了哪些痛苦,她还有什么没告诉我。

"你不害怕吗?"我问道,"你痉挛的时候,离悬崖边那么近。"

艾瑞丝摇头:"不怕。"这太不合理了,因为我自己都那么害怕。

"为什么不怕?"

"因为你在。"

"哦。"我感叹。

"你简直就是亚马孙人,是不是?"她调侃道。

"我只是比我看起来强壮一点儿而已。"我说。

第16条

多练车技，具备应有的谨慎与注意力

乘船去法国只需一个小时。时间过得很快，比从都柏林到霍利黑德快得多，反正在我看来是这样。

一切都很顺利。多佛的渡轮办公室里没人排队，我和爸爸买票毫无困难，虽然我们是最后一分钟才买的票。船上的停车场有足够空间供我施展，我没有给任何人拿喇叭嘀嘀我的理由。还有自助餐厅里的贝克韦苹果挞，正是爸爸点的。没错，我知道我可以给他一块柠檬蛋糕，告诉他那就是贝克韦苹果挞，他一样会兴致不减地吃下去，不过那是题外话。

这些都是好事情，我称之为预兆。预示我走在正确的道路上，做着正确的事情。

艾瑞丝在平板电脑上玩百科填字。我们已经有好几个小时没聊过她的计划了。这很好，不完全是个预兆，但感觉很好，像是进入一段平静的间歇期。

爸爸吃完贝克韦苹果挞，睡着了。他把胳膊叠在面前的桌子上，脑袋搭在上面，就像在幼儿园里，老师会告诉你 "*Téigh a chodladh*"，去睡觉。我还记得紧闭双眼的情形，奥图尔先生会来巡视教室，检查我们谁没睡着，而我把指甲掐进肉里，这样我就不会睡着，以免要起床时醒不过来。

手机忽然响起，在刺耳的电话铃吵醒爸爸前，我费力地从包里把它掏出来。

"嘿，亲爱的。"我说，我的声音很轻，而且很愉快，听起来像是在这世上一桩烦心事儿都没有的女人。

"妈妈，到底发生了什么事儿？"凯特听上去很担心。

"你这是什么意思？"

"你在哪里？"

"哦，你知道的，四处走走。你在哪儿呢？"

"我在你家里。"这个说法听起来很别扭。她曾经也管那里叫家啊。

"哦，没错，是的，你爸爸说了你今天晚上要过来。那你……找到你要找的东西了吗？"

"什么？哦，没错，找到了。但是你看，我不是为了这个打电话的，我——"

"你有东西吃吗？"

"爸爸去玛卡利买了薯条，但是，听着，我要说的是——"

"薯条？"

"是。"

布兰登根本不吃薯条。首先，他胆固醇有点儿小问题，上次检查的数值是六，从各方面来说都不算特别高，但还是要引起注意。而且布兰登很在意自己吃进去的东西，或者，我是不是应该说，我比较在意他的饮食。要是放任他不管的话……嗯，我不太确定，因为我不在家的话也会留一份食物在特百惠保鲜盒里，但此刻家里并没有吃的，因为我原本应该在家。

"你晚上要留下来吗？"我问。

"对。你什么时候回家？"

"你恐怕得自己铺床了。热压机里有一堆刚刚洗完的床单。"

"妈妈，你看，是有事情发生，不是吗？"

"你为什么说这个话？"

"我进门的时候爸爸正坐在摇椅上。屋里一片漆黑。当我问他你在哪儿时，他完全就是含糊其词。"

我的心一下子提到了嗓子眼。

我应该为这番对话多做一点儿准备的，我应该想好一些说辞，找一些不回家的理由，写下来，背出来。

我好像能看见凯特的样子，她在厨房里走来走去，用手指卷着一绺长长的棕发，嘴里嚼着口香糖，眼睛直勾勾地盯着挂在墙上的相框，那是我妈妈的照片。我的凯特永远在动，哪怕是很小很小的时候，她也闲不下来。我还没有把一页书读完，她就要伸手去翻，《猫头鹰宝宝》《霍顿与无名氏》《小精灵》《好饿的毛毛虫》，都是这样。等我把故事讲完，她就会翻到开头，让我再讲一遍，粉嘟嘟的小手戳着书页一角，已经开始想接下来的故事了。

而布兰登呢，坐在黑暗之中，坐在我的摇椅上。他从来不坐摇椅，他说摇椅会让他觉得晕。他总是坐自己的专属椅子，而且一定会开灯。

电话彼端，沉默还在持续、蔓延。凯特更擅长倾听而不是倾诉，百分之九十的时间都是安娜在说话。我觉得和安娜说话特别放松，安娜说个不停，我只要点头，时不时说一句"真的吗""哦"和"嗯"就行，这样她就知道我还在，还在听。

艾瑞丝嘟嘟哝哝地抱怨着什么，同时在平板电脑屏幕上戳啊戳，看起来心情不错。我猜是因为她填对了一个三倍积分的词。

爸爸抬起头来，转了个方向，又趴回胳膊上。

我深吸一口气:"事情是,凯特,我要离开几天。"

"离开?"我还不如说我飞去月球呢,反正她的怀疑程度都一样。

"嗯,对。"

"可是你从来没提过啊。"凯特将信将疑。确实,我不是会离开家的人,尤其不会不打招呼就走。"你去哪儿了?"

我看向窗外,已经能够隐约看见大陆的轮廓,有一片聚集的灯光,光芒万丈地对抗着黑暗的天空,那肯定就是加来了。"我在去法国的船上。"

"和艾瑞丝一起?"凯特问。

"嗯。"我说。有那么一会儿,我以为对话到此为止,结果她说:"可外公为什么非要和你一起去?他明明很讨厌度假。"

布兰登真是没必要把这些细枝末节告诉她。虽然她说得也没错,我妈妈原本也想经常去旅行的。

我告诉她养老院有害虫入侵,所以要关门一周,这样也挺好的,能让我们松口气,能把我们从为什么和找理由之类的话题上引开。

电话线那一头,我听到了厨房里烧水壶的哀号,忽然心生疑惑,我怎么一直都没发觉这声音很吵。它在我耳中是如此稀松平常,所以不显得突兀。我想到了放在碗柜里的茶具,是妈妈留给我的骨瓷茶具,象牙茶杯里描绘着纤细的浅绿色花茎,上面开出小巧优雅的粉色玫瑰。

"哎,"我爽朗地问,"你怎么样?都跟我说说。排练怎么样了?"

"哦,妈妈,简直忙得要命。"凯特说。这下好了,我终于回到了熟悉的领域,我的一个孩子在向我展示哪里受了伤,我一边给她涂消毒药膏、贴创可贴,一边用舒缓的声音安慰她。虽然我有一阵儿没有扮演过这种角色,但每一句台词都牢记在心,跟凯特这个戏里不靠谱的领导可不一样。

凯特说了照明方面的技术事故,还说了有个候补演员差点儿让某个演员食物中毒的戏剧性故事。最后她问我:"那你什么时候回来?"我觉得这才是她的重点。

"你的大日子我肯定会在。"我跟她说这话时,语气就像别人一样自信,就像那些自信的人。

"你不用担心酒店的事情了,爸爸会解决所有问题。"我补充道,似乎对这件事儿没有丝毫疑虑。

"只是……我觉得你和爸爸是不是应该提前一天来,带我出去吃个幸运晚餐之类的?"

"你知道的,我觉得你已经完全准备好了,凯特。我去只会让你更紧张。"

"真的吗?"凯特的声音非常轻缓,就像小时候的她。我吸了一口气,让自己坚定:"当然了。你不需要妈妈握住你的手,你已经很多年不用这样了。而且我……我很高兴。"最后这一句话并不总是真的。

"哦,爸爸回来了。你想跟他说话吗?"

我说:"我们之前通过话了。"我不想提到我跟他说过些什么,离家出走什么的,因为我到底为什么要说那些话啊?再说了,我并没有离家出走。而且,就算我是离家出走,对身为女儿的凯特来说又有什么意义呢?她的妈妈永远不会离开家,永远都在她应该在的地方。

"一切都好吗?"挂掉电话时,艾瑞丝从屏幕上抬起头来,问我。虽然没有一件好事儿,我还是点了点头。这么说也不尽然。但是,一想到要开车从轮渡下去,在黑暗中驶入一个陌生国度,还可能开上错误的车道,我就怕得不行。

艾瑞丝关上屏幕,朝我靠过来,握住我的手说:"你的手很冷。"她摩挲起我的手来。

"一直都很冷。"我说。

"手冷,心热。"她说。

"我心如火烧,是吧?"

艾瑞丝笑了。

"你呢?"我问,"你感觉如何?"

"挺好的。"

"那之前呢?就是……你遇到那个状况的时候,肌肉痉挛。"

艾瑞丝耸耸肩:"有时候会出现。"

"还有呢?"

她松开我的手,坐回自己的位子上:"有很多状况,特里。这可是一种非常慷慨大方的疾病。"

"你和医生说过吗?"

艾瑞丝笑了,却是毫无笑意的微笑。"说过。"她说,"每次出现新症状,我都会告诉医生,他就会点点头,说没错,多发性硬化症就是这样,于是给我开更多的药,让我疲倦、迷糊、脾气古怪、焦虑难安,然后等着我回到他跟前,带着新症状,循环往复。所以这种病才会叫进展型多发性硬化症吧,真是名副其实。"

我刻意无视她语气中的悲伤。

"有什么其他治疗办法吗?"我问,"比如,针灸疗法、反射疗法。你还应该考虑一下心理治疗,你知道的,你很可能有些抑郁,所以才会……"

"所以才会什么,特里?"艾瑞丝有点儿生气。

"所以我们才会在这里。"我降低声音,"所以你才会想着……你知道的……去苏黎世。"

"你不应该说这种话,"艾瑞丝说,"是你坚持要来的,你不能这么说。"

我讨厌这种状况,我讨厌冲突,尤其是和艾瑞丝。我从来没跟艾瑞丝吵过架。我没有跟任何人吵过架。我深吸一口气,说道:"我觉得你做的事情不对。"

"那你为什么还要跟我一起来？"

"因为你需要我。"

"我不需要，特里。在这件事儿上不需要。我真的真的不需要。"

"好吧，那我需要你。"我告诉她。我知道这很刻薄。

艾瑞丝似乎泄了气，她看起来筋疲力尽。等她再度开口，声音很低沉，慢吞吞的，好像她的声带也筋疲力尽了。"很快，"她说，"我就不能走路了。我要坐轮椅。我不能吞咽，得用饲管吃东西。我无法洗澡，也不能去厕所。需要残疾人用的起降机。需要人造肛门，连接在我身上。我的轮椅扶手上真的会垂着一袋屎，臭不可闻，人们来看我的时候会眉头紧锁，还要假装他们没有注意到那袋屎，并且不是因为这袋屎而皱眉。他们会假装一切都很可爱，很不错，很好，很正常，我的屋子，我的人生，闻起来一点儿都不像屎。"

"不会像屎的。"

"就连我的屎他们都假装不臭，特里。"艾瑞丝说这话的时候咧开嘴乐了，让这场糟糕的谈话稍微缓和了一点儿。

"我的意思是，你的房子不会闻起来是那样的。我可以保证不会，你知道我最拿手的就是清洁，就像……我的天赋使命。"

爸爸从胳膊上抬起头来，嘴里嗫嚅些什么，随后又埋下头去。我和艾瑞丝都沉默了一会儿。我试着让自己保持冷静，可依然能感到血液在身体里飞速循环。我能用耳朵听到它奔流的声音，如雷鸣般震耳欲聋。艾瑞丝握起我的手，它们依然冰冷。她握紧我的手，我也握了回去。

"听着，"我尽可能平稳地轻声说，"重点是，你并不知道，那些状况要过多久才会发生，或者到底会不会发生。"

艾瑞丝点点头。"这倒是没错，"她说，"我不知道，我一无所知。我只知道它就在前方，在未来的某处，等着我。"

我找不出一句合适的话来说。我知道艾瑞丝有多讨厌未知。

"所以我在霍利黑德的时候才让你保证，"艾瑞丝继续说，"我们不要讨论这件事儿，还记得吗？因为我不希望……像现在这样。"她摆了摆手。

我点点头。"很困难。"我说。

艾瑞丝俯过身来，与我额头相抵。"我不想跟你吵架。"她呢喃道。

"我不想跟你吵架。"我也呢喃道。

"那我们就别吵了，好吗？"

我点点头，觉得头很沉，丧失了最后一丝气力。我俩都是。我看向窗外，渡轮的尾迹在海峡当中劈开一道沟渠，朝着法国驶去，将家和熟悉的一切抛在身后。

第 17 条

即便打开远光灯,夜间的视线也远不如白昼

加来丛林唯一的标志就是一顶破损且潮湿的帐篷,伏在一棵树下,外面挂着个睡袋,宛如一条肿胀的舌头。

因为丛林营地已经解散,所以栅栏什么的也没了,高而坚固的杆子渐渐变成尖锐扭曲的金属铆钉,遍地都是。

最后我不得不停下来看看新闻。前不久,一个叙利亚小男孩被海水冲上了土耳其的海滩。

艾兰·库尔迪,三岁。我还记得他红红的 T 恤,海军短裤垂过膝盖。

无论是 T 恤还是短裤,看起来都很新。我想象他的妈妈,在商店里拿起这些衣服,在他的小身板儿上比画,看看是否合适。他或许想马上就套在身上,我的女儿们总是这样。但他妈妈说,不行,这些衣服是旅行时才能穿的。

而他趴在海滩上的方式,面朝下,手臂在两侧。安娜和凯特早上睡在小床上时也是这种姿势。只是这个小男孩儿并没有睡在小床上,他被海水冲上了土耳其海岸,像残骸一样趴在那里。

加来看上去也像座被遗弃的城。我从多佛拿的导览手册上得知，它在"二战"期间遭受重创，重建它的人看起来心不在焉。

或者，是因为雨水、黑暗和金属钉，才让我有了这种印象。

如果我告诉艾瑞丝我害怕在黑暗中开车，害怕在外国开错车道，她肯定会说："没事儿的，我不用非要开车，我可以回家。"她宁愿我回家去，这再清楚不过了。

所以我什么也没说，我继续往前开。

身处陌生国度，在夜色的掩护下开在与爱尔兰截然相反的车道上，有个好处是，我必须高度集中注意力，大脑根本没空去思考当前的状况。眼下的形势比之前都要严峻，我很清楚地感到自己真是突破底线了。

我最担心的就是迷路，而且我甚至意识不到自己迷路了，因为我根本不知道自己从何处来。

我已经迷路了。

小时候，这是我最大的恐惧之一。迷路发生过一次。在北区购物中心，我和爸爸一起，这种情况本就很不寻常，我想不起来我怎么会和爸爸一起在购物中心。我绞尽脑汁，想起这件事儿似乎很重要。我想可能是因为阿尔茨海默病，我得确认它不会传染才行。是妈妈的生日吗？没错，就是。不是，是后一天。他忘了她的生日，下班后他去了酒吧。妈妈给自己烤了一个蛋糕，是个巧克力蛋糕，上面撒满了彩色珠子糖，就像小孩子的生日蛋糕一样。

我不记得妈妈是不是很沮丧，给自己烤生日蛋糕。我记得是我帮着妈妈一起做了，就是捣捣乱、舔舔碗什么的，但是妈妈管这些叫帮忙。

我妈妈，是个非常积极乐观的人，从未放弃怀揣希望。她希望爸爸下班后会直接回家，希望他没有喝太多酒，希望他记得她的生日。

希望这东西，她储量丰富。

爸爸肯定很懊恼，所以第二天我们去了北区购物中心，我们两个。他说，我得帮他选个不错的生日礼物送给妈妈。

"她喜欢什么？"他问我。

我不知道我是怎么走丢的，但我记得走丢的感觉。意识到我独自一人，没有人照管。

当时我七岁。保安发现我的时候，我记得我告诉他我的年龄了，当时我在停车场里，一边哭一边徘徊。

艾瑞丝指向了加来市郊的宾馆，建议去看看有没有空房。我瞥了一眼那个宾馆，灯光昏暗，仿佛一张经年累月的褪色旧照片。

这个宾馆，看起来就不像是人们会提前预订的那种。柜台后面是个矮胖男子，一小撮孤零零的浅棕色头发粘在额头顶上。当他给我们开了三间房时，我真是一点儿都不诧异。他看着我，在我摇头时表示困惑。我筛选了一下记忆里残存的法语词汇，毕业之后我就没碰过了，然后费劲地要求开一个三人间。我不希望艾瑞丝离开我的视线，让爸爸一个人待着也有极大风险。

房间实际上是个双人房，里面挤着三张单人床。我迅速扫了一眼床底，发现吸尘工作做得非常马虎，亚麻床品因为承受了太多陌生躯体的重量和过度高温洗涤而起球结绒。不过，空气闻起来很干净，浴室也经得起简单检查。我告诉自己别去仔细打量淋浴砖，好像肯定能看到什么我绝不会视而不见的脏东西。

最好还是别看了。

"来吧，爸爸，该睡觉了。"他乖乖站到我面前，我让他举起胳膊他就举起胳膊，这样我才能把他的外套脱下来。他穿睡衣的样子和平时不太一样，更苍老，也更虚弱，是一个打了折扣的他。

我给他穿上袜子，好让他舒服一点儿。我伸出手去："你的牙齿，先生。"当他把假牙从嘴巴里取出来放在我手心时，我滑稽的腔调很好地掩盖了我的厌恶。我知道这样很不好，但我始终不习惯那些黏糊糊、热烘烘的假牙。

我在水龙头下冲洗假牙,然后把它放进塑料漱口杯里,杯子接满水,放在浴帘后面,这样爸爸就不会看到它并藏起来了。

通常我不太能意识到阿尔茨海默病究竟有多可怕。当我认真思考为什么阿尔茨海默病患者非要藏自己的假牙时,我找不到答案。无论是从医学专家、书籍、文章、科研项目和电视节目上,我都找不到。没人能解释为什么阿尔茨海默病患者要藏假牙,所以我才不去想,这根本就没有答案。

是疾病造成的,是所有人都可能会得的病。

深入骨血的疾病。

镜子在洗脸台上方,我盯着镜中的自己,但是镜子上满是污痕,很难看清楚自己。不过,这样也挺好的。

回到卧室,爸爸已经睡着了。这没什么好惊讶的,今天又是漫长的一天。

让我惊讶的是艾瑞丝。她紧闭双眼,书反扣着盖在胸口,眼镜架在鼻子上。我小心翼翼地靠近她,并不想吵醒她。我拿起她那本老旧的《秘密花园》,在合上书之前默默记住了页数。我取下她的眼镜,将羽绒被拉过她的肩膀,掖在她下巴下面。我犹豫了一下,亲吻了她。我们都不是习惯亲吻的人,这像是个潜规则。要知道我已经很久没有帮谁盖被子了,但是我猜,以前的习惯可能很难改掉吧。艾瑞丝的脸颊柔软、温暖,睡梦中她面露微笑,然后转过身去。她看起来开心而平静。我们似乎并非身处离家百万英里的破旧宾馆里,客房清洁并不是这个宾馆的首要工作。

想些开心的事情,从前睡不着的时候,妈妈总这样对我说。

我现在感觉很糟,之前在电话里,我跟凯特说不用和布兰登通话。我应该和他讲两句的,夫妻本应如此,不是吗?肯定要同彼此讲话的。

我和布兰登之间并不总是这样。我们以前也常常说话,聊的不光是房子、孩子和他的工作,而是真正意义上的聊天,名副其实的聊天。现在我已经想不起都聊些什么,但是有意思的话题。这我可以肯定。

他从前很英俊,我不应该说从前。他现在依然英俊,我只是……我猜我已经习惯了他的脸。我并不是轻视自己过于熟悉的东西,只是必须承认,熟悉后就不会太过注意。

我们相识于工作中。我是保险公司打字小组的成员,我们十二个女孩都刚学完秘书课程。布兰登作为业务经理开始干公司业务,他要把文件送往遍布都柏林的不同办公室。女孩们开玩笑说他就像古早的压缩文件。我认识他的时候,他是个理赔师,会带着一大堆整整齐齐的文件来我们部门,文件用橡皮筋捆上,记录着他口述的小磁带密封在信封里,外面写着他的名字和日期。

我觉得,若说我是爱上了他的声音,这绝对不假,这就是开端。他有那种低沉、流畅的声线,会让你想到融化的焦糖,但绝不是那种下流的油腔滑调。那时候,确实有很多下作肮脏的手段,但布兰登从不会那样。他一点儿也不羞涩,但很安静,彬彬有礼,总是会在录音带里说"请"和"谢谢"。我可能不会往浪漫小说的方向去想这件事儿,但妈妈非常看重礼仪,我觉得这一点儿影响了我。我会筛选口述材料,先找出他的录音带,虽然规定是严格按照日期顺序来处理。

之后呢,就稍微有一点儿浪漫了,虽然我说起这个的时候女儿们总是要笑。有一天,我正在收件盘里翻找布兰登的口述磁带。当我打开信封,摸出磁带,里面还有另一个信封,这封信是给我的,上面有布兰登整洁的笔迹,写着我的名字——特里·基奥,像是小巧的印刷体。信封是密封的。我环顾周围,确保没人在看,要知道,在一个打字小组里工作,总有人在看你,于是我把信封放进口袋,继续工作,一直没有打开,直到坐上当晚回家的巴士。

并不能算是一封情书。

甚至算不上是真正的信。那是一张字条。

亲爱的特里：

有个经纪人为了感谢我，送给我两张隐修院的戏票。我想知道，你是否愿意陪我一起去？就在这周六。如果你同意，我们可以先在 101 餐厅吃饭（他们有戏院早鸟菜单，很不错）。

请回复我，让我知道。我真心希望——满怀希望——能在周六晚上见到你。

你诚挚的，布兰登·谢泼德

是那个单词"满怀希望"打动了我。

我妈妈很喜欢布兰登，虽然公平地讲，大部分人她都喜欢。或许"喜欢"这个词不够贴切，应该说她能接纳大部分人，即便是那些在爸爸确诊后不再露面的人。有很多人都是这样，阿尔茨海默病并不是能被大众广泛接受的疾病。就连爸爸的全科医生都承认，如果能选择的话，她宁愿得癌症。

自从爸爸不打台球之后，他在斯诺克俱乐部里的朋友几乎不再打来电话，我为此抱怨时，妈妈说"每个人都有自己要背负的十字架"。

"他是可靠的人。"妈妈这样评价布兰登。她也说了其他方面，但是对她而言，可靠是非常重要的品质。可靠意味着他会按时回家，平时冷静、持重，出席孩子们在学校里的演出，在一月冰天雪地的晚上，当锅炉抖动着出故障时，他有钱去修。

布兰登从前很可靠，现在也很可靠。只是……我不知道发生了什么，其实真的没什么，或者至少没什么不寻常的事情。我们约会了一年，然后订婚，结婚，生了两个孩子。我的意思是，真的发生了挺多事儿，绝不是什么事儿都没发生。但是，我不知道为什么，这些事儿此刻回想起来，似乎都发生在很久很久之前，恍如隔世。

第18条

随时准备停车

到了早晨,我们有理由振作起来。

说振作可能太夸张。总之,我还在法国,朝着反方向开出加来,也就是朝着和瑞士相反的方向走,并且仍旧开在反向车道上。

振作的理由或许是道路本身。这是一条安静的小路,而不是艾瑞丝喜欢的高速公路。

或者是因为春日的天气。偶然飘过的云朵如同白色的绒毛,牛奶蓝的天空广阔无际,行道树高大的枝杈上初生的嫩叶舒展绿意,其中蕴含着某种谨慎的乐观。

或者,振作的理由是艾瑞丝,她似乎已经接受了我和爸爸成为她此刻的旅伴。用接受可能太严肃了,顺其自然或许更恰当。

可能维拉和我妈妈是对的,我需要的只是睡个好觉。

我觉得我们现在已经到了香槟产区。目光所及之处,平坦的田地上整整齐齐地长满葡萄藤,石头农舍打断了整齐划一的葡萄园,农舍都有木质百叶窗,烟囱里炊烟袅袅。

爸爸放了个屁,说:"好地方。"说得很中肯,引得我和艾瑞丝笑起来,我们的笑声听起来是那么寻常,这也是让人振奋的理由。我摇下车窗,想象着笑声飘出窗外,穿过田野,仿佛一阵和煦微风,除了善意之外什么也没有被裹挟其中。

那一刻我想起了维拉,想起了她说的话,想起了通往地狱之路。我马上就把她从脑海里擦拭掉,干净利落,像我擦洗厨房地板一样敏捷。就这样,她消失了。

我用一些好事取代了她的位置。事实上,今天才星期三。星期五晚上之前,我们都不会到苏黎世。我依然有翻盘机会,带我们所有人回去,朝家的方向。

因为我已经记住了接下来四个小时的路线,所以没必要查阅地图。这是好事。在车里看东西,哪怕是地图,都会让我恶心。我肯定不是一个合格的旅行者,曾在购物中心的电梯上吐了出来,所以现在我只走楼梯。

随着崭新的一天渐渐苏醒,太阳光逐渐变强,如温柔的雨水般倾泻在车窗上。我放下了遮阳板。

"你需要墨镜吗?"艾瑞丝问。

"不用,没事儿。"我说。墨镜就在我的包里,包在后座上,艾瑞丝得探出身子拽过来,自从她在伦敦摔了一跤,还有昨天悬崖上的事儿之后,我得说,她整个人像熨衣板一样僵硬。

"看哪。"爸爸说着指向了窗外的墓园。我原本希望他别看到那些。它们时不时出现在道路两边,一片又一片立着一模一样十字架的田野,井然有序地排成一列,延伸向地平线。我什么也没说,但是爸爸用手指敲击车窗。"看哪,"他又说,"是一个……一个……"

"噢,"艾瑞丝开口了,她看向窗外,"是一个'一战'墓地。我们应该停一下。"

我可不想停车,不想将这个地方纳入旅途。墓地,我希望避开一切会让我们……好吧,想到死亡的东西。不去看,不去想,就像妈妈以前经常挂在嘴边的那样。

"哦,亲爱的,车已经过了入口。"我说道,并且紧紧抓住方向盘加速。

"前面还有另一个入口。"艾瑞丝说。

确实有。在前面,还有一个出口。一个之后还有另一个,我敢肯定。反正是躲不开了。

我检查了一下后视镜,减速,打转向灯,驶进了一个小型停车场,停车场三面环绕着连绵不断的十字架。

"能不能只有我下车,然后拿你的相机帮你拍几张照?"我问艾瑞丝。墓园荒草丛生,无路可走。不太适合持拐杖行走,可能会陷进土里,还有山坡要爬。

"我想自己去看。"艾瑞丝打开车门,用拐杖带有橡胶头的那一端把车门完全推开。

"需要帮忙吗?"我问。

她摇头,自己调整拐杖:"我挺好的,一点儿困难也没有。"

那为什么?我想问,那我们为什么不能回家去?

"我不喜欢这里。"爸爸盯着一排又一排的十字架说道。我下了车,帮他打开门,蹲在他身边:"要是你愿意的话,可以留在车里。我会陪着你,好吗?"

"我们为什么来这儿?"他问这个问题的时候看着我,脸上写满了困惑。

"我自己也很想知道,爸爸。"我说。

艾瑞丝已经往墓地上走了一半。爸爸下了车,一点儿一点儿往前挪,小心翼翼地同十字架保持距离。

这里并不全是十字架,也有一些长方形的墓碑,顶部是圆形,每个圆顶上都雕刻了星星和新月。大部分碑上都有名字、日期和排号,有些只有题词,比如"一位不具名法国人。为法国而亡"。

更糟糕的是，还有完全空白的十字架。上面什么也没写，没有姓名、国籍、死亡原因。

就连洒落在白色墓碑上明媚的正午阳光，都无法温暖这片仍旧躺着战士躯体的土地。有些还只是小男孩，比我的女儿都要小。他从未爱过，很可能从未被亲吻过，从未发现过自己究竟是怎样的人，不知道自己擅长什么。

虽然我们也很少有人知道。

"这地方有一种平静，是不是？"艾瑞丝说。

"平静？"我体味了一番，确定感受不到什么平静。我觉得我可能是生气了，我不知道为什么。这让我很不舒服，像穿了一件不合身的夹克衫。

"是的。"艾瑞丝说道，她环顾四周，完全没有注意到我可能是在生气。这样挺好的，或许意味着我其实并没有生气。现在，我有点儿生自己的气，因为我似乎是个不知道自己有没有生气的人。到底什么样的人会察觉不到自己的感觉？

"这里绿树环绕。"艾瑞丝继续说道，"就像有一种……被保护的感觉，你明白吗？"

"这些是山毛榉树。"我说。我是从安娜四年级的自然课程里学到的。

"你还好吗？"艾瑞丝停下脚步，转而盯着我。

"挺好的，"我说，"我为什么不好？"

艾瑞丝耸耸肩。"我不知道，"她说，"你就是看起来有点儿……生气。"

所以我真的在生气。

我摇了摇头。"我挺好的。"我看着她，"我们真是太不一样了，我和你。"

艾瑞丝咧开嘴笑了。"没错，但都是好的。"她说，"就像默克与明蒂①。"

"不,我是说……"但我到底想说什么呢?我伸出手,划过整片墓园,"你看看这个地方,你看到了美丽、平静、庇护,而我看到的只有死亡、绝望和……"

艾瑞丝将手放在我的胳膊上:"对不起,特里,我不应该让你在这里停车。"我耸了耸肩,好像并不在意。

她本不应该要求我在这里停车。

"不管怎么说,"艾瑞丝说,"我只是想说,我很高兴你能在这里,即便满心死亡和绝望。"她露出了让人气不起来的笑容,我心中难以自抑地涌起一阵强烈的感情,是对她的感情,在她继续侃侃而谈的时候,我差点儿就要回她一个微笑了。"有一个更实际的原因让我偶然有了那个计划,这个原因可能会让你惊讶,我已经做好了全部安排。"

"什么意思?"我问道。

"我把所有的文件都装在了一个信封里。"艾瑞丝说,"到边境的时候,我会把信封给你。"

"我们都很清楚,我是不会把你留在瑞士边境的。"我说。

"特里,我们说好的。"

我才不管她说什么。

"告诉我你的全部安排。"我说道,努力保持声音稳定。

"我觉得我们不应该现在谈这个。"艾瑞丝说。

"我想知道。"我说。

"好吧,在苏黎世会有个私人火化仪式,然后寄回家里。"她说,"我一直在联系的葬礼负责人做了很多这种诊所的工作,很清楚需要做什么,所以你不用担心……"

"你给的地址是哪里?"我一般不打断别人说话。

---

① 美国家庭科幻喜剧《默克与明蒂》中的人物。

艾瑞丝瞬间红了脸，这很少见。她看向别处："我……我给了他们你的地址。我知道我应该先征求同意，但是……我希望你不要介意。"

我真想说介意。介意，我真的介意。我想喊出来，这样她就不会对我介不介意有任何疑问了。

但是我很快注意到，在这个广阔的烈士墓地里，我的爸爸正对着一棵树小便。

我朝他跑去，感谢他打断了我们的对话。等他尿完，我从包里拿出一瓶水来，让他伸出手，他照做了，像个顺从的孩子。我把水倒在他手上，用披巾擦干，又给他喷了装在包里的抗菌喷雾。

"没有你妈妈的踪迹？"他问。

我摇摇头："没有，还没有。"

"可能是去看你哥哥了。"这很奇怪，爸爸很少提及休，我常常怀疑他是不是彻底把休忘了。

"也许。"我说着，双手紧紧交叉。妈妈从来不对爸爸说谎，她总是向他解释一切，就好像他根本没得阿尔茨海默病，好像原本那个他还在。

我挽住他的胳膊，往车的方向走去，艾瑞丝在我们身后。忽然间，我停了下来，转过身去看艾瑞丝。"你是什么时候做好的安排？"我问道。艾瑞丝摇摇头："啊，特里，我不想……"

"什么时候？"

"一年前。"她的声音很小，但很坚定。所以这件事儿的真实性根本无从逃避。

一年，整整一年。

我转回身，继续走，爸爸别无选择，只能跟着我一起走，努力地跟上我的脚步。

艾瑞丝跟在我们身后。我听见她的拐杖陷入松软的泥土里，还有她拼命跟上来时越来越急促的呼吸声。

但我并没有放缓速度。

第19条

疲劳驾驶是重大安全隐患

开车可以有效地让人暂时抛开烦恼,哪怕是个紧张兮兮的司机,比如我。或许非要是个紧张兮兮的司机才行,因为我得抛开一切,专心开车。我的每一丝怒气,我的沮丧,我的困惑,我必须把这些情绪放在某处,集中精力看路。

"你还好吗,特里?"艾瑞丝问,我轻轻点头,示意了一下前方道路,这样她就知道我没在生气,只是在开车。

生气并不是我熟悉的情绪。怒火就像在炉盘上沸腾的水壶,盖子被顶得"咔嗒咔嗒"响,可手柄又太烫,我无从下手。

我不知道我为什么如此生气,我不应该这么生气的,或许我只是累了。

总而言之,我是个早睡早起的人。

而布兰登恰恰相反。

从这方面来说,我们应该常常见不到彼此。

这种想法就像气泡一样冒出来,努力冲上池塘表面,停留片刻,然后爆裂开来。这个想法似乎在炸裂时闹出了一点儿动静,宛如放松时的一声"哎哟",就像在丈夫的圣诞节工作派对之后,你脱掉了那双不合脚的鞋子。我还真朝四周看了看,看看这个声音是从哪里冒出来的,这个想法发出的声音是如此清晰。

此时此刻,我不再想着在反向车道上开车这回事儿了。现在,我想到的是我的丈夫,想到我可以不用见他太多面。

做这件事儿似乎可以不露痕迹,好像我已经精心安排好了两人不同的习惯,以便尽可能少地看见他。

事实并非如此,不是冤家不聚头,人们是不是总这么说?

我专注地去思考我熟悉的事情。

我熟悉他的味道。他的味道会让我想起影印机,或是复印机。你知道那种运转中的机器散发出的热热的味道吗?不是好闻或者难闻的味道,那就是他的味道。

躺在床上的时候他侧着睡,双手交叉抱在胸口,我总觉得这种睡觉姿势不舒服。好笑的是,六点半我醒过来时,他竟然还是这个姿势。他从来不换姿势。

还有什么?他早餐喝粥。前一天晚上他会把燕麦泡在水里。我不觉得他有多喜欢吃这个,他一口一口吃得很慢,并且总是在碗底留下一个小山丘。

当他取下婚戒(他现在得很费劲才能摘下来),藏在戒指下面的皮肤留有印记,颜色发白,像吸了水的海绵,会让人想到寄居蟹白白的肉身,正在寻觅新的壳。我受不了,无法直视那块皮肤。

刮胡子的时候他会哼《教父》的主题曲,滑稽的是,他通常都意识不到自己在哼歌。要是我提起来(我确实不大会提),他就抵赖。他说他才不是那种哼歌的人呢。可他就是。

他总是先穿左脚的袜子,然后穿左脚的鞋子,系好鞋带再穿右脚的袜子,然后是右脚的鞋子。

我还了解他的其他许多事情。我当然了解。在我搜寻我所了解的事情时，这些事儿都瞬间浮现在脑海里。我一般不做这种事儿。

我为什么会这样呢，他人就在我跟前，和我共享一幢房子、一张床、一间浴室、一张餐桌、一个遥控器。

思考的糟糕之处在于，一旦思绪陷进去，你就难以挣脱。它们就在那里，像玩具火车一样在你脑海里不停地转啊转。

出现了一个出口，我急忙转向，朝那里开去，在冲刺到环岛的时候猛踩刹车。换挡的感觉可真好。

"我们在哪儿？"艾瑞丝四下望去，眨了眨眼。她的声音很沉重，刚刚她肯定是睡着了。

她怎么能睡着呢？还是在这种时候。

"午餐。"我的嗓音前所未有地清晰。好像这不是建议，也不是个可能性，而是事实。

午餐。

我对吃东西的兴趣从来都不会减少分毫。

最近的镇子在六千米外，但我觉得实际路程更长，因为我前面有一辆老旧的拖拉机，后面拉着一辆拖车，里面的东西闻起来像是青贮饲料，而我始终不愿超车。最终，我们来到了风光如明信片一般的法国乡村，路面铺满鹅卵石，街道狭窄，花园被精心布置。一座闪闪发光的青铜塑像矗立着，那是个宽肩膀的男人，盛气凌人地骑在马上，我猜他是个陆军上将吧。一条缓缓流淌的小河穿过一座低矮的石拱桥。小城中心有个宏伟的广场，广场一侧被市政厅占据，俯瞰其他一众建筑，外立面上镶有巨大的钟表。

"我们到了。"我把车停在路上遇见的第一个停车点，然后宣布。我小心翼翼地开了一点儿车门，吃力地挤了出去。

"你电话响了。"艾瑞丝说。她坐在副驾驶座上，警惕地盯着我。

"是吗？"我把手伸进包里摸索了一番，找出手机。

是布兰登。我将手指伸向手机，好像要接听。我假装自己要接。

结果，我拒绝了通话。

我不能说我是不小心拒接的。

我是故意的。

"是谁？"艾瑞丝问。

"布兰登。"我说。艾瑞丝点点头，其他什么也没问，通常人们和生气的人在一起都会这样。

我似乎对谁都生气。

但是我和布兰登没有吵过一次架。

市政厅的时钟显示，现在是两点零六分。当我问爸爸饿不饿时，他说"我可以吃东西"，可他总是这么说，无论白天黑夜，无论几点钟。我挽住他的胳膊，他冲我微笑，是一种信任的微笑。面对这样一张笑脸，我似乎不应该生气。

城里有许多咖啡馆和餐厅，当我们说要一张三人桌时，服务生似乎不太相信。

"已经过了两点。"他们指着手表或挂钟，对我们说，"午餐是在十二点半到两点之间供应。"

我犯了个悲惨的错误，我指出现在才两点零八分，并且伸手去指市政厅外墙上的时钟，来辅助我那可怜的小学生法语，以作为依据。

"没错。"他们说，并且纷纷点头，"很精确。"

我去了三家餐馆，回答都是一样的。我们别无选择，只能回到车里，而我竟然傻乎乎地把车停在了大太阳下。"整个城里唯一能做饭的就是我们了。"艾瑞丝摇下车窗，拿起书对着脸扇。

我透过后视镜去看爸爸。他满脸通红，小小的汗珠汇聚在嘴唇上方。"你还好吗？"我问他，同时拧开一瓶水递给他。

他检查了一下瓶子，却没有喝。他说："我现在想回家。"艾瑞丝看着我，好像在等我说些什么。但这没有必要，爸爸经常说这话。

我转动车钥匙，开出小城，才刚拐了个弯，就听见刺耳的喇叭声，看见迎面驶来的车子，这才意识到我开上了反向车道。我赶紧转向，打算留出一点儿错车的空隙，同时用力握住方向盘，在隐约可见的矮树篱突然出现并且刺耳地刮擦车身时，拼命让车复位。

艾瑞丝张开十指，按在仪表板上。爸爸指向路中间的那条线。"所有车辆必须靠左行驶。"他说。

我不打算停车。要是停下来，我就没勇气接着开了。我继续往前开，无视自己哆哆嗦嗦的四肢和狂跳的心脏。在我身边，艾瑞丝紧闭双唇，但她没有再抵住仪表板作为防护。

我继续朝前开。

路很窄，转弯的方式我也很陌生。我想我是不是开上了另一条出城的路。我现在开的这条路似乎比先前那条路更偏僻，没有其他车辆，也没有道路标志。

我迷路了。

我在法国迷路了，和我患有阿尔茨海默病的爸爸以及打算自杀的闺密。

怒气瞬间消失殆尽，唯一的感觉就是疲惫。我肯定一直都很疲惫，像被某种重物压着，像拖着我的锁链。我从未觉得如此疲惫。

"我累了。"我说道，就连声音都精疲力竭，细微到几乎听不见。但是车后座上，我听见爸爸拉扯安全带，凑上前来。"疲劳驾驶是道路安全的重大隐患。"他说，"损人不利己。"

艾瑞丝看看我。"你爸爸说得对，"她说，"你应该停车。"

"能在哪儿停？"我并不想喊叫，只是太累了。我可以直接趴在方向盘上，一秒睡着。

"停在路边的绿化带就行。"艾瑞丝说，"打双闪。"

我们就是这样偶然发现了那座城堡，至少是发现了指向城堡的标志。那是个已经弯曲的路标，褪了色，挂在树上，沿着树干攀缘的常春藤遮住了路标的大部分图案。

是爸爸让我注意到路标的存在,他试着把它读出来。

"*Château de la Duchesse Clara.*[①]"

下面还写了一行小字,*Nourriture et repos*。

食物和休息。

路标上没有图片,没有标志,没有星星,没有华丽的形容词。只有城堡的名字和那两个词,像包治百病的药方。

我妈妈相信,一切事情的发生都有原因。她会说,我们恰好在正确的时间发现了这座城堡,就像它恰好处在最合适的地方。

她会称之为预兆。

---

① 法语,意为"克拉拉公爵夫人酒庄"。

第 20 条

遇到停车标志,必须彻底停下

这座城堡并不像童话故事里的那些城堡,有奢华齐整的草坪、塔楼、小小的方形窗口、护城河和吊桥。

一方面来说,它很小。确实有塔楼,但看起来不太安全,仿佛手指轻轻一碰就会坍塌。没有护城河,也没有吊桥,但有一扇古老的木头大门通向一条杂草丛生的碎石车道。一面孤独的旗帜,边缘破破烂烂,绵软无力地挂在旗杆上。

它让我想起了自己,筋疲力尽,最好的状态已经过去了。

我坐直身子,努力调整自己,让心情更阳光一点儿。我没有筋疲力尽,只是有点儿累了。我饥肠辘辘,需要一些吃的,还需要休息。女儿们心情低落时,我不也总这么告诉她们吗?

我在正门前停下车来。

一个男人出现在了城堡前的车道上。

"你好啊,水手。"艾瑞丝迫不及待地招呼他,像饮下夏天里的一杯冰柠汽水。

说句公道话,他确实很解渴,精瘦高挑,头盔一样短的黑发,脸部比例完美,一双琥珀色的杏眼,高高的颧骨可以把刚洗完的衣服挂上去。就连他的嘴巴也值得记上一笔,我一般不太注意别人的嘴。他的嘴唇特别饱满,红润得不真实。此刻,那张嘴弯出了一个微笑,露出了一口漂亮的牙齿。

一口完美的牙齿,爸爸喜欢这么说。几年前他去做检查时,他的牙医就是这么告诉他的。你有一口完美的牙齿。如果牙医能看见如今的爸爸,还有爸爸一会儿看得见一会儿又找不到的假牙,他肯定会无比惊讶。

我们下了车,法国男子微微鞠躬,说道:"欢迎光临,我的名字是雅克·赫米塔奇。请问贵组合如何称呼?"他的英语非常完美,还伴有动听的法语口音。

"有人说我们是组合了吗?"艾瑞丝说着取下太阳镜,以便更好地享用他。

"你看见我妻子了吗?"爸爸问他,语带谴责。

我正要介入,雅克却牵起爸爸的手,温柔地握了握:"今天没看见。不过,你们或许愿意进来吃点儿东西,歇歇脚?"他又站到一边,拉着爸爸的手臂朝大门走去,微微一笑,露出一口完美的牙齿,爸爸完全任他摆布。艾瑞丝也是,她跟上爸爸,匆匆朝雅克撂下一句"你闻起来很可口",他优雅地接受了艾瑞丝的土味儿赞美。

我也跟了上去,"我们是谢泼德、阿姆斯特朗、基奥组合"。我说道,因为他们没人回答雅克最开始的问题。靠近他之后,你会觉得他更加英俊迷人,就像蒸桑拿时你舀起一勺水泼在煤块上蒸发的热气。我开始注意到自己滚烫的脸颊,皱巴巴的绿色豹纹 A 字裙和橙色竖条纹上衣,脚趾从罗马凉鞋里探出来,脚指甲上还残留着去年夏天涂的指甲油。

"哪一个是你?"他问。

"谢泼德。"我说,"特里·谢泼德。"

"特里。"我的名字被他念出来充满了异域风情,好像它就该这么念。

"请允许我效劳。"他伸出手来,那一瞬间,我冒出了非常荒唐的念头,我以为他要拉我的手,而我差点儿就把手伸进他手中,或许这是当地传统?就在这时,他补充道:"钥匙。我来帮你们停车,把行李拿到房间。"

"哦,但是……我不太确定我们是不是要住下来,我需要……"

"别担心,你们可以等会儿再决定。"

然后,谢天谢地,他离开了。

美太过满溢,我和美的距离如此近,太具有压倒性。

艾瑞丝说得没错,他确实很可口。

我觉得我现在肯定浑身滚烫。

但城堡里非常凉爽,内部远比外观更富丽堂皇,更像是一座城堡。接待区的地面铺了赤陶色石板,墙壁是直接裸露的砖墙,装饰了一些画像,画中都是一些面目严苛的男子,头戴假发,穿着繁复的服装,脖子围了一圈褶边,端坐在桃花心木的昂贵书桌后面。最大的相框里是一位女士的画像,气宇轩昂,漆黑的头发高高绾在头顶,还戴了镶着珠宝的王冠。无论我站在什么位置,她那琥珀色的杏眼都追随着我。我猜她肯定就是克拉拉公爵夫人了。接待区的桌子后面空无一人,看起来就像画里的某张桌子,我不太喜欢。艾瑞丝的笑声吸引了我,将我引出门去。我来到一间明亮的房间,通风很好,还有个吧台,艾瑞丝和爸爸坐在高脚凳上。房间里零零散散摆着几张桌子,煞费苦心地布置了银质餐具、亚麻桌布和水晶杯。

雅克出现在吧台后。

"要来一杯开胃酒吗?"他问。

"我们要来杯开胃酒吗,基奥先生?"艾瑞丝问道。

"我不知道。"爸爸回答。

"那我就当成要。"艾瑞丝说罢转向我,"你呢,特里?"

"我不太确定,我要不要——"

"那就是三个人都要。"艾瑞丝说罢又转向雅克,"你有什么好建议?"

"我觉得香槟比较合适。"他说。

"我同意。"艾瑞丝说。雅克下了几级台阶,消失在我们的视线里,我猜肯定是个地下室。艾瑞丝的幽默感颇有感染力,我发现我已经忘掉了自己需要休息、需要洗澡、需要换衣服,反而融入了他们。香槟送上来时被盛在优雅的细长香槟杯里,我一仰头,一饮而尽。艾瑞丝放下杯子,杯子里的香槟还剩下大半。爸爸在吧台上转硬币,雅克拿起我的杯子:"再来一杯?"我说:"再来一杯。"艾瑞丝哈哈大笑,紧接着,阳光流入窗口,捕捉到了爸爸淡金色的硬币,硬币在抛光的华美吧台上飞速旋转,在阳光中如宝藏般闪耀,宛如夏日里女儿们总希望在沙滩上找到的宝藏。

我喝完第二杯香槟,雅克问我"再来一杯"时我点了点头,艾瑞丝便说:"你在法国有点儿像个酒鬼。"

确实如此。在家里,我从不会超过每周建议的饮酒量。艾瑞丝却以酗酒为荣,虽然我觉得她不应该这样,毕竟她要吃那么多药,还有多发性硬化症,酒精对多发性硬化症没好处。

"酒精并不能解答你的难题。"有个嘴很碎、满脸粉刺的高三男孩儿让凯特心碎时,我发现她在浴室里喝得醉醺醺,衣衫不整,我这样对她说。

"那什么才能解答呢,妈妈?"凯特问我。她就那么看着我,美丽苍白的脸庞上流下两行睫毛膏的痕迹,好像她真的很想知道答案,好像她知道我肯定有答案。

我真希望我对她说了实话。然而我没有,我说了些陈词滥调,甚至不记得我到底说了什么,大概就是类似"天涯何处无芳草""你才十七岁,还有很多时间"或者"是你的终归是你的"。

都是些老生常谈,毫无意义。

而真相是,根本没有答案,就连一个最简单的答案都没有。只有人生,艰难的人生。人生如果不艰难,又显得索然无味。

但偶尔,也会有偷来的喜悦。

比如此地、此刻。午后的阳光暖暖地笼罩在我的皮肤上,晒红我的脸庞,让我的心脏以证明我还活着的方式跳动。我旁观艾瑞丝和雅克调情,看她逗他发笑,笑声洪亮,超乎想象,就像我的身高一样。每当人们听说我有五英尺十英寸高时总是大吃一惊。"我以为你没有那么高。"人们听到这个数字的时候,总是这样说。

当时我抱了凯特。我想着,要是我能将她揽入怀中,紧紧抱住,轻轻摇晃,就像她小时候那样,或许一切都会好起来。但是她听了我的陈词滥调,意识到这些都是空话,所以抽走了身体。其实只是很微小的挪动,但在我们之间拉开的距离是一道难以逾越的深渊。

"你还好吗?"艾瑞丝将手搭在我的胳膊上。

"我并不总是个好妈妈。"我说道,自己也吓了一跳。我没想到我会说出这句话来,但这句话也鼓舞了我。这就是最清晰的事实。

艾瑞丝沉吟片刻。"这个嘛,"她说,"如果拿你和维拉比,我得说,你是真杰出。"我俩都笑了,笑过之后,我说:"我觉得我们今晚应该留在这里,我想在城堡里睡觉。"我的声音很大,还有一丝醉意。

雅克正在吧台里擦拭酒杯,在我说这句话的时候他点点头,像是就在等这一句话。

"我们办理入住吧。"我说着,跳下了高脚凳。我有点儿摇晃,因为已经突破了日均饮酒量,空着肚子喝了好几杯酒。我在吧台后面的镜子中捕捉到自己的身影,远远高过艾瑞丝和爸爸,我就是这样一个高个子女人,足足五英尺十英寸。

我们一个接一个往接待区走，艾瑞丝一马当先，爸爸走在我俩中间，我殿后。雅克变魔术般出现在办公桌后面，为我们登记。"晚餐将在八点钟供应。"他说。看向我时，他点点头，微微一笑，好像很高兴我们在这里，好像这就是我们应该在的地方。我理直气壮地走上楼梯，步态有些踉跄，艾瑞丝笑话我，我不理她。

虽然我没有明说，但雅克似乎很清楚我们的住宿需求。他向艾瑞丝展示了一个房间，中央被一张巨大的四柱床所占据，桃花心木的柱子悬挂着猩红色的天鹅绒帷幔。旁边的房间是给我和爸爸的，有两张单人床，铺着鹅绒被，中间由一张极有分量的胡桃木餐桌隔开，桌上摆有花朵图案的瓷壶、碗和玻璃花瓶，花瓶里插着粉色康乃馨。墙壁是浅浅的柠檬黄，地上铺着宽大紧实的木板。透过窗户，会看见一排排整整齐齐的葡萄藤，一直蔓延到天际。

"我们来看看床舒不舒服，爸爸。"我说。

"到睡觉时间了？"在我给他解开鞋带脱掉鞋子的时候，他有些疑惑。

"你累吗？"我问。

"累。"他说。

"那就是睡觉时间。"我告诉他。我从高背椅上拿下罩子，盖在了他身上。我让他闭上眼睛，他便闭上眼睛，我吻了吻他凹陷的脸颊，他露出笑容。

我也是我爸爸的妈妈。多数时候我不太想这些，但是，一旦我去想，比如此刻，这种感觉似乎和我熟悉的一切截然相反。

我应该给布兰登回电话，确保家里一切顺利。

相反，我睡下了。睡了一个多小时，睡得很沉，没有梦境侵扰。等我醒过来，觉得自己满血复活，好像睡足了八个小时。水壶里的水散发着柠檬与薄荷的清香，被西斜的太阳煨得温热，此刻，金色夕晖从窗口倾泻而入。我往脸上泼了点儿水，还有胳膊下面。我从爸爸的旅行包里拿出不实用的白色衬衫裙，几乎遮不住膝盖。我举起裙子在身上比画。这太奇怪了，我发现从未关注过自己的膝盖。或许是因为裙子的材质，丝绸贴在皮肤上，像温柔的双手抚过我的身体。我叫醒爸爸，给他穿上一件新衬衫，喷了一点儿他的老香料在我的手上，然后拍了拍他的脸颊和脖子，把黏糊糊的牙刷递给他。

我退后一步，欣赏自己的成果。"你看起来非常英俊。"我告诉他。

"你也是。"他将胳膊肘伸给我。我挽住他的手臂，朝餐厅走去，步履轻快得惊人。艾瑞丝已经在那儿了，正在同雅克聊天，金汤力喝了一半。小憩片刻，换完衣服，似乎也让她容光焕发。她刚沐浴完，头发湿漉漉的，还涂了她喜欢的香草身体乳，皮肤很有光泽。我观察了一下她的额头，肿块已经消失，瘀青也褪成了淡淡的青黄色。

"我们肯定是仅有的客人。"在餐桌边就座时，我悄声对艾瑞丝说。

"雅克说，到六月份酒店才正式营业。"艾瑞丝说，然后把餐巾塞进老头衫的领子里，"他肯定很喜欢我们的长相。反正我是很喜欢他的样子。"

我本应该反感，通常我都会反感。我们像是要占雅克的便宜，他好像不太会说"不"。尤其是面对一群灰头土脸的旅行者，我们刚到城堡的时候肯定是一副可怜相。

结果，我并没有反感。我觉得自己与世隔绝，好像待在一个泡泡里，悬浮在某个脱离时间之外的地方，现实世界在这里无足轻重。

真是奇怪啊。

作为素食主义者的我，似乎并没有让雅克感到慌乱，虽然做肉食和上菜的都是他。因为据我观察，这座城堡里应该没有别的服务员。

我吃了红辣椒酿、绿叶菜沙拉、蒜香黄油烤洋蓟、带皮烤土豆、自制酸面包蘸黑色的青橄榄酱、橙皮香草巧克力翻糖冰淇淋、柔软而厚实的布里干酪切片、胡椒薄荷茶，所有食材均来自菜圃和温室，雅克告诉我们。很有分量的水晶杯里盛着浓稠的红酒，散发着泥土芬芳，这也是雅克在地窖中酿造的，瓶身掩藏在层层灰尘之下。

在吃完最后一口晚餐前，我们三个人都没怎么说话，这足以证明晚餐有多可口。我吃得太饱，太腻，本该不舒服才是，但我一身轻松，充满能量。不是那种去做家务的能量，而是另一种适用于不严肃场合的能量。可能是因为裙子吧，因为丝绸的轻抚。

但是爸爸累了，他不停地垂下头，脑袋几乎垂到胸口，眼皮如帘子般越拉越低。

"我们要不要把最后一口酒拿到花园里去喝？"艾瑞丝问我，并且撑着桌子边站了起来，"真是个美妙的夜晚。"

我看向窗外。近乎满月，月光和漫天繁星点亮了夜幕。

"我得带爸爸回床上。"我将双手拢成喇叭状，搭在他枯瘦的肩膀上，试着轻声唤醒他。我想起妈妈让他休和我扛在肩膀上，这样我们就不会错过圣帕特里克节游行上的任何一辆花车。我还记得当时的感觉，整个人拔地而起，干瘦干瘦的两条腿垂在爸爸宽阔的胸口上，脚下的地面似乎遥不可及。

雅克清理了餐桌，说道："艾瑞丝说得对，特里，你应该呼吸一下夜晚的空气。在法国这片地区，那可比餐后酒更美好。"说话间他继续清理桌面，"如果你愿意的话，我有个监视器可以借给你。这样你爸爸醒过来的话，你能马上听到。"

"好主意。"艾瑞丝附和，然后拿起酒瓶和我们的酒杯，"我要拿出去。"不知为何，雅克似乎很清楚，千万别去询问她是否需要帮助。他说："药草园里有张长椅，就在城堡的西边。"他也同样清楚不要去指西边的方位。艾瑞丝点点头，把瓶子夹在胳膊下面，两只杯子则挂在手指间，打算把自己架上拐杖。从餐厅的法式大门出去，有一小段台阶通往花园，我一点儿都不忍心看艾瑞丝艰难地跨过台阶，但还是目不转睛地直视她。雅克也是这样做的，虽然他看起来好像并没有盯着她看。

回到楼上，我帮爸爸脱掉外套，换上成套的睡衣。第一次这么做的时候，事后我哭了出来，是让你脱水并筋疲力尽的哭泣。"到底发生什么了？"等我终于下楼，布兰登问我。

"没事儿。"我说。

"可是……"他放下报纸，越过纸张顶端瞥了我一眼，"你刚刚一直在哭。"他的脸上写满了惊诧。确实，我不经常哭。那天是个例外。从那天之后，我帮爸爸穿衣服脱衣服，再也没哭过了。只有那一天。唯一将那一天与其他日子区别开的，就是我第一次做这件事儿。第一次撑开睡裤的裤脚，好让他先将一条瘦弱的腿迈进来，再来第二条腿，他的双手紧紧抓住我的肩膀。我把他的胳膊套进袖子里，系上扣子，脱下袜子。他的脚摸起来冷冰冰的，脚指甲是粉粉的方形，和我的脚指甲如出一辙。我之前从来没有注意过。

是这种相似让我痛哭流涕吗？

还是把他安置在凯特的单人床上（那时她已经搬去了高威），把毯子掖在他的下巴下面，就像我总为凯特和安娜做的那样？我弯下腰去亲吻他那因为取下假牙而松垂的脸颊。

"晚安，爸爸。"我说罢，关上了卧室的灯。

"你能把灯留着吗？"他问我。

是因为这句话吗？在第一个夜晚，他询问时那悲伤的语气，童年时对黑暗的恐惧从记忆深处钻了出来。

我留了灯，然后回到自己的卧室，关上门，躺在床上，将脸埋进枕头，失声痛哭。这种恸哭会让你忘记时间的流逝，而且毫无宣泄作用，对你一丁点儿好处也没有。等你停止哭泣，什么事儿也没解决，一切都和你哭之前一样。除了此时此刻，你的脸上斑斑点点，眼睛肿胀得眯成一条缝，呼吸不畅，疲惫不堪，毫无力气。

就是那天晚上，我告诉布兰登我心跳过速。他飞快地点点头，没有多做评论。这类谈话会让他不舒服，他会把这些称为"妇女话题"。

现在，我帮爸爸脱掉外套，换上睡衣睡裤，给他刷假牙，然后放进水杯里以防他找到，把他安顿在床上，亲吻他，道晚安。这一系列动作都不成问题，当我想起那个痛哭流涕的女人，好像根本不认识她。

我坐在自己的床上，把监视器从盒子里拿出来，里面有说明书，但没必要看，我还记得捣鼓婴儿监视器的方法，尽管已经过去了这么多年。我插上监视器，把可拆分的部件放进包里，离开房间前又检查了一下爸爸的情况。睡着以后，他看起来很平静，好像他的脑袋里没有那么多纠缠不清的记忆。睡觉时他面带微笑，嘴里呢喃着什么，我好奇他是否在做梦，他的梦境有没有被阿尔茨海默病侵蚀，是否会有一些清楚的画面呢？会不会暂停？

我不得不问一下雅克哪边是西。他并没有取笑我，也没有说贬损女人以及她们定向能力和方向感的话。他径直走出法式大门，指向草坪边缘那堵墙壁，围墙中间有扇蓝色小门，门上的图案已经剥落，我想象着，雅克有时间的话肯定会把那扇门好好打磨一下，重新描画。"穿过那扇门，向右转。"雅克说道。"别担心你爸爸。"他又补充道，"要是他下楼来，我就在办公室，我能看见。"

"你工作时间可真长。"我说。

"我是夜班经理。"雅克说道，没有一丝玩笑的意思。

我打开了墙上的小门，先低下头，然后穿门而过。就这样，我来到了一个小花园。花园里栽种着一圈苹果树，像哨兵一般，月亮越过苹果树梢匆匆往下一瞥，洒下银白光辉。我脱下凉鞋，走上砾石小径旁的草地，这条小路缓缓穿过一排排薰衣草、百里香、迷迭香、野蒜、忍冬、茉莉……我认不全，但它们的香气扑鼻而来，好像认出了我。我的脚趾间全是草叶，柔软、茂盛。

花园的另一头有两张日光椅，艾瑞丝躺在其中一张椅子上。椅子间放着熟铁茶几，我们的酒杯和余下的酒都摆在上面。我贴着另一张椅子的边沿坐下，看看椅子够不够大，能不能容纳我，结果它毫无怨言地接受了。

"这椅子挺有意思的。"我舒展了一下身体，说道，"我以为只是张长椅。"

"有长椅。"艾瑞丝说，"就在我身后。但是雅克过来了，把这两样美物从那边的棚屋里拖了出来。"

"还有什么他做不到的吗？"

"他真是万能雅克。"艾瑞丝说着，在包里翻了一通。她找出了一根手卷烟和一盒火柴。

"真不敢相信你竟然又抽烟了。"

"别担心，特里。"她将火柴沿着盒子边缘擦亮，也点亮了她的面庞，我看见她一对碧眼闪闪发光。

"你从哪儿弄来的？"

"从维拉的存货那儿拿来的。"

"你偷的？从你妈妈那儿？"

"我觉得这是她唯一能为我做的事情了。"

"你为什么要拿它？"我忽然有点儿担心，问道，"你疼吗？"

艾瑞丝摇摇头："我只是想放松一点儿。"

"天哪，艾瑞丝，你身上可真是什么都能发生。"

"你想来一口吗？"艾瑞丝问。

"不用，谢谢。"我尽力不让自己的声音听起来刻板，可还是很刻板。

艾瑞丝耸耸肩。"你舒服就好。"她说罢，又深深吸了一口。我发现自己竟然有点儿好奇。"那你现在……是舒服了吗?"我问道。

她摇头。"需要一点儿时间。"她说。

"那会是什么感觉?"我问。

"你为什么不自己试一下?"艾瑞丝说,"那样你就能知道了。"

"我要是上瘾了怎么办?"

"只吸一口不会上瘾的。"艾瑞丝说,"我保证。"

"但它会让我怎么样?"提前搞清楚后果似乎很有必要。

"会让你放松。"艾瑞丝回答。

"真的吗?这就是它的全部作用?"

"大部分作用。"艾瑞丝又吸了一口,然后躺回靠垫上,闭起眼睛。她看起来是真的很放松,虽然燃烧的烟头离她真的很近。那条阿拉伯扎染长裤是易燃物,我想。我把烟头从她的手指间抽走,那手感很温暖,细长的烟痕卷曲着,缭绕的气味非常甜美、厚重。我有点儿好奇,二手烟能不能让我放松一点儿呢?

很有可能吧。

太奇怪了,这种想法让我更好奇而非担忧。

我也在很多事情上都谨小慎微。比如,我不会在家里存放止痛药,因为有成瘾性。我会允许扑热息痛存在,但必须是真有必要才行。一个热水瓶和一晚好眠就能创造奇迹,我一直这么告诉女儿们,哪怕她们都暗暗笑话我。

可是现在呢,看看我。

我把烟举到了嘴边,犹犹豫豫地吸了一口。

什么也没发生。

"艾瑞丝,"我低声喊她,用手指戳她的胳膊,"你睡着了吗?"

"没有。"她说道,但没睁开眼。

"我抽了一口,可是什么也没发生。"我告诉她。

"你得吸进去。"她说。

"你带着我吸烟,你不会觉得心中有愧吗?"我问她。

"不会。"

这次我深吸了一口,但我觉得烟跑错了路,跑进了食管而非气管。我呛得直咳,惊慌失措,但没有水,只有酒,所以我端起酒杯,喝了一大口。

"好样的。"艾瑞丝说。

我又吸了一口,显然是吸进去了。接着又是一口。我头顶上的空气伴随着气味浓烈的厚重烟雾旋转缭绕。我看着那些烟,看着它们幻化出的形态,隐隐约约有种美感。

奇怪的是,烟本身并没有什么美感,反而很糟糕,对你的肺、你的皮肤、你的牙齿来讲都没有好处。当然了,还有环境。

"我们可别忘了环境。"我说,声音听起来和烟雾一样厚重,舌头好像肿胀起来了。我赶快伸出舌头。

"环境怎么了?"艾瑞丝问。她的声音有一种梦幻般的质感,在这种情形下似乎再合适不过。

"我的舌头肿了吗?"我问。舌头伸在外面想要把话说清楚实在不容易。我本该非常担心舌头肿胀的可能,但我就是担心不起来。

可我只是纯粹出于好奇,想知道我的舌头肿没肿。

艾瑞丝放声大笑。"我觉得它起效了。"她说。她没有睁眼,所以根本看不到我的舌头,也无法告诉我到底肿没肿。我本应该很在意舌头的事儿,但我发现我无法去在意它。我反而戳了戳艾瑞丝:"你知道哪件事儿比较奇怪吗?"

"知道只有一件奇怪的事情,挺好。"艾瑞丝说。

"我觉得我很开心。"我说,"我知道我不应该这样说。"

我闭上眼睛,深深地吸了一口,能感觉到自己的肋骨挺起又回落。我像个老手,像个吸了一辈子烟的人。我有一种荒唐的喜悦感。当我睁开眼,发现艾瑞丝正冲我微笑。"我也很开心。"她说。

希望如同温暖的气流弥漫整个胸腔，扩张，填补空洞。或许充满胸腔的只是烟雾。

艾瑞丝挣扎着坐起来。她伸手来拿烟，我递给她。她吸了一口，烟头噼啪爆裂，熄灭了。她将嘴巴嘟成圆形，吐烟，吐出了一个巧夺天工的烟圈，从我们的影子里飘走，如此优雅，充满仪式感，我甚至忘记了呼吸。

"特里，"现在轮到艾瑞丝用手指头戳我了，我眨了眨眼，世界重新聚合在一起，"你听见我说的话了吗？"

我看着艾瑞丝，点点头。她说话了吗？

"然后呢？"

"然后什么？"我问。

"我刚刚做了个假设，你会说，他对我来说太年轻了。"

"谁？"

"那个服务生。"

"你是说雅克？"

"没错。"

"你不能只管他叫服务生。我的意思是，他还是酒吧招待。"

"还是主厨。"艾瑞丝说。

"还是行李搬运工。"我说。

"还是接待员。"艾瑞丝补充。

"哦，他还是夜班经理。"我忽然想起来。

"还提供了花园里的家具，我们可别忘了。"艾瑞丝说。

"哇哦，"我惊叹，"原来男人也可以身兼数职。"

"他们只是假装自己不能，这样我们就能把一切搞定。"艾瑞丝说。

"正是如此！"我喊道，在这种城堡风格的环境里，我一下子就想到了这个词，仿佛这才是最恰当的词。我的叫喊声在花园里回荡，回声好像让简简单单的词配上了轻快的音乐，带来一种威严感。

"嘘嘘嘘。"艾瑞丝阻止我，并且伸出手来，"给我一只手，好吗？"

"为什么？你要去哪儿？"

"和雅克做爱，正如我刚刚所说。"

"什么？"

"我就知道你根本没听我说话。"

"雅克知道吗？"

"知道。"

"哦。"

"他太性感了。"

我对此表示赞同。我趴到草地上，四脚着地，爬到她跟前。"把我当桌子用吧，让你自己站起来。"她照做了。"你想吸一口吗？"她问。

我点点头。

"香烟抽多了也会上瘾的，算是'入门毒品'。"她说着，递给我。

这话让我笑起来。

她也咧嘴笑了，拄好拐杖，"再会……"她说，这个词听起来很老派，还很……怪异，太突然了。再会。再会。再会。我站起来，又捧腹大笑。艾瑞丝看起来有点儿担心："你不会从什么地方摔下去吧？"她问。

"比如说？"我反问。

"我不知道。塔楼之类的。"

"你是在照顾我吗？"

"我知道，这很奇怪，是不是？"

"去吧，去快活吧。"我说。

"你这样子吓到我了。"艾瑞丝说。我觉得我无法责怪她。我原本应该说些他对她来讲太年轻了之类的话，问一下她有没有保护措施。我原本应该竖起手指头，一一告诉她为什么应该直接上床睡觉，而不是在一座陌生的城堡里深更半夜去敲响陌生人的房门，来一场性爱。但是，我了解艾瑞丝，她是那种最有冒险精神的人。

"早上见。"艾瑞丝说完便挂着拐杖大步流星地走开了，好像根本不需要什么拐杖，那只是个摆设。拐杖的橡胶头在砾石地面上嘎吱作响，声音随着艾瑞丝渐渐微弱而消失在石墙边，那堵墙将秘密花园和城堡隔绝开来。

现在，我孤身一人了。身处黑暗之中，孑然一身，在一个陌生国度。

太奇怪了，我竟然一点儿也不害怕。我觉得……我充满欲望。

我突然坐直身子，感到自己如触电一般。我环顾四周，一个人也没有。没有人，除了我。我的脸上火烧一般，好像这里有许多人，他们都在看着我，而且都知道我在想什么，清楚我的感觉。

我觉得自己充满欲望。

无法逃脱。

我集中精力去吸烟，最后一口灼烧了我的嘴唇。我在草地上踩灭烟蒂，踩了一遍又一遍，确保它完全熄灭。

这就是我。我就是这样的人，会对所有可燃物采取预防措施。

可燃物就像你客厅一角的大象，在你的电视柜上蹒跚踱步。你绝不可能忽略这个庞然大物。

我不是那种习惯心血来潮的人。但此刻，天时地利，很适合心血来潮。我的性爱生活……好吧，真的只是我自己的事儿。我和布兰登有一套我们自己的程序。"程序"这个词听起来有点儿倒胃口，我想表达的是，挺愉快的。没错，是挺愉快的。或许，不，如今我们做爱不如从前那么积极，但完全可以理解，对吧？都结婚这么多年了。而且公平地说……好吧，我觉得是沉默的。孩子们小的时候我们就形成了这样的习惯，而习惯很难改变。但我很享受性爱中的亲密，我们对彼此是多么熟悉啊。

我肯定是烟抽多了，不然怎么会想到要给布兰登打电话，来场电话性爱。

但是现在给布兰登打电话太晚了。

而且我从来没有在电话里做爱的经验。

或者真正的做爱也是，我根本不去想这些事儿，我都交给布兰登。

我从来不考虑这种事情。我太忙了，根本无暇顾及性欲。那是一种压倒性的欲望，根本不容你去考虑别的事情。

我抓起手机，打给布兰登。电话铃一遍遍地响，然后接入了语音信箱。我又拨了一遍。这一次响了四声，布兰登的声音传来了，迟缓、沙哑，他刚睡醒的时候就是这样。

"你好呀，帅哥。"我说。

"哪位？"

"是我啊。"我微微喘息，答道。

"特里？"

"没错，特里。"

"我先前给你打电话了。"

"所以我才给你回电话的。"

"这个时间点回？"

"你想知道我现在穿的什么吗？"

电话里传来迟疑的沉吟，然后他说："上帝啊，特里，已经三更半夜了。"

"黑暗之中飘浮着某些性感元素。"我哼唱起来。

"是邪恶。"他说。

"什么？"

201

"黑暗之中飘浮着某些邪恶元素。"

"哦,没错。不,但是,我要说的是……黑暗之中飘浮着某些性感元素。"

"你喝醉了吗?"

"没有!"我没告诉他,我可能是因为香烟而有点儿飘飘然。绝对错不了,我现在完全不像我自己。

布兰登一言不发。我听得出他正挣扎着坐起来,坐在他平常睡的那一边,我想象着我睡的那一边,平整、空荡,某种感觉霎时贯穿周身,我不知道那究竟是什么感觉。然而令我忧心的是,我好像松了一口气。此刻我身在一座法国城堡里,而不是躺在自己的床上。

"你为什么打电话,特里?"布兰登问道,他的声音很疲惫,我很高兴不用闻他口腔里的味道,已经有肠胃不洁净的气味儿了,我很不喜欢。一想到这里,我就想挂断电话。不,我宁愿自己一开始就没打这个电话。可现在已经太迟了,我只能继续进攻。

我看了下手表,但两只手好像都在脸上摸来摸去:"你说已经三更半夜了,是说法国还是爱尔兰?"

"你现在到法国了?"

"没错。"

"所以你不可能来参加可怕的谢泼德家族聚会了?"

"什么时候?"

"明天晚上。"

"哦,对啊。"我不敢相信自己把这事儿忘了。

事实上,我很喜欢布兰登的家族,人丁兴旺,有五个兄弟姐妹,两个姐姐,三个哥哥,布兰登是最小的。他们在妈妈的强烈要求下欢聚一堂,带着伴侣、孩子、孩子的伴侣以及孩子的孩子,每个月一次,在伊甸摩尔,那是他们长大的地方。没错,布兰登没说错,嘻嘻哈哈，吵吵闹闹，人挤人。不过，虽然他们成长的那栋房子面积有限，但还是一再扩建，容得下所有人。谢泼德太太总是煮上一大锅炖菜，做很多苹果挞，哪怕她极少打开暖气（贵得吓人，她说），这栋房子也是我待过的最暖和的房子。"就是因为人太多了。"提到这个时，布兰登说。他经常提议到我家聚会，而他妈妈每次都粗暴地拒绝他。她是这样说的，她不愿将家缩成一处萨顿的公寓。

"我喜欢我的来处，布兰登。"她搂着自己的小儿子说，穿的依然是我第一次见她时那身家居服和拖鞋。布兰登也抱了抱她，但每次聚会他总是第一个离开。他也是多年前第一个离开家的人，第一个找到办公室工作的人，第一个买房子，第一个卖房子，换了更大更奢华的房子，这栋房子的地址被房产经纪人描述为"令人向往"。

"精明。"他哥哥说。但我不这么想，我反而觉得是恐惧，这是不是很糟糕？

电话里一阵沉默。在失去勇气之前，我直奔主题："那你穿的是什么？"人们就是这么打性爱电话的吧，我看过几集《欲望都市》。

"就穿着我的睡衣，不然还能穿什么？"

布兰登并不经常穿睡衣，他一般只穿平角裤，而且身上总是很热，无论夜晚有多冷。可能因为浑身都是毛吧，又黑又浓密，宛如狗熊的皮毛。我丈夫是个毛发旺盛的男人。而现在，他是个穿着睡衣的毛发旺盛的男人。睡衣是从玛莎百货买的，是很不错的棉质睡衣，洗得很干净，拿熨斗稍微熨一下就好。

对于电话性爱而言，这番关于睡衣的对话真是个死亡终结。用法国人的话来说，就是死胡同。我强忍住笑，想要集中精神。"你想知道我现在穿着什么吗？"我问道。这个策略可能更好一点儿。我可以告诉他，我的衬衫裙下面没有穿内衣。这样非常性感，是不是？

布兰登叹了口气，我听见床头灯"咔嗒"一声亮起。这对电话性爱来说又是个坏消息。我们从来不开着灯做爱。

203

我们根本不做爱。

这是我在心里偷偷默念的。这不是真的,我们是做爱的。只是,可能,次数不太多,没那么频繁。

我想不起上一次做爱是什么时候了。

我不知道我在想什么,竟然想要电话做爱。

"你喝醉了,是不是?"布兰登问。

"可能有点儿。"要是我告诉他我是香烟抽多了,他肯定不会相信。

"好吧,我们当中可是有人要在六个小时后起床的。"他说。

仿佛火柴上摇摆不定的火焰,我坐直了身子:"你为什么要起这么早?"

"我要去召集会议。我之前给你打电话就是想告诉你这个。"他说道,语气尖锐。

我应该很快就给他回电话。我一开始就不应该拒接他的电话,毕竟他可不是和办公室里那些没头苍蝇一样的加拿大人坐在野餐桌边。但布兰登说没什么可担心的,他在收购案里头一回占了上风。

"很抱歉,布兰登,这边信号不太稳定。"我说的是假话。真相是,这里不太稳定的是我自己。就这样,我不再兴奋了。我理应高兴才是,好好松一口气。我紧紧抓住手机。布兰登的话刚说到一半:"……八点钟。你怎么可能严肃对待一个叫科特·格拉斯的人?这听起来就像个该死的艺名。"

我敢肯定,科特·格拉斯就是布兰登新来的加拿大老板。但我也不是很乐观。这意味着,自从加拿大人闯入谈话,他说话的时候我就左耳进右耳出了。或许之前我也没在听,我将全部注意力集中在布兰登此刻说的话上,好像可以弥补之前缺失掉的注意力。

"会议主题是什么?"他说完后,我问道。

"他没说。"我听得出,他正用手掌根把额前的头发揉得一团乱,只要他一醒过来,就会这么揉头发。我听见他打了个沉闷的哈欠。

"你需要睡一会儿。"我说。

他叹了口气,非常倦怠。

"你什么时候回来?"他问。

"我不知道。"我答。

又是沉默。在我的卧室里,我听见布兰登的闹钟嘀嗒走动,设置的是六点而非八点。

"我想你可能不知道,安娜去年圣诞节送我的领带在哪里?蓝色和银色相间的那条,是我——"

"在楼下的衣帽间,左边第三个挂钩上。"

"为什么会在那里?"

"我也记不清了。我前几天看见它了,我想着要放回你的领带架上,结果忘了。"

"哦,好吧,谢谢。我今天一直在找。我是说,昨天。"

"不用客气。"

停顿片刻,他接着说:"你还好吗?"

"哦……"我还好吗?我不太确定。不过还是有好事儿,无论我到底好不好。鉴于眼下的情形,这种感觉还真是奇怪。我有一种特别开心的感觉,好像我是一个非常纯粹的自己,不掺一点儿水分,精华版的我。我不应该这么说,我不能说,我现在强烈地感到自己的存在。谁说的?

"我挺好的。"我告诉他。

"你爸爸呢?艾瑞丝呢?"

"他们也挺好的。"

"那就好。晚安。"

"晚安。"

因为说的是晚安而不是再见,所以我只说了一遍就挂断了电话。

之后,夜晚的寂静显得格外庞大。平息这段对话还是花了一些时间,余音绕梁,渐渐消散、升腾,消融在灰蓝色的夜空里。

第 21 条

时刻考虑主路条件

早餐在餐厅外的露台上供应，结实的木头餐桌上铺着红白格桌布。桌布很有年头，洗涤仔细，保养得当。

人们往往低估仔细洗涤的意义。

桌上已经准备好了三人餐。三只银色蛋杯里盛放着三只斑点蛋。三个陶瓷杯。一壶橙汁，是鲜榨的。一条法式长棍面包，仍有余温。三角形布里干酪，略微融化。还有摘自花园的浆果。一壶咖啡。一小块无盐黄油。一罐黏稠的黑醋栗果酱。

"请慢用。"雅克伸手示意，帮我们将椅子一一拉出。

我审视他的面庞，想看看能否找出因艾瑞丝而生出的倦容，可是他生机勃勃，闻起来仍旧非常可口。

"他就像某种……神话里的人。"雅克发现我们把罐子里最后一勺果酱刮出来，立刻就给换了满满一罐新的来，我凑到艾瑞丝耳边小声感叹。

"他不是神话。"艾瑞丝粲然一笑，"我可以证明，我的阴道也能证明。"

"你的阴道？"爸爸突然插话。

"我的阴道。"艾瑞丝说着,笑开了花。

"我们能不能不要说什么阴道了?"我嘘他们,主要是嘘艾瑞丝。我帮大家续上咖啡,往爸爸那杯里搅了糖和牛奶。

"我走以后,你又在花园里待了很久吗?"艾瑞丝一边问一边往嘴里塞草莓。

"呃,没有,没,我没有。"

"怎么了?"艾瑞丝问,"你的脸跟这些草莓一样红。顺便说一句,这些草莓可真甜。"她帮爸爸盛了一勺放在碗里:"试试看,基奥先生,你不会后悔的。"

我端起果汁,贴在自己烧红的脸上。我也不知道有什么可尴尬的,根本什么都没发生。而且,就算发生了,也是和我自己的丈夫,结婚二十五年的丈夫。

或许我正是因此而尴尬。

什么都没发生。

"你妈妈很喜欢草莓。"爸爸说。我看着他。他很少记得这种细节,他有自己的故事储备,比如法兰克·辛纳屈。可他自己人生中那些无关紧要的细节避开了他。

我妈妈喜欢草莓。

这个小小的事实打开了我的记忆闸门。我的妈妈在巴尔多伊尔的厨房里,做草莓芝士蛋糕。妈妈蹲在金斯利的田地里,摘草莓。摘一个放进小果篮里,再摘一个给我。她咧开嘴,笑得很灿烂,红红的草莓汁沾得满嘴都是。

妈妈的围裙都仔细清洗,挂在厨房门后的挂钩上。

"她叫什么名字来着?"我问爸爸。

他看着我。"谁的名字?"他问。

就是这样,她已经离开了。

电话响起,竟然是休的电话,我有点儿惊恐。没错,我们确实有联系，但一般都是每年特定时间的几通电话，生日、圣诞节、复活节。所以他的名字冷不丁出现在我的手机屏幕上，我马上就联想到最坏的情况：交通事故、绑架儿童、绝症。我借口离开餐桌，走到说话不会被听见的地方才接听。

"休，一切都好吗？"

"到底发生什么事儿了，特里？"他听起来并不焦虑，反而很生气，还很像澳大利亚人。我之前都没注意到，他的口音已经变得非常像澳大利亚人了。

"什么意思？"

"我往爸爸的养老院打电话了，他们跟我说他不在那儿。"

"他们跟你说老鼠的事情了吗？"

"什么？"

"养老院里有老鼠。好吧，他们说是害虫，所以我觉得就是——"

"你为什么没告诉我？"休直接打断了我，他总把我说的那些话称为闲聊。

"我……不想让你担心。"这比实话听着舒服，不过我从来没这么想过。

"还有布兰登，说你带着爸爸和你的朋友急匆匆地走了。"他说"朋友"这个词的语气充满嘲弄，可能是因为艾瑞丝之前说过他有厌女症。

"她叫艾瑞丝。"我告诉他，"我没有匆匆离开。我只是碰巧在法国。"

"可你之前哪儿都没去过。"

"不是的。"虽然确实如此。"你为什么要往养老院打电话？"我问。

"我经常打，每周都打。"

"哦。"这我不知道。

"我不知道我有什么可担心的，"他说，"他甚至都不知道我是谁。"

"好吧，很抱歉，休，我并不想让你担心，我应该让你知道的。"

"是的，你应该。"他说，不过语气里已经没有了怒火，"那么，那个倔强的老家伙怎么样?"

每当休说出这样的话,都会让我意识到他已经离家太久太久了。因为这么多年以来,爸爸早就不那么倔强了,或者说好战、尖刻。这些特质他现在一个也没有了。他都忘了。

阿尔茨海默病从他身上拿走了这些,同时赠予他和善、谦逊、彬彬有礼。

妈妈是对的,每一片乌云背后都有一线希望。

"他很好。他正坐着晒太阳,和我、艾瑞丝一起,吃着草莓。"

"我看是你很好吧。"

"你最好说话小心点儿,休。"我说道,并不是为了表达他说话有多像爸爸——从前那个爸爸,"不然我下次可能跳上飞往澳大利亚的航班。"

"那我绝对热烈欢迎。"休说,"多少年了,我一直让你来。"这倒是真的,他一直让我去。可我总觉得,他之所以不断邀请我,是因为知道我根本不会去,我知道这话有点儿刻薄。

"你是对的,休。"我说,"我们不应该总盼望着你过来,回家以后我会查一下航班。"

"你是中大奖了吗?"休问。

"我有点儿存款。"我没有提起妈妈留给我的钱——"离家出走账户"。

虽然我敢肯定,她一定也给休留了同样数目的钱。她肯定会起个其他名字。

"你什么时候带他回家?"

"这个嘛,我们看看啊,今天……"

"星期四。"休补充道。我感到静脉里的血液凝结了,胳膊上瞬间起满鸡皮疙瘩。我知道今天是周四。当然会是周四。是周五的前一天,周五是艾瑞丝在苏黎世预约了医生的日子。两天后就是星期六,是艾瑞丝去诊所的日子。

我都知道。

但与此同时，我又仿佛失去了全部的时间感，我们三个像是在时序之外的某个地方，时间在这里一点儿也不重要。

可它很重要。我承担不起忘记时间的后果。

"特里，"休说，"你还在吗？"

"在，在，我……你想跟爸爸通话吗？"我问。

"我想。"他说。

"你真是个好儿子。"我夸他。

"你听起来真像妈妈。"

"谢谢。"我把手机递给爸爸，"是休。"

"喂！"爸爸打了招呼，我绷紧浑身肌肉，希望他知道电话里是他的儿子。

"休？哦，是的，确实，你能打电话来可真好。"他打电话就是这副腔调。当他不认识对方，但觉得自己应该认识的时候，就会用这副完美而周到的腔调。

这很重要，不是吗？

他知道自己应该知道。

这说明了一些东西，不是吗？

※

雅克帮我们把车开到了城堡门口。他从车上下来，打开后备箱，将行李箱放进去，然后同爸爸握了握手，亲吻了艾瑞丝两侧的脸颊，又递给我一个打包完美的野餐篮。

"法国的就餐时间可能都有点儿……死板。"他说。

"真的是，福尔摩斯。"艾瑞丝说。

"你人真好。"我说。

"来吧。"爸爸拖着脚朝车子走去，"我都跟你妈妈说过了，我们不会迟到的。"

结果呢，我都已经开了好几千米才意识到，我根本没注意自己是不是开在正确的右行车道上。就连我心里所用的措辞也很值得注意，因为我说的是右行车道，而不是错误车道。

我在适应。

想到这里，我真希望我开的是辆敞篷车，可以放下顶篷，在法国的大太阳下疾驰，让阳光洒上赤裸的双臂，让风吹起飞扬的发丝（我可能会松开我的马尾），耳朵里流淌着法语歌谣。那是一首温柔甜蜜的歌，可能是情歌吧。我打开收音机，强尼·罗根在唱《再来一年又如何？》，艾瑞丝说："声音大点儿。"她毫不避讳自己是欧洲歌唱大赛的狂热粉丝，所以我把声音开大。就连爸爸都知道歌词，所以我摇下车窗，我们一起放声歌唱，哪怕这分明是首悲伤的歌，可三个人齐声唱出来之后，还是让人心情大好。我也不知道这是为何，可能是因为我们唱得太大声了。让我惊讶的是，爸爸竟然没有抱怨，他真的没有抱怨。或许是因为我们三个人都在唱，整齐划一。我意识到，某种力量由此产生了。

再来一年又如何？

对于那些失去一切的人而言。

再来一年又如何？

对于那些习惯了孤独的人而言。

艾瑞丝凭空弹奏吉他，爸爸一直在拍手，完全跟不上拍子，而我，将手伸出车窗，以拳头迎击空气，这是胜利之拳。

我不知道自己为什么会这样做。我什么也没赢得，没有胜利可言，但那一刻，这台小小的车里积攒了太多能量，太多生命力。

只要是有生命的地方，就有希望。

妈妈总这样说。

第22条

司机要有预见并应对危险的能力

地面不再那么平坦,田野如起伏的波浪,滚滚涌向地平线,遍地都是浓密的森林。远处,那隐隐约约的轮廓想必就是孚日山脉的山麓、丘陵。日光汹涌,夏日仿佛已经把春天挤到一边,取而代之。

我留心寻找一处风景不错的地方停车,然后享用野餐,结果爸爸敲了敲我的肩膀说:"是不是轮到我开了?"我透过后视镜看了他一眼,他一副跃跃欲试的样子。

"很快了,爸爸。"

"上次你也是这么说的。"

我说了吗?可能吧。

"我这辈子都没出过交通事故。"爸爸说。

"这条路可真是笔直,特里。"艾瑞丝大声说。

"三十三年来无索赔奖励金。"爸爸补充。

我们开在一条乡村公路上,遇到的上一辆车是辆电动车。我摇了摇头,根本就不该想这些。

他一直都是个小心翼翼的司机。

他得了阿尔茨海默病。

就像一旦学会骑自行车,那你永远也不会忘记该怎么骑。

可他有阿尔茨海默病。

就在前方,某个转弯处,通往一个类似工厂的地方,已经关停很久了,荒草丛生,有非常平坦的停车场,结果光顾的只有苔藓。

那里看起来像是个安全的地方,而且很安静。

"好吧。"我自言自语,停在了路边,"就一分钟,好吧?"

爸爸没有回答。他猛地推开后座车门,钻出车子,然后瞬间站到了我的门边,迅速敲打窗户。我看向艾瑞丝:"你最好把手放在手刹上,以防万一。"

"真不敢相信你竟然让他开车。"艾瑞丝难以置信。

"是你鼓励他的。"我气鼓鼓地说。

"没错,但我没想到你真的会让他开。他有阿尔茨海默病,特里。"艾瑞丝说。

"真的是,福尔摩斯。"我对她说。

爸爸拉开驾驶座的门,还没调整好自己的坐姿就一把握住了方向盘,他把座椅往前稍微挪了挪,调整后视镜,把变速杆从一边拉到另一边,确定是在空挡。

这些都是他熟悉的动作。

这些都是他熟悉的操作流程。

他都记得。

我们不会在法国成为交通事故的受害者。

我们也不会在法国稀里糊涂地把别人变成交通事故的受害者。道路很直,空无一人。而他什么都记得。我坐上后座。爸爸挂了一挡,打转向灯,检查后视镜和视线盲区,驶入了空荡荡的公路。

不会有事儿的。

虽然他从来都不喜欢打转向灯。

但是除此之外，一切都很正常。

他都记得。

"好的，爸爸，这里向左转，没错，很好，慢一点儿。"我说着，指向那个工厂。他可以绕着建筑物开上几圈。

爸爸坐在驾驶座上，看起来特别正常。

"感觉如何？"我问他。

他看了看我："什么感觉如何？"

"注意看路。"我说着，指向挡风玻璃。

"我们又没在路上。"他说。

"基奥先生，你相当能干。"艾瑞丝夸赞他。

他绕着建筑物开了四圈。"我们哪里也不去。"他摇摇头，说道。

工厂后方是一条窄窄的小路，在我们那儿会称之为小巷，上面都是碎石子，中间是一行杂草。这条路通向一个小小的湖泊，环湖一圈。我看了看艾瑞丝。"你觉得呢？"我朝那个湖指了指，问道。

"没事儿。"她扫视了一下整片区域，答道，"周围一个人都没有。"

"好了爸爸，沿着这条路往前开。"于是，我们沿着那条小巷颠簸着前行，在这条开放道路所能承受的范围内，爸爸稍微提了点儿速。我试着回忆起他有多久没开过车了，可能有五年了，或许更久。都是循序渐进的。他从来没有出过事故，或者碰到什么麻烦。没有什么戏剧性的意外。他就是开车次数越来越少，越来越少，直至完全放弃，等到驾照需要更换的时候，妈妈没有给他更换，就是这样了。

"这里真美。"艾瑞丝眺望窗外，感叹道。

确实很美。小路绕湖一圈，湖面近乎一个完美的圆形。湖水非常平静，玻璃般的湖面上没有一丝涟漪，天空和行道树倒映湖中，树木纤细高挑，鲜亮的绿叶正从蜷缩的姿态中渐次舒展。

绕湖一圈用了不到三分钟。另一头的湖水颜色渐深，几乎是黑色的。一条小鱼打破了平静的水面，银色的身躯奋力跃向天空，然后顺着一道抛物线落下，落回水中，溅起一点点水花，只有水面上一圈圈漾开的波纹能证明它的优雅一跃。

我们没有回到废弃工厂前的空地上，爸爸继续环湖驾驶。

我看了一眼艾瑞丝，她耸耸肩。"再次心动。"她大声冲爸爸喊道。他的回应就是加速，而我的回应就是让他减速，就这样我们又环湖一圈，然后又是一圈。

我觉得我真是有点儿飘飘然了。然而，在看护阿尔茨海默病患者的时候，这是你最不能有的心态，尤其是你的看护对象还坐在方向盘后面。"我们可以在这里野餐。"我对艾瑞丝说，"看啊，对岸有一片沙滩。"

"万能雅克给我们准备了什么？"艾瑞丝转过身来看着我问道。我掀起了柳条篮的盖子。"我们看看啊，有一块熏鲑鱼，一些那种气味浓郁的奶酪，一瓶搭配这种奶酪的酒。"我举起瓶子，想看看下面还有什么。一切就是在这时发生的。头顶响起了飞机低沉的隆隆声。

"甜品呢？"艾瑞丝问。

"别急。"我说着将手探到篮子底部，"哦，他放了半块樱桃蛋糕和……"

爸爸将脑袋探出车窗外，仰起头，或许是在追寻洁白的飞机云。

"太奇怪了。"艾瑞丝说，"我很喜欢樱桃蛋糕，但我讨厌樱桃。"

"确实很奇怪。"我说。

"还有呢？"她问。

"苹果，闻起来特别甜。哦，还有个草莓小果篮，你会很开心的，要是听到——"

车子一个急转弯离开了既定路线，路边裸露的碎石在轮胎下发出刺耳的摩擦声，我一下子警觉起来，抬头时才发现我们已经进入了树荫里，我还没来得及做任何事情，爸爸就猛打方向盘。我狠狠地撞在了车门上，艾瑞丝猛地拉起手刹。车头撞上了树干，我们在震动中停下来，引擎盖弹开，烟雾喷薄而出。

"出来，出来，"我喊着，"你们都出来。车子着火了。"我松开爸爸的安全带搭扣，他伸手去摸门把手，艰难地钻了出来。

"来吧。"我朝艾瑞丝喊道，她还没动。

"别担心，车子没着火。"艾瑞丝说罢，指了指引擎盖。我又看了一眼，这才松了口气，烟不是从那里冒出来的，但是说那里有烟也没错。

"还不安全。"我说，"出来。"

"真是对不起，特里，可我觉得我出不来。"艾瑞丝说。

"为什么不行？"

"我昨天晚上可能有点儿过于放纵了。我的意思是，和万能的雅克，其实他还能……"

"好吧，好吧，我过来帮你。"我用力推开车门，跑到艾瑞丝那边。她很抱歉地望着我。"我的腿完全失灵了。"她说。我弯下腰去，把她的胳膊搭在我的脖子上。"要是我把你拉起来，你能站着吗？"我问她。

"只有你把我拉起来以后，我才能知道。"她说。

"好吧，抓紧我。"我缓缓地把她拉起来，让她靠在车身上站着。"还行吗？"我问。

"我的脚没有知觉。"她说，"我觉得一走路就会摔。"

"是因为撞车吗？"我问。

艾瑞丝摇摇头："不是，偶尔会这样，要是我体力透支的话。"

我看了看身后，爸爸正坐在河边的残桩上，遮蔽在一小片树荫之下。他看起来很瘦小，很害怕。他没提出要帮我处理艾瑞丝的问题，我独自连拽带架着把艾瑞丝弄到岸边去，让她坐下来。

我直起身子，气喘吁吁。

"对不起。"她说。

"下次你再做爱,或许可以考虑一下传教士体位。"我说。

"我们在这里干吗?"爸爸问。

"我们要野餐。"我说着,朝车前面走去。烟雾已经消失了,我打开引擎盖,朝车里看了看。

"能看见什么?"艾瑞丝喊道。

"我不太确定。"我说。

我真应该上一下汽车保养的晚课。可是布兰登说他可以学,所以我想,那就没必要两个人都来学,不都是这样吗?所以我没有报名任何课程,尽管女儿们都说我应该去。有些人只去上了前两节课,就再也不去了,我很担心自己也是这种人。想想看,这会让老师做何感受?

我从包里掏出手机,没有信号。

"你手机有信号吗?"我问艾瑞丝。

她摇摇头。

我环顾四周,一个人也没有。这里就像是发生了大灾难或者别的什么,而我们就是这个星球上仅存的三个人。

"我们该怎么办?"我问道。

"你说我们要野餐的。"艾瑞丝说。

"我那么说只是为了让爸爸心情好一点儿。"我嘘了她一声。

"可是,樱桃蛋糕又不能自己把自己吃了。"艾瑞丝说。我看着她,她的提议完全不合时宜。这场事故很可能导致二十四小时的延迟,甚至更久。而苏黎世还在二百五十千米之外。

我打开了野餐篮。

午餐之后,爸爸躺在草地上睡着了,至少他还在树荫下。艾瑞丝脱下夹克,叠起来,垫在了他的脑袋下面。

我研究地图:"我们离这个村庄大概有八千米,看到没?"

艾瑞丝瞥了一眼地图:"我肯定走不了那么远。"

我站了起来，扫掉亚麻连衣裙上的食物碎屑。"别担心，我去。"我说，"你和爸爸留在这里，我去求助。"

"你简直就像《丛林袋鼠斯基皮》①中的斯基皮。"艾瑞丝说完，露出了灿烂的笑容。

"我会尽快回来。"我说。

"别急。"艾瑞丝说罢，向后躺在了草地上，仰起脸来，直面阳光。

"你涂防晒乳了吗？"

"涂了，妈咪。"

"我会尽快回来。"

"你已经说过了。"

"要是你渴了的话，后备箱里还有水。两点钟的时候爸爸需要吃药。"

艾瑞丝挣扎着坐起来，直勾勾地盯着我。

"好了，好了，我这就走。"我边说边走，克制住回头看的冲动，然后，我又回了一次头，瞥见他俩在青青堤岸上四仰八叉地躺着，旁边的毯子上是风卷残云过后的野餐。那幅画面有一种莫名的平和，那么无邪，毫无阿尔茨海默病的迹象，也没有自杀的征兆。

一丁点儿都没有。

---

① 一部澳大利亚的电视连续剧。

第 23 条

其他车的大灯晃到你时，
减速，必要时停车

沿着公路往村庄走去，很容易把自己想象成一个游客。一个普普通通、平平常常的游客，午后出来闲逛一会儿，呼吸一下法国的空气，欣赏一下乡村的景致。游客们都是这样做的，不是吗？他们闲庭信步，呼吸甜美的空气，赞美……我不知道……植物或者动物……大概就是这些吧。

我也在呼吸，通过鼻子。我能听到自己呼吸的声音，听起来不小。我闻到了什么东西，很甜，我闻到了很甜的味道。我环顾四周，继续往前走，但是前进的速度已经放缓了，越走越慢，最终停住脚步，一动不动地站着。我转过身去，已经看不见艾瑞丝和爸爸，以及出了故障的车子。我唯一能看到的就是……美。我知道，这样说有点儿……奇怪。但我说的是实话，那就是我所看见的。美，到处都是，如同披肩一般将我包裹其中。是丝巾，触感轻巧、脆弱，柔柔地贴着我的皮肤，如同和煦的暖风。此刻并没有微风拂来，一切都是静止的。狭窄道路的两侧都是繁花茂盛的田野。Tournesols①，法国人是这样说的，因为它们的花盘总是追随太阳。绿色的田野滚滚涌向地平线，宛如晾衣绳上的床单，在地平线处与天空相连。我仰起脸，看见了天空，那是我见过的最纯粹、最干净的蓝天。是真正的蓝色，没有丝毫瑕疵。没人能打扰这片蓝，它堪称完美。

我扭头迎向太阳，闭上眼睛。

没有凉鞋敲击柏油碎石路面的声音，我依然能听见细微的沙沙声，或许是田里的老鼠？我还能听见鸟儿鸣唱，甜美清澈，像是有着圆满结局的电影插曲。

还有我自己均匀的呼吸声，平稳、镇定。我觉得……不太像我自己，倒像那部结局圆满的电影里的某个角色。阳光倾洒在向日葵的花苞上，仿佛一切皆有可能。这些绿色的嫩芽终会怒放，田野里将遍布鲜花，花的颜色就是阳光本身的颜色，点点金色如雨水般洒落在花茎上。

包括艾瑞丝。她也浸润在这种一切皆有可能的辉煌感里，我能肯定。

我不知道自己驻足了多久，面朝太阳，宛如一株向日葵，仿佛黑色素不存在。我应该做些什么才对，好歹采取一些防晒措施。

我继续往前走。

在下一个转弯处，穿过盘旋在道路上方的滚滚热浪，我终于来到村庄。我加快脚步，穿过一座木桥，经过一个空空的小操场，秋千在微风吹拂下轻轻荡漾在铁链上。我应该是来了主路，这里有个面包店（关门了）、一个烟草店（关门了）、一家理发店（关门了）和一家餐厅（在营业，可是里面似乎聚集了村里所有人，因为外面的人行道上一个人也没有）。我走上宁静的鹅卵石街道，本该如往常一样感到

---

① 法语，意为"向日葵"。

紧张才对，毕竟是独自一人走在空荡荡的街上。可是，或许因为阳光正好，也可能是因为向日葵，或是这份寂静本身，如同梦境。在我的梦里，我正在走路，但感觉更像是飘浮，在我的梦里，我穿着薄如蝉翼的雪纺长裙，裙子随风浮动，是阳光的颜色。虽然事实上，我穿的就是条皱巴巴的亚麻裙，是雾一般模糊的颜色。

我不知道我怎么变得如此爱幻想，既不合宜，又没有缘由。于是，我将一切推给炎热的天气。

我走过一条小街，在尽头遇到两个古老的汽油泵。这种东西以前爱尔兰也有，那时候还有个职业叫泵工。我朝汽油泵走去，可是那里并没泵工，后面的小棚屋里一个人都没有。棚屋旁边是个砖墙搭的锡顶小工坊，门上的招牌写着"汽车维修"，屋里传来重重的撞击声。我敲了敲门。

无人应答。

再敲之前，我犹豫了一下，这一次敲得更大声了。砸东西的声音停止了，随之而来的是嘟嘟哝哝的抱怨。"当啷"一声，工具落地。门猛然打开，一个怒气冲冲的大块头男人出现在我面前。他身穿脏兮兮的工装裤，里面套着原本是白色的T恤衫，但无论拿沸水煮上多少遍都不可能白回来了。我得仰起头才能看见他的脸。他手持扳手，胳膊上的肌肉鼓鼓囊囊，非常紧实，静脉如同缆绳般一路延伸到手背，指甲因为辛苦的工作而黑漆漆的。他气呼呼的嘴角叼着一根烟，盯着我的时候眼睛眯成一条缝，所以我看不出他的眼珠是什么颜色。我可能会冒险猜一下是棕色，非要说原因的话，那就是他的头发乌黑锃亮，像某种打结的波波头，垂在肩膀上。

我往后退了一步。"啊，"他说，"我以为你是皮埃尔。"我本以为他的声音会很大，结果并没有。

"不，我不是皮埃尔。"我说道。他又嘟哝了一遍刚刚说的话，事后看来其实根本没必要。

"谁是皮埃尔？"我松了口气，因为我不是他。

"我的继兄。"他轻轻松松换成了英语，没有一丁点儿我说法语时的害羞，"他想让我修一下这台破车，等我修的时候，他又开始讨价还价。"他在工装裤的前面蹭了蹭满是油污的手，其实一点儿用也没有，然后把手伸给了我。我握住了，不然还能怎么办？

他将结实的手臂抱在结实的胸前，打量起我来，仿佛我是一辆旧车，他打算买来拆掉："我能为你做点儿什么？"

"那个，"我说，"我的车……出了点儿问题，我……"

"在哪里？"

我给他看了字条，上面是我草草写下的工厂名字。

他点点头："我妻子把拖车开出去工作了。等她回来，我就可以到你的车那儿去。"

"你妻子做什么工作？"我一般不这么爱管闲事。他看起来实在不像是有伴侣的人。

"她是……"他犹豫了片刻，轻轻敲了敲脑袋，像想要把他正在寻找的词敲出来，我爸爸也会这样，最后他摇了摇头。"睿智的女人，据说。"他说。他充满期待地望着我，而我也只能试着根据字面意义翻译一下，但完全不明白。睿智的女人，我觉得就是指聪明的女人。有这样的工作吗？可能在法国有吧。

"她带来孩子。"他解释。

"啊，她是助产士。"我说道，他重复了一下这个词，仿佛已经记住了。

"你的版本更好，睿智的女人。"

我把背包的肩带往上提了提。"所以，"我说，"你会来吧？等你妻子结束工作……带来孩子的工作？"

"是的。"他说。

"太棒了。"我说，"那个，谢谢你……抱歉，请问你的名字是……？"

他从粘满油污的工装裤口袋里掏出一张卡片递给我。

上面有三个单词：Lucas Petit, Mécanicien[①]，还有一串电话号码，他看着我读出上面的字。他身上有一种逆来顺受的气质，像是在等待我评价他的姓氏，而我当然不会这么做。

我点点头，将名片装进包里。"这里可以叫出租车吗？"我问。

"有一辆出租车，但现在是吃饭时间。"他耸了耸肩，说道。一旦到了吃饭时间，你真的要赞美法国人对食物的尊重。

"好吧，那就待会儿见。"我转身打算离开，感觉到卢卡斯还在盯着我，但我并不觉得尴尬，反而更多的是好奇。我很好奇他从我身上看到了什么。

"你是打算走回你的车那里吗？"他在我身后喊道。

我转过身说："对，我的爸爸和朋友还在那边，我不想离开他们太久。"

他从停车库里走出来，用力关上了身后的门。"你可以骑我的车。"他顺着工坊的墙壁走到后面去，以他的体形来说，他的脚步快得惊人。他终归是个陌生人，我要有所保留，但还是跟了上去，否则似乎有点儿不礼貌。

棚屋后面放着一辆摩托车。那是一辆巨大而闪耀的摩托，看起来凶神恶煞的。

卢卡斯从口袋里掏出一串钥匙。他拿起头盔，拉开车把手，转向了我。我伸出一只手抓住车把。我竟然表现得如此灵活，也只能归因于震惊或是恐惧了。摩托车也在我的恐惧清单上，而且名列前茅。我不知道，我可能宁愿姑娘们告诉我她们是瘾君子，也强过她们拥有一辆摩托车。吸毒总能戒掉，但停尸房没有生还可能。我跟她们引用过数据，罗列过她们如果能从一场摩托车事故中幸存，可能遭遇哪些伤

[①] 法语，意为"卢卡斯·派蒂，机械修理工"。

害。"你们可能要被截肢。"我告诉她们,"甚至四肢瘫痪。"

"很抱歉……你人真好,但是……我确实不会……"我深吸一口气,说了出来,"我是不会骑上那辆车的。"

卢卡斯既没有无视我的话,也没有听进去我的话。他跨在摩托车上,打着火,用脚敲了一下车上的操纵杆。车子咆哮着苏醒了。他转了转一边的车把手,发动机飞速旋转。他满意地点点头,然后将目光落在了我身上。我必须提高声音让他听得见:"谢谢你,但确实没有必要……"

"它是全自动的。"卢卡斯说,"很简单。"他在院子里慢慢骑了一圈,解释这个巨大机器的使用方法,证明骑它究竟有多容易,它自己就能跑,而我唯一要做的就是抓好把手。他停在了我面前。

"不行,"我说,"我真不能……"

卢卡斯耸耸肩,熄掉引擎。

"你妻子什么时候回来?"我问他。

他再次耸耸肩:"可能是五分钟,也可能是几小时,甚至明天。你知道小婴儿都什么样,对吧?"

"确实。"对某些事情拥有发言权,这感觉挺好的。新生儿的不可预测性,是我了解的事情。生凯特花了二十个小时,出了一点儿差错。安娜是个大脑袋的巨婴,四十五分钟就落地了。

"如果午餐后她还不回来,我就给埃皮纳勒的朋友打电话,让她把你的车子拉过来。"

我需要想想。

想想。

我思考我所了解的事情。我知道我可以走回湖边,要花一个小时以上。要么我就等上一个小时,等到午饭吃完,试着去找村子里唯一一辆出租车。要么我就等那个睿智的女人接生完孩子回来。可能几分钟完事,也可能要到下个星期。

我又看了看摩托车。

我的脑袋里浮现出了艾瑞丝的样子，还有我的女儿们和布兰登。他们都站在那里，双臂抱在胸前看着我。他们毫不怀疑我接下来要做的事情。

"你是说，全自动的？"

卢卡斯笑起来的时候，暴躁的外表变得温和了不少，脸上浮现出模模糊糊的稚气。我是对的，他的眼睛是棕色。"这玩意儿……你们怎么说……就是小孩子玩的东西，对吧？"

我点点头。我是谁啊，怎么有资格纠正他已经非常出色的英文？再说了，他的意思很清楚，我不会理解错的。但骑摩托车绝不能算成小孩子的游戏。

"那保险呢？"我问。

"是预约保险。"他说。

"我可能会弄坏。"

"那我就修呗。"

"我可能会受伤，甚至丧命。"我对他说。

卢卡斯耸了耸健硕的肩膀。"如果你的时间到了，那就是到了。"他说。

"你一点儿都不担心我把你的车骑跑后再也不回来？"

"不担心。"他说。

我朝摩托车跨出去一步。现在我又有了另一层担心，就我对摩托车的担心而言，这能让我分心。我担心的是我的裙子，让我无法一脚跨上摩托车。我稍做尝试，抬起腿来，但是裙子的打开程度有限，我根本够不着脚蹬。

卢卡斯弯下腰，一把抓住膝盖处的工装裤，提到了大腿上方，露出了一双结实且多毛的脚踝，脚踝往上是鼓胀的小腿。他瞥了我一眼，看我是否明白他的意思。我点点头，转向摩托车，弯腰抓起裙子，一直卷到膝盖上方，这样我就能把腿跨过摩托车了。我抓紧车把，脚也触到了一个金属平台，我觉得就是放脚的地方了。裙子里的短裤可能会被看见，好在恐惧掩盖了一切，包括对内衣走光的担心。

我按照卢卡斯演示的那样转动车把。引擎咆哮着启动，震动纵贯全身，仿佛危险来临前的预警。我觉得我尖叫了，不过就算我叫了，那叫声也淹没在了这台机器的震动声里。我被震动声包围，体内也全是这声音。好像整个世界什么都没有，只有震动声。穿透身体的嗡嗡声震耳欲聋，令人头昏脑涨。我要求卢卡斯再给我演示一下重要的操作，可他想知道什么才是重要的操作。"呃，刹车。"我说。

刹车可是必不可少的。

我费了好大劲儿才勉强松开一只手，调整了一下后视镜。我瞥了一眼镜子，恍惚了片刻才意识到里面是我。我看起来……完全不像我自己，可能是因为我的头发，很多头发都从马尾辫里散落下来，乱七八糟地糊在脸上，我也注意到我的脸不复往日的苍白，防晒霜根本没什么用。我试着不要笑，却做不到，可能是因为紧张。我笑得太开了，下巴隐隐作痛。我蓝色的眼睛因为瞳孔放大而变成了黑色，颧骨上也出现了两抹红，每当尴尬的时候我就会这样。可我现在并不尴尬，我害怕，也很兴奋。我呼吸声很重，但呼吸很浅，焦虑不安的时候就会这样。显然，我确实很不安，但并非我平时那种冷冰冰、湿漉漉的不安，而是很热，就像发烧一样。一旦张开嘴巴，我觉得自己会笑出声来，可能会笑到歇斯底里，所以我紧紧闭上嘴巴。

我把头盔牢牢扣在脑袋上，打算说："我准备好了。"我的声音听起来并没有歇斯底里，而是闷在头盔里，确实微弱得听不见，而我的喉头因为紧张而紧绷。

卢卡斯点点头，回到了工坊。他那蹒跚的步态、走调的口哨，全然一副漠不关心的样子。

现在，我这个中年女人，独自一人在法国乡村的一座工棚背后，大腿间夹着一辆摩托车。

似乎必然要发生点儿什么事。

我转动把手,摩托车猛地往前一冲。我浑身紧绷,刹车,转动把手,猛地向前冲。

我打算用这种方式挪到路边。我打了灯,向左右看了看,活像在检查交通状况,虽然毫无必要。因为这可是法国的午餐时间。

恐惧感减少了,信号灯有规律地闪烁着,"啪嗒啪嗒啪嗒"的声音给了我安慰。路上也没有其他车辆。

可能不会血溅当场吧。

我并没有完全驱动引擎,但足以让摩托车离开车库,驶上道路。一开始摇摇晃晃的,随着我渐渐提速,车身也逐渐稳定下来。路旁的风景都嗖嗖地掠过,摩托车渐渐展现出了自己的个性。我特别想闭上眼睛,眼不见心不烦嘛,当然了,我没那么做。

真闭眼的话,那就太蠢了。

我继续挣扎着前行,风在五分钟前还是轻柔的,此刻几乎是咆哮着从耳边一阵阵掠过。人行道上有一队学生,在我骑车经过的时候,他们将手指塞进嘴巴里吹口哨,无疑是看见了我的内裤。我甚至都没办法去在意这种不恰当的行为,恐惧驱逐了我惯常奉行的理念。我就这样骑车穿过了村庄。

现在,我驶上了夹在行道树之间的狭窄道路。枝干繁茂且低垂,在道路当中相互交织,形成了一条隧道。阳光滤过层层叠叠的叶片,流泻在我裸露的手臂和腿上,随着风吹乱树叶,阳光在道路上切割出变幻的图案,宛若舞蹈。在隧道的尽头,道路两边的乡村景致渐渐消失,只剩下绿色与金色组成的平静海洋,如潮汐般涌向天际。

但是迎面来了一辆车。

幸好它平安无事地从我身边飞驰而过。

但是前头,还有辆慢吞吞的拖拉机。

我自觉地打了指示灯，观察后视镜，然后才超车过去。拖拉机上的农民冲我挥挥手，要是不回应这种友好的示意未免太失礼，可是，要从车把上松开一只手，实在不在我的能力范围内。

过了一会儿，我紧握车把的手稍稍放松了一些，好让血液顺畅地流到指尖。

又过了一会儿，我不再去想死亡、截瘫或是全身瘫痪，但也并没有完全放松下来。我的呼吸还是很急促，很深入，但我觉得这不再是因为恐惧了。我现在的感觉就像忽然起了一身鸡皮疙瘩，但不是因为寒冷，而是因为体内有什么东西在燃烧，仿佛一团火焰。这是一种狂野、失控但绝没有安全威胁的感觉，所以没什么可担心的。

我没有大喊大叫。最大的原因是头盔限制，但我确实想要叫喊。

我很快就回到湖边，爸爸还在睡觉，艾瑞丝躺在他旁边，正在看书。看见我的摩托车，她把书角折起来，合上书，放在了草地上，目光锁定到我身上。理智让她知道那是我。她肯定认出了我的裙子，虽然已经挽到了大腿处。

但她不敢相信。

"特里！"我抽回一条腿，跳下车，摘下头盔，她瞠目结舌地望着我。我的头发全粘在脸上，还有点儿重心不稳。

"抱歉。"我说，"我是不是变老了？"

"你骑了辆摩托车！"

"没错。"我说着，把停车架支起来，好像已经停过好多年摩托车。

"可是你很害怕摩托啊。"艾瑞丝说。

我摇摇头："其实我不怕，我只是假设自己很害怕。"

爸爸坐起来，揉了揉眼睛。"怎么了？"他问。

"我们可以修车了。"我说着，在他旁边坐下来。隔着裙子的面料，草地温暖而柔软。"沿着这条路往前走，有个技工。"我告诉他们。

艾瑞丝盯着我，摇摇头："我真不敢相信你竟然骑了摩托车。"

"它是全自动的。"我说道，像卢卡斯一样耸了耸肩。肾上腺素让我有一种事不关己的冷淡。

卢卡斯很快就到了。在他从拖车里出来之前，我小声对艾瑞丝说："他有个妻子。"即便是卢卡斯这样庞然大物般的男子，面对艾瑞丝的魅力攻势也要缴械投降。

"真可惜。"艾瑞丝感叹道，眼神一直上上下下、左左右右地在他身上流连。我一屁股跳起来，做了个简短的介绍。卢卡斯点点头，径直朝车子走去，站在掀开的引擎盖前，弯下腰，深深地把头埋到发动机上。爸爸站在他身边。"我开了很多年出租车。"他说，"一次事故也没出过。"

不算今天的话，这是实话。

妈妈过去总说，他俩在爸爸的出租车里度过了最美好的时光。当爸爸坐在方向盘后面时，会更容易沟通。一个认真又周到的司机，妈妈说，是最好的那个他。

"你怎么看？"我问卢卡斯。

"你需要一个新的冷却器。"他直起身子，完全将我覆盖在他的影子里，"挡风玻璃也要换，这里有条头发丝一样的裂痕。"他指向玻璃上的裂纹，然后双手在金属板的凹陷处来回摩挲，"我觉得，也许可以把这些凹陷的地方捅回去，可能不会太好看，但总比订一个新的更便宜，也更快，要是你们着急的话。"

"我们很着急。"艾瑞丝说，"修冷却器要多久？"

卢卡斯的做法和所有修理工一样。他摇头，表情严肃并且充满疑虑。"两天，"他说，然后又含含糊糊地补充了一句，"差不多吧……"

"我们没有两天时间。"艾瑞丝挣扎着站起来，说道，"我明天必须到苏黎世。"

苏黎世。这个名字像潮气一样，在我周围渐渐升腾。

卢卡斯又检查了一遍引擎。"或许我可以用个鸡蛋。"他说。

"我可没有什么鸡蛋。"我说。

"你用鸡蛋做什么？"艾瑞丝问，这也正是我想知道的。

卢卡斯开始把我的车挂在他的拖车上。"只是个快速修理的方法，"他说，"我把生鸡蛋打进冷却器，鸡蛋就会烧熟，这样就有希望把裂口封上。"

"有希望？"我反问。我并不愿意在这句话里听到这个词。

"那挡风玻璃呢？"艾瑞丝问。

卢卡斯耸耸肩。"可以用胶带，"他说，"既然你们这么着急。"

我也同样不想听到"胶带"这个词。

"但是，最快也得等明天早上以后才能开车。"他补充道。

"我等不了那么久。"艾瑞丝说。

"从这里开到苏黎世要不了四个小时。"卢卡斯说。

"但特里开车就说不定了。"艾瑞丝说。

卢卡斯像举起小孩子的玩具一样把摩托车举上了卡车。我们把个人物品从车里拿出来，堆进了拖车。

回村庄的路上，没有人说话。虽然我觉得沉默是卢卡斯的出厂设置，但艾瑞丝可不是这样。或许她累了吧。

爸爸也累了，他又睡着了，脑袋搭在我肩膀上，一路磕磕碰碰。他睡得越来越多。回家以后，我肯定会为此担忧。

回村后，卢卡斯在一栋房子外将我们放下，指了指花园里的牌子，说明这里是个小旅馆，并且有空房。"这是唯一开门的地方。"他说，语气里有些歉意。

我感谢了他，然后从钱包里掏出现金。"我应该给你多少钱？"他用大大的手推开了我的钱。"以后我才会知道是多少。"说罢，他便开车走了。我们站在路边，脚边全是行李。

232

"他什么意思？以后？"艾瑞丝问，"那可不是个具体时间。"

"他看起来值得信赖。"说罢，我看了看表，"现在才四点，还是下午。"

艾瑞丝摇摇头，叹了口气。"这可不在计划内。"她说。我讨厌看她这副样子，看起来悲悲戚戚的。而在说到艾瑞丝·阿姆斯特朗的时候，我从来都用不到这个词。

"卢卡斯可能不需要去订购任何零部件，"我说，"如果……鸡蛋和胶带有用的话。"

"万一需要呢？"艾瑞丝问。

"我们总能找出办法来的。"我这样对她说。其实也没什么用，但听起来好像有用。

第 24 条

靠近收费站时,请适当减速

　　这栋旅馆就像我发现的法国的所有东西一样,有一股法式风情。
　　旅馆坐落于狭窄曲折的主路边,就在路的尽头,前院里挤满了各种各样的杂物,还有纷繁的美好。苹果树和无花果树,一排排草莓、莴苣、土豆、大葱、大黄、灯笼海棠、忍冬、香豌豆和薰衣草,是个五颜六色的大团体,还弥漫着强烈的大蒜气味儿。在这片自然风貌的正中央,矗立着一栋四四方方的白色小房子,屋顶是土红色的,每一扇窗户上都罩着鸭蛋青的木质百叶窗。有一个残缺不全的石头小天使,被掩盖在苔藓里。还有一尊圣女贞德像,身披戎衣,高举长剑,就在花园另一端的石座上。伴随着丁零当啷的声响,我推开了门,一条鹅卵石铺就的蜿蜒小路在丰饶的植物群里穿梭,我沿着这条路朝小屋走去,风铃轻轻摇晃,竹管在微风里晃动,彼此碰撞,流淌出忧郁的旋律。野蔷薇在小屋的木门上攀缘成一道拱门,形成一片桃粉色的阴凉。当我伸手敲门时,门"吱呀"一声开了,门后出现一条阴暗的走廊,弥漫着浓烈的洁净气味。
　　这很不错。我最爱干净了,不是吗?

但是这种洁净里有诊所里的气息。白色陶瓷地砖近期才护理过，微微闪光，就连扶手也堪称典范。如果你是个内行，就知道该观察什么地方，扶手就是最易藏污纳垢之处。

通过穿门而入的那一束阳光，我看得出，屋里一粒尘埃也没有。

或许，要保持这种洁净程度，关键是没有胡乱堆放的杂物。我想到了"清苦"这个词。一张小小的玻璃桌，上面放着一部电话、一本黄页、一个笔记本和一支笔。衣架上挂着两件外套，其中一件很大，是在所有天气里都能穿的夹克衫，另一件是系带子的灰色军装风衣，围巾也是灰色的，系在领子上。

"你好。"我提高声音。

无人回应。

"你得说法语。"艾瑞丝说，"像这样。"她上前一步。"Ello[①]！"她喊道，笑靥如花。我克制住自己不要笑出声，因为在这样一条走廊里，笑声似乎不合时宜。

一扇门打开了，一个女人走出来。她手上戴了黄色橡胶手套，家居服的扣子扣得严丝合缝。她很高，瘦得让人看不下去，整个人就像一把骨头，皮肤紧绷绷地包裹在上面。她稀疏的头发在脑后扎成了一个小小的圆髻，面部特征很锐利，嘴唇也很薄，唇部的线条透露出某种拒绝。

"Ello!"艾瑞丝又打了一声招呼，没在地垫上蹭蹭鞋子就一脚踏进走廊。她伸出手，女人别无选择，只能摘下右手的橡胶手套，伸出手来。好了，她已经能够判断出艾瑞丝是个不达目的誓不罢休的女人了。

女人自称卢拉埃特夫人，她的声音一听就是家务繁重，她告诉我

[①] 法语里表示打招呼的单词和英语一样，都是"Hello"，但是法语里字母"H"是不发音的，所以艾瑞丝如此喊道。

们,她将不会说英语。

我猜她的意思是,她不会讲英语。

我只好翻出自己少得可怜的法语储备。艾瑞丝的法语本应像卢拉埃特夫人的家具一样顺溜,毕竟在二十五岁那一年,她可是作为一位艺术家的缪斯在法国待了一整年。很多时候,她说的英语都有一股法语味儿。

所以卢拉埃特夫人的法语储备也可以忽略不计,只给出最简洁的信息就行。

是的,她有空房。

不行,所有房间都是单人间。

必须一人一间,她强调。

不行,当艾瑞丝问她能不能在我爸爸的房间里放一张行军床时,她斩钉截铁地拒绝了。我不太确定她究竟有没有听懂艾瑞丝的问题,虽然艾瑞丝模仿行军床时的肢体动作极其浮夸。

"还要不要订房间?"卢拉埃特夫人毫无耐性地盯着我。

"可以把他的房间放在我俩的中间。"艾瑞丝提议,"就像一块老爸三明治。"我点头同意。不然还能怎么办呢?既来之,则安之,妈妈肯定会这么说。

卢拉埃特夫人递给我们每人一张 A4 表格,上面有一行又一行需要回答的问题,她称为"登记",但说是审讯恐怕更贴切。她将我们指定在厨房的三张椅子上,给了我们钢笔。厨房被卢拉埃特夫人打扫得井井有条。透过一尘不染的玻璃门看向后花园,那里和前院一样物种丰饶。

一片阴影落在我的纸上,我抬起头来。窗边出现一个男人,与高高瘦瘦的卢拉埃特夫人正相反,他矮胖矮胖的,卷卷的头发宛如顶在脑袋上的鸟巢。他穿着卡其布短裤,上面有许多口袋,都塞得鼓鼓囊囊的,上身则套了一件明黄色 T 恤,洗的时候缩水了。他的一只手里握着一把小铲子,另一只手里攥着一把脏兮兮的胡萝卜,他弯下腰来脱掉过膝长靴,然后推开门,把脑袋探了进来。

"Ello。"艾瑞丝打招呼。

"Bonjour①。"他说。

卢拉埃特夫人正在房间里来回打扫,整理我们的表格,同时弯下腰去捡起地板上的食物碎屑,我猜那可能是从卢拉埃特先生浓密的胡子上掉下来的。她回到洗涤槽边,继续那狂风骤雨般的刷洗工作,用的应该是法国版的布瑞罗百洁布。

为什么我知道这个圆滚滚的矮个子男人就是卢拉埃特先生呢?这是因为墙上裱的一张照片。五个孩子按照个子高矮站成一排,两边各站着一个大人,一个瘦瘦高高,另一个矮矮胖胖,不过照片是二十年前拍的,照片里的女人面露微笑,而照片里的男人也没有卢拉埃特先生这么胖,但我还是认得出来。

卢拉埃特先生朝洗涤槽走去,把胡萝卜递给妻子,她接过来,也没说谢谢。她打开水龙头,刷掉胡萝卜上的泥污。他则一言不发地离开厨房。

洗好胡萝卜后,她转向我们。"晚餐是在七点半供应,"她宣布,"我带你们去看房间。"

我们跟着她上了楼。墙上挂了五张裱起来的照片,每张照片里都是一个年轻人,身穿学士服,头戴学士帽,手里握着卷轴。"Vous devez être très fière de vos enfants。"我说道,希望自己表达对了"你肯定很为孩子们自豪"这个意思。

她点点头。

我们继续上楼。安静仿佛是有重量的,沉重、坚固。我想象着这栋房子里有五个孩子进进出出的情形,那场面多壮观啊,他们沿着

---

① 法语,意为"你好",用于白天打招呼。

楼梯跑上跑下，关门声此起彼伏，吵得不可开交，顺着楼梯扶手滑下去。

忽然我就感觉到了孤独。

我意识到自己离家有多远。

楼梯平台很长，通道很窄，没有一点儿自然光。地毯褪了色。我想象它原本的图案都嵌在了五个孩子的鞋底上，每天早上去学校前，每天晚上睡觉前，他们都从地毯上跑过去。即便处在幽暗之中，这块地毯也保持了洁净。我闻得到。

我们一个接一个地迈入走廊，卢拉埃特夫人走在最前面。她依次打开房门，每扇门后都出现了一模一样的卧室，空间不大，四四方方，都对着后院，墙壁无不粉刷一新。每个房间里有一张单人床，一丝不苟地铺着白色床罩，完全可以拿来做洗涤剂的广告。每张床的床尾都额外放了羊毛毯，折叠整齐。妈妈从前也总那么做，在床尾留张毯子。"以防万一。"她总说。我还记得毯子压在我脚上的重量，特别舒服。

爸爸、艾瑞丝和我都挤进一个房间，好让卢拉埃特夫人回到过道上。她悄无声息地下楼去了。

"趾高气扬的，是不是？"艾瑞丝说着，把包和拐杖扔到了地板上，猛地倒在床上，也没脱鞋子。

房间的隔墙特别厚实。我担心，要是爸爸夜里爬起来，哪怕是像我这样睡觉很浅的人可能都听不见。

"我应该从万能雅克那里把监视器偷来，而不是该死的烛台。"艾瑞丝摇摇头，说道。

"请你告诉我，你没有从城堡里偷烛台。"我说道，并且已经开始琢磨该怎么还回去。烛台可是出了名的难打包，更别提往邮箱里塞进去了。

爸爸摆弄着自己的耳郭。"你妈妈会想，我们到底去哪里了。"他说。我环住他的胳膊。"来吧,"我说,"我带你去房间。"

"我们今天晚上都把房门开着。"艾瑞丝说,"一有风吹草动就能听到。"我点点头。这是个办法,也只能这么做了。

爸爸坐在自己房间的床上,他的房间就夹在我和艾瑞丝之间。他垂着肩膀,衣服看起来又垮又皱。他看起来很苍老,而且疲惫。

"你想睡一小会儿吗?"我问。

他环顾四周。"我不知道我在哪儿。"他疲倦地说。

"你和我在一起。"我告诉他,并且在他身旁蹲下来,帮他把脚上的鞋子脱掉。他的袜子热烘烘的,很湿。我把袜子脱下来,他的脚很臭,但我无法逃避。我仿佛看见妈妈双臂紧紧抱在胸前,正盯着我,表情满怀期待。她知道需要做什么,只是在等我去做。

她把爸爸照顾得相当体面。每到圣诞节和生日的时候,爸爸就会穿上新衣服。每月理一次发,鼻子和耳朵里的毛一探出来,妈妈就会用镊子给他拔掉。每隔一天洗一次澡。"不管需不需要。"她会哈哈笑着把他拖进浴室。爸爸很讨厌妈妈如此注重他的个人卫生。或许,他还依稀记得自己曾为这个女人深深着迷。妈妈做的还不止这些,每周六晚上,她都要给爸爸剪脚指甲,一直到她去世。

在她去世后的六个月,当我试着(我失败了)在自己家里照顾他时,我请了家政保姆。她是个可爱的女人,双臂强壮,熟悉猫王所有的歌,每隔一天来照料爸爸一个小时,处理个人卫生问题。

没错,自从踏上这段旅途,我每天早晚都要帮他刷假牙,给他洗脸洗手,往他的腋下喷除臭剂。

他从来都不是个爱出汗的人。我没有在他身上闻到任何难闻的味道,从来没有。

我仿佛看到妈妈在胸前紧紧抱着双臂。他是我的爸爸,我想提醒她。我做不到。

你可以。如果她能开口的话,肯定会这么说。

确实，我可以。我只是不想。

我站了起来。

"你得洗澡，爸爸。"我说。

"我洗过了。"他说。

"你需要再洗一次。"

他的肩膀往下垂得更多了。

浴室在楼梯平台对面，毛巾很多，也很干净，但因多年浆洗而变得很硬。门上没有锁，但是有一把椅子，可以抵在门把手上。淋浴头在浴缸里，我探过身子，拧开它。水压比较低，需要花很多时间来调水温。"爸爸，你好了吗？"我在卧室门外问道。他没回答。"我来了啊。"我很大声地说，"你还好吗？"

我推开门。我离开之前他站在哪里，现在依然站在哪里，衣服都穿在身上。

"你真的不想洗澡，是不是？"我问。

"我已经洗过了。"他又说了一遍，脸上充满了希望，仿佛胜利在望。

"妈妈说，你必须洗澡。"我告诉他。

"谁？"

"特雷莎，你老婆。"

"哦。"

他开始解扣子了。我深吸一口气，朝他走去，帮他解开皮带，脱下裤子。在抬起他的一条腿时，我让他扶着床架，然后把他的另一只脚从裤腿里抬出来。我在他前面拉上一条毛巾。"你的……内裤。"我说。

"怎么了？"

"你能脱下来吗？"

"为什么？"

"因为你要去洗澡。"

他挣扎着脱掉内裤，我挪开目光，用毛巾把他包裹上，领着他去了浴室。流动的热水为窗户笼上一层水雾，我稍微把窗户开了一条缝。等我转过身来，爸爸就站在浴室正中间，保护他尊严的毛巾轰然坠落在脚边的地板上。

他看起来那么小。

他怎么变得这么瘦小？

我还记得，我从前总觉得他是个巨人，当我还是个小姑娘时。他的皮肤就像苍白的羊皮纸，在孱弱的身体上有气无力地耷拉着。

"好了，我们去冲澡吧。"我说着，转过身去，用裸露的胳膊试水温，女儿们还小的时候我总这样做。现在我终于明白护士们为什么要用洪亮而充满鼓励的语气说话了。"这里。"我说道，眼睛四处乱瞟，避免去看赤身裸体的爸爸。"水温刚刚好呢，不是很烫，也不是很凉。刚刚好。"在哄劝他的时候，我不断说着这些毫无意义的废话。他先是迈进去一条腿，然后是另一条腿，这个浴缸比我之前见过的所有浴缸都要高。他紧紧抓住我的肩膀，已经帮他修剪过的指甲穿透了我肩头的衣服，嵌进皮肉里。我把淋浴头从墙上的挂钩上取下来，对准他，同时还在说话。

"就是这样，转个身。现在好了，举起手来，没错，很好。现在转到我这边来，完美，棒极了，就是这样。"

我把洗发露递给他，他看了看瓶子，然后就要往嘴里送。在他喝下去之前，我连忙抢了过来，往自己手心里挤了一些。"把头朝我这边低一下，爸爸。"我说。但他没有照做。我试着去够他的脑袋，但够不着。最后，我只好脱下凉鞋，跨进浴缸，庆幸自己把椅背抵在了门把手上。

我在花园里发现了另一根晾衣绳，我能肯定，卢拉埃特夫人不会介意我把衣服挂在上面。或者，我该询问的人是卢拉埃特先生。花园似乎完全是他的地盘，正如房子完全由卢拉埃特夫人负责一样。两人之间界限分明。

我在爸爸头上大刀阔斧地洗起来，用指尖将洗发水涂抹均匀。女儿们从前总抱怨我给她们洗头发的动作太大，洗完还要仔仔细细地梳上很久。

但我必须谨慎，毕竟学校隔三岔五就寄信来提醒头虱问题。

爸爸并没有抱怨，他一句话也没说。按照我的吩咐，他一动不动地站着，闭上眼，这样洗发水就不会让他的眼睛难受了。

我递给他一块肥皂，让他自己擦洗一下。他拿着肥皂沿着胳膊擦拭，然后肥皂掉了。

我捡了起来。

他背对我站着，手臂垂在两侧。"你还好吗，爸爸？"

"没事。"他的声音也和他的人一样，越来越小。

我给他洗了脖子、肩膀、手臂、后背，然后蹲下来为他洗了双腿。洗到脚的时候，他笑出了声。我都忘了，他的脚特别怕痒。

"别摔了。"我叮嘱他，可他听不见我说话，他笑得太厉害了。所以我又挠了挠他的脚，虽然浴缸现在很滑，他有可能摔倒，而且……

可他的笑声就像水痘一样传染性格外强。

笑声很大，远远大过他本人，像水汽一样充满整间浴室。

我也忘记了。忘记了他的笑声，或者忘记了真正的他。好像阿尔茨海默病也会传染，我发现我忘记了爸爸曾经是个怎样的人。

他曾经是个一笑起来就能让你也跟着一起笑的人。

现在我也笑了。我们都在笑。

有人敲门。"特里。"是艾瑞丝。

"你还好吗？"

"呃……还好。"

"哦，好的。只是……我以为我听见有人在叫。"

243

"我没事。"

"你爸爸的卧室门关上了，我要去看一下他吗？"

"不用，他在……打盹儿。"我说。我不知道我为什么要说谎。要是我告诉艾瑞丝我正在给爸爸洗澡，并不会给爸爸带来困扰。或许是因为他的笑声，因为这个事实。他还在这里，我的爸爸还在。他身上一个必不可少的要素组成了他这个人。有时我会忘记。我在谈论他的时候总是用过去时态，或者当作他不在场。

可是他在，他的一部分还在。虽然缩得很小很小。

卢拉埃特夫妇还不清楚我是个素食主义者。我发现我在告知他们后又补充了一句"我喜欢蔬菜"。我是在饭前说的，提前通知总是有备无患嘛。

这还是我们到来之后，这对夫妇第一次对视，仿佛大灾难之后，他俩作为仅有的幸存者相互对视。

"蔬菜？"卢拉埃特夫人小声嘀咕了一句。卢拉埃特先生则在脚步沉重地回到花园前，严肃地点了点头。

晚饭前，爸爸和艾瑞丝都睡了一个小时。我攥着电话坐在床上。我应该给布兰登打电话，问问他今天早上的会议如何。我应该给女儿们打电话，看看她们的学习和排练如何。

结果，我却想起了之前的事情。在摩托车上，摩托车的速度，还有世界的速度，风驰电掣般掠过。想这些东西真的很消磨时间。因为，当我意识到我在想这些东西时，一个小时已经过去了，都该穿好衣服去吃晚饭了。由于最近没怎么洗衣服，我的选择很有限。我套上了浅粉色的高腰网纱中长裙和猩红色细条纹上衣，整个人看上去活像你永远都不会允许孩子吃的棒冰。

晚一点儿再打电话吧。

我们来到楼下时，卢拉埃特夫妇都在。卢拉埃特先生朝我们点点头，继续拿起螺丝刀修理厨房里的某个抽屉，而卢拉埃特太太则用木勺对着好几个罐子又捅又戳。她给我们指了指餐厅里的桌子，然后走到了冰箱边。从卢拉埃特先生边上经过时，她稍稍避开，他看也没看她。

我们在餐厅的桌子边就位。

"你看起来很可爱，艾瑞丝。"我说。她穿了一条淡粉色连衣裙，无袖，及膝。这条裙子似乎从未感受过熨斗，因为这种材质完全不需要熨烫。她的脸上又有了些许活力，让她绿色的眼睛显得更加碧绿，长长的睫毛也更加黝黑。除此之外，她脸上还有些不一样的地方。似乎是……不知怎么的，仿佛畅通无阻，自由自在。艾瑞丝几乎不会告诉你她觉得痛苦或者不舒服，但我总能从她脸上看出来，因为她的皮肤会因痛苦而紧紧绷在骨架上。而今晚，她的脸色如同法国的夜空一样清亮。

"我睡了一会儿，拉了屎，还刮了毛。"她对我说。

"你不用说得那么详细，谢谢。"我说，并且庆幸卢拉埃特夫妇听不懂英语。

"我是个注重细节的人。"她说。

她没有问起卢卡斯，没问他有没有打电话，车怎么了。她似乎已经接受了我们的……处境。

第一道菜波澜不惊地过去了，是洋葱汤。"洋葱。"卢拉埃特先生指着花园里的一小块菜畦，宣布道。

"真美味。"艾瑞丝说着，吸入碗里的袅袅雾气，并且舀了一大勺汤送进嘴里。

我一直等到卢拉埃特先生回到厨房，才把爸爸碗里的洋葱圈捞出来，全扔进自己的碗里，不然他绝对不会喝这个汤。现在我的开胃菜与其说是汤，不如说是洋葱，但我在面包的帮助下全部喝光了，面包还有温度，外皮很硬。

卢拉埃特先生从厨房出来时，艾瑞丝正往嘴里送最后一勺汤，他熟练地一次拿来三个盘子，手上端一个，另外两个则架在宽阔柔软的手臂上。在其中两个盘子里，食物码放成整齐的三角形，有一点儿米饭，有五颜六色的烤蔬菜，分量很足，还有一份绿叶沙拉和一块肉，看起来像是某种禽类的肉。是鸡肉？不对，太小块了，肉的颜色比鸡肉深很多。

第三个盘子上的米饭、蔬菜和沙拉也码放成同样的形状，缺了肉的空白非常显眼。他特别客气地把这盘菜放在我面前。

"谢谢。"我说，他点点头。他从餐具柜上的雕花玻璃酒瓶里往玻璃杯里倒了一英寸高的酒，微微转动杯子，递给了爸爸。"尝尝。"爸爸看他的时候，他说。爸爸将杯子举到嘴边，喝了下去，然后把杯子放回桌上，朝卢拉埃特先生点点头，同时指了指空空的杯子。谁都知道，这是再来一杯的意思，我们的房东虽然不太高兴爸爸的失礼，但还是走到餐柜边，往杯子里倒了更多酒，这次倒满了。

鉴于爸爸每天的药量，这些酒太多了，而且爸爸绝对会一口气喝光。我觉得这是一种肌肉记忆。

当卢拉埃特先生把酒瓶放回餐柜上时，我一把抓起爸爸的酒杯，喝了一大口，但我动作不够快。在喝酒比赛上，我绝对不是理想的选手。当卢拉埃特先生反身回来时，我还在喝，他目睹了我的失态。

他盯着我，像他前院里的圣女贞德像一样，一动不动。我放下杯子，擦了擦留在杯子边缘的半圆形唇印，把酒还给了爸爸。他举起酒杯，一饮而尽，艾瑞丝拼命克制呼之欲出的笑声。

为了分散他的注意力，我说："这些蔬菜都是你花园里种的吗？"我指着盘子，用磕磕巴巴的法语说。

"是的。"他说罢，又在厨房里消失了，再回来时手上多了两个盘子。卢拉埃特夫人紧随其后，看来他们是要和我们一起吃饭。

他们相对而坐，坐在桌子另一头，把一模一样的餐巾塞进领口，然后拿起刀叉。我们也跟着开始了。

我把蔬菜混进米饭,有洋蓟、甜菜根、胡萝卜和芦笋。我往面包上多涂了一些黄油,喝了酒,喝的是自己杯里的。

我吃得兴致勃勃,不,我觉得自己之前从来没有理由使用这个词。

我根本就没有意识到我到底多饿。

"这个非常好吃。"艾瑞丝问,"它是什么?"她很诧异地用混着法国口音的英语,指着盘子里的肉问道。

"鸽子。"卢拉埃特先生回答,同时用亚麻餐巾的一角擦了擦嘴角。

"哦,"艾瑞丝说,"我以前顶多只是冲鸽子大喊大叫过。也许这是海鸥,就是喜欢吃薯条的那些鸟?"

"我喜欢薯条。"爸爸说。

卢拉埃特先生指了指后花园。我们顺着他的手指看过去。在花园角落里有个笼子,有一群鸽子,蹲在栖木上。

"它们还……活着的时候,看起来个头大得多。"艾瑞丝说。

"她说什么?"卢拉埃特先生批评了我,我有点儿害怕,确实对我的说话风格有积极影响。

"我们只吃乳鸽。"他说,这是解释。这句话说得毫无波澜,没有任何感情色彩。

我的叉子掉在了瓷砖地板上,碰撞声让我一下子弹起来,膝盖撞到了桌子下面。

"你还好吗,特里?"艾瑞丝问。她把温暖的大手盖在了我的手上,这是她为自己吃掉了大半只乳鸽而表示歉意。

"我没事儿,谢谢。"我捡起了叉子。

艾瑞丝把剩下的乳鸽藏在了生菜叶子下面。

爸爸还在继续吃。

甜品是来自花园里的覆盆子,还有巧克力冰淇淋。"你们的孩子

247

住在附近吗?"艾瑞丝问。

卢拉埃特夫人看向我,我翻译了一下。她摇摇头,"不。"她说。然后她站起来,收拾空盘子,拿到厨房。

在餐柜后面的墙壁上,我发现了这对夫妇结婚那天的照片,两人站在一座教堂门口。那是一张非常正式的照片,是摆拍。他们没有拉手,笑容也很收敛,僵硬的手臂似乎有彼此接触的迹象,那就是最高级的亲密了。但他们的胳膊看起来更像是偶然碰到一起,但我觉得不是偶然。在这种接触里,有一种不曾说出口的盟约。有计划,有希望。

我试着去回忆上一次我和布兰登彼此触碰是什么时候。我是指,有意识地触碰。

好吧,偶然的触碰也算。

电话响了,我抓起包,在里面翻找起来。卢拉埃特先生似乎不太赞同我的做法。我看了一眼屏幕,是安娜。

"我得接这个电话。"我用法语解释,"是我女儿打的。"

"她知道现在是晚餐时间吗?"卢拉埃特先生震惊地问。

"现在不是爱尔兰的晚餐时间。"这是我唯一能想出来的一句话。他略微点了点头,虽然并没有被安抚,但至少愿意让我接电话了。

我冲到了花园里:"安娜,你好呀,亲爱的。怎么样?学习如何?"

"你什么时候回家来,妈妈?"她的声音听起来很悲伤,我不安地攥紧拳头。

"一切都好吗?"

"我万分肯定,哲学肯定得挂科了,我和菲利普大吵了一架,凯特的彩排显然是场大灾难,所以她——"

"虽然如此,不也很好吗?"我说。

"哪个好?"

"彩排。我听人说过。如果彩排效果不好,演出首夜就会非常棒。"

"你听说的东西可真奇怪。那是什么声音?"

"鸟鸣。"

"鸟鸣?"

"没错,是不是很抚慰人心?"

"那我考试不行怎么办?"

"你不会考砸的,亲爱的。"

"你说得也太绝对了。"

"因为我就是很肯定啊。"我是真的确信无疑,非常乐观。乐观很好,是一种饱满的感受。

"还有,"我似乎交了好运,补充道,"我知道你和菲利普肯定能和好,因为你们总能和好。"

"他说我自私自利。"她愤愤地说。

"那你想让我出面吗?"我问她,电话那头的她笑了起来。女儿们还小的时候,这就是她们最担心的事情。每次她们和朋友闹翻了,我都拒绝出面。她们会难过地走进家门,我去擦掉她们的眼泪,告诉她们,我出去一下,很快就回来,去修理一下那些对她们不友好的家伙。

她们就会跑回外面去,因为知道自己的妈妈很快就会出去修理一下那些需要被修理的家伙,所以腰杆立马直起来。

而我则继续做清洁、做饭或者熨衣服,无论她们打断了我做什么,我都继续做下去。她们呢,则完全把争吵的事情抛诸脑后,也不记得让我出面去修理别人了。

安娜十岁那年的某一天,我们一家四口围坐在桌边吃饭,她突然盯着我,仿佛脑袋里突然有一颗蛋裂开了似的,她恍然大悟。"你从来没有出面去找过任何人,妈妈。"她说。

"你说得挺好。"安娜惊讶地说。

"确实,"我也同样惊讶,"我过得也挺好。"

这还不奇怪吗?

"你在家吗?"我问道。

"在,我以为你可能会回来。我想吃松饼来着。"

松饼是安娜的安慰剂。

"你可以自己做,很简单。"

"吃起来肯定不一样。"安娜说道,听起来有些不大高兴。

"你爸爸在哪儿?"我问道,手机贴着耳朵更紧,也握得更紧了。我应该给他打电话的。

"我不知道。"安娜说,"他不在这儿。"

我看了看手表:"他现在应该回家了,这个时候他总是在家的。"

"可能他像你一样开溜了。"安娜说。

"我没有开溜。"我说。虽然我确实是溜走了。从某种意义上来说,算是吧。

"那你什么时候回家?"

"很快。"我说,这样总比说"不太确定"要强。

"很快?"安娜重复了一遍,"如果你希望在你回来的时候这个家还能完好,最好还是说个具体日期。"

"为什么?家里怎么了?"

"乱七八糟。"

"只要房子还在就行,这是最重要的。"我说,虽然一听到"乱七八糟"这个词,我的脉搏明显加速。

"你现在还真是淡然啊。"

"只是个房子而已。"我说。

"一个乱七八糟的房子。"安妮强调了"乱七八糟"。

"或许你能收拾一下?"

"妈妈,我正在为期末考试努力复习呢!而且我找不到从图书馆借来的书了,就是已经过期的那本。"

"是康德的那本《纯粹理性批判》吗?"

"没错,你怎么知——"

"在你书房里那个书架的第三层,应该是左手边数第三本吧。"

"真是太了不起了。"她说。

"我也有我的用处。"我说。

"我很想你。"

我沉默了,不知道该说什么。

"妈妈。"

"嗯,抱歉,我还在。"我说,"其实没必要想念我。我就要回家了,很快。"

"可是你在做什么呢?"安娜问我。

"凯特没有告诉你吗?我和她通过电话了。"

"她也毫无头绪。就是很……奇怪,好像是你发了什么疯似的。"

"好吧。"我说,"要论单个人,发疯很罕见,但是在一群人里,一个组织里,一个国家里,一段时间里,就是常态。"

"你这是在引用尼采的话吗?"

"有时候我擦你的书架时会翻翻你的书。"

"可是他最后也疯了,你知道的。"安娜说。

"我有很好的同伴,所以没事儿。"我告诉她。

第 25 条

不要开车时使用个人娱乐系统

"我们去市中心吧。"吃完晚饭后,艾瑞丝宣布。

"我可不确定这里有没有市中心。"我说。

"好吧,我穿得人模狗样的,却不能让当地人欣赏,这完全是剥夺人家的权利,也太不给面子了。"她说着,站起来,摆出一个浮夸的姿势。

"你是位非常靓丽的小姐。"爸爸告诉她。

"而你,先生,则是位非常迷人的男士。"艾瑞丝说罢将胳膊肘伸过去,爸爸便伸手挽住。

艾瑞丝架着爸爸离开饭桌,他回头瞟了一眼,想看看我有没有跟着,我当然跟着了,艾瑞丝心血来潮的时候,我还能干吗?

卢拉埃特夫人在厨房里,正在洗盘子。

"我能帮忙吗?"我小声问。

"不。"她说。想了想后,她又补充道:"谢谢。"我看得出,我的提议令她吃惊。我也同样看得出,她希望我离开厨房。对此我完全理解,因为在家里,厨房也是我的领地。

卢拉埃特先生在花园里,就坐在圣女贞德像旁边抽雪茄。

"我们要去市中心。"艾瑞丝告诉他,我翻译后,他点点头,好像对一个这样的小城镇而言,这句话一点儿也不荒谬。

"我们可能晚点儿回来。"艾瑞丝补充了一句,这我倒是头一回听说。

"我会留着后门。"卢拉埃特先生告诉我们,伸出一只手来,将贞德像周围的烟扇开。

村里非常安静。

爸爸可能会用别的方式来说。

一个罪犯也没有,他总这样说。

路上,没有车。

人行道上,没有行人。

我们似乎是唯一的路人。

万籁俱寂,挂在教堂大门上方的嘀嗒钟声清晰可闻。

我们路过停车场,空空如也,工坊大门紧闭。

"我很想知道卢卡斯有没有用胶带把车子粘回去。"艾瑞丝笑嘻嘻地说。

"或者在散热器上打个鸡蛋。"我附和道。就连爸爸也跟着笑了。

"他们在那儿呢。"我们身后传来了卢卡斯的招呼声。想到他很有可能听见了我们对他修车技术的调侃,我的脸一下子就红了,毕竟他人那么好。

我们转过身去,看见他壮硕的胳膊搭在一个女人的肩膀上,想必就是那位"睿智的女人"了,她的手无法将卢卡斯的腰完全环绕。这女人的个子并不小,但在卢卡斯身边还是显得小鸟依人。她一头亮泽的乌发释放出充沛的活力,有一双明亮的棕色眼睛和黄皮肤,脸上完全没有雀斑,修长的棕色双脚踩着一双凉鞋,脚趾上覆盖着纯天然的粉色指甲。她是个结实的女人。你完全可以放心让她来帮你接生孩子。她身穿一条宽松长裙，上面镶着小珠子和亮片，走起路来叮当作响。

站在这个女人身边的卢卡斯看起来也有些不一样，更年轻，一点儿也不凶悍，好像也不再那么庞大、壮硕了，虽然你还是可以在他的肩膀上停一架飞机。他穿了藏青色裤子和亮白色上衣，像是全新的衣服，要么就是没穿过几回。穿着这身衣服的他看起来束手束脚的。我想象这个"睿智的女人"把衣服递给他，没有多说一个字，也不容拒绝。

"我们正好在说你。"艾瑞丝对他说，"车怎么样了？"

卢卡斯点点头："等到明天上午十点钟就可以了。"

"很好。"她就说了这一个词。

卢卡斯把我们介绍给他的妻子伊莎贝拉，一脸骄傲。她面露微笑，同我们握了握手，然后又抱住了卢卡斯的腰。

"你们要去哪儿？打扮得这么花哨。"艾瑞丝问他们。

"月光舞厅。"伊莎贝拉说，她的声音低沉而严肃，让这个地方听起来很可疑。她指向低垂的满月，仿佛那里就是聚会地点。

"月光舞厅在哪里？"艾瑞丝随口一问，就像在说一件很自然的事儿。尤其是在这个小城里，除了教堂大钟的嘀嗒声，时间似乎静止不动。

卢卡斯和伊莎贝拉相视一笑。"跟我们来。"他说。我们便跟了上去。

他们沿着路一直走，来到了教堂门口，随即便转到了一条逼仄的小路上，铺着鹅卵石，非常适合居住。我们经过了三栋房子，下了几级砖块砌的台阶，最后站在了一扇厚重的木门外，门上有个黄铜门环，卢卡斯神神秘秘地快速叩响门环——慢敲三下，然后快敲两下，停顿，再敲一下。

"我已经爱上这地方了。"艾瑞丝小声说。

我们都等在卢卡斯身后,排成一队,像雕塑一样纹丝不动。就连爸爸也一样,当他开口说话时,声音细如蚊蚋。

"我的出租车在哪里?"他问。

"在停车场。"我告诉他,同时指了指卢卡斯,"在修呢。"

爸爸看了看卢卡斯,满意地点点头:"他看起来比较可靠。"

有个戴高帽、穿燕尾服的男人猛地拉开门,臂弯里抱着一只睡着的贵宾犬。他示意我们进门,音乐瞬间将我们吞没。

我觉得是爵士乐。我听见了钢琴声,还有低音提琴。

这个地方似乎是个酒窖,挤满了人,大家都在跳舞。

"所以这就是人人都要来的地方。"艾瑞丝对这里颇有归属感。

房间完全用蜡烛照明,这绝对是火灾隐患。我环顾四周,没看见紧急出口,却找到了音乐的来源。那四个女人,分别是鼓手、钢琴手、低音提琴手和萨克斯手,穿着一样的黑色连衣裙,涂着一样的黑色指甲油,脚蹬一样的黑色高跟鞋,尖尖的鞋头和着诱人的旋律轻轻点地。没人在意我们的到来。她们闭着眼睛,完全沉浸于自己手中的乐器,似乎迷失在音乐之中。不,这么说不对。恰恰相反,她们是在音乐中找到了归途。

"你确定我们在这里没问题吗?"我问卢卡斯。

"你不用太担心了。"卢卡斯说着,轻轻抚了抚我的手臂,就像爸爸焦虑时我安抚他一样。

卢卡斯转向伊莎贝拉,伸出手去,她接受了邀请,一对璧人就这么步入舞池。

艾瑞丝迅速脱掉银色披肩,扔到旁边的椅背上。

"我是否有这个荣幸同您跳这一支舞,基奥先生?"她边说边将拐杖挂在衣钩上,然后拉起爸爸的手。

"毋庸置疑。"他说。我只在很久以前听爸爸用过这个词,很多年都没再听见过。小时候我从来没有问过他这个词是什么意思。我只是很喜欢听他说出这个词，像个绕口令。

毋庸置疑。

艾瑞丝笑出声来，把爸爸拉入人群。我担心没有拐杖辅助她会走不稳，会跌倒。我已经有很长时间都没见过她不用拐杖走路了，有好几个月。但是她没有跌跌撞撞，也没有摔倒。她把爸爸带到了人群最中间的一小块空地上。

他们跳起舞来。

艾瑞丝跳舞的样子和她做其他事情的样子一样，身上的每一个细胞都全情投入。屁股、脖子、双手、脑袋和脸庞，尤其是她的脸，熠熠生辉，仿佛有人打开了她身上所有的灯光。

我站在人群边缘，是个旁观者。我又回到了学期末的校园迪斯科舞会。那时候我也是个旁观者，非常可怕地意识到自己长手长脚，行动不便，满脑子想的都是自己尴尬僵硬的样子，一定蠢死了。

我研究起这个天花板很高的大房间，四面墙壁都摆放着酒架，上面塞满了酒瓶，布满灰尘和蛛网。房间里零零散散地摆着少量桌椅，但是没人坐下。放眼望去，所有人都在跳舞。

此刻，艾瑞丝朝乐队走去，俯身在钢琴手耳边说了些什么。她点点头，站了起来，走到一边，让艾瑞丝取代她的位置坐在了钢琴凳上。她对其他乐队成员说了些话，她们都调试好乐器，等着艾瑞丝的信号。

艾瑞丝以前经常弹琴，直到多发性硬化症攻击了她的手指。

此时此刻，她活动着同样的手指，开始弹奏戴夫·布鲁贝克[①]的《休息一下》。如果不算上法兰克·辛纳屈的话，这就是爸爸最喜欢的音乐。

我看得出来，这段熟悉的旋律触动了爸爸，就像一个老朋友，轻

---

① 美国钢琴家、作曲家，是美国爵士乐先锋，被人们称为爵士传奇音乐家。

轻拍了拍他的肩膀，问他是否愿意跳上一曲。

他愿意，他跳了，但不是艾瑞丝的跳舞风格，全情投入，原始荒蛮。爸爸的舞蹈非常庄重，几乎看不出他在跳舞，更像是随着音乐摇摆。他跟着节奏打响指，他的节奏感特别好。

我只能到吧台去，因为那里有个高脚凳，坐下来的话我就不会那么引人注目了。吧台后面有个矮个子的壮实女人，穿着男式无尾礼服，戴了个假领结，正对着灯光举起一只香槟酒杯，微微蹙眉，手持一块平纹细布用力擦拭杯子上让她不大愉快的污迹。

我已经喜欢上她了。

我刚在高脚凳上坐下来，这个女人就递给我一杯微微闪耀的香槟。

"谢谢。"我向她道谢。

当我问她应该给她多少钱时，她盯着我说："我们这里不收钱。"然后继续目光炯炯地审视起玻璃杯来。

"你给我过来。"艾瑞丝突然出现在我面前，抓住我的手说，"你被抓住了。"

"什么意思？"

"乐队想让我们跳爱尔兰舞。"她说着，冲四个演奏家点点头。低音提琴手现在换了把小提琴夹在下巴处，正充满期待地望着我。

我口干舌燥。"不是……《大河之舞》[①]吧？"我小声说。

"去他的。"艾瑞丝说，"他们可以演奏里尔舞曲，所以我说我们可以跳《利莫里克城墙》。"

"可我不会啊。"

"你当然会。"艾瑞丝拉起我的手，把我从吧台这个庇护所拽走了。

---

① 爱尔兰国宝级踢踏舞作品。

"真不太会，真的，我——"

"很简单的。"艾瑞丝说，"我跳给你看。"

"但是……"艾瑞丝在人群中挤开一条道，一路把我拖在身后。"可我从来不跳舞。"我说道，想从她紧抓不放的手里挣脱出来，"我跳不了。"

"你都没跳过，怎么知道自己跳不了呢？"艾瑞丝反问。

这听起来特别有道理，可我没有足够的时间去回答，因为我们突然来到了舞池中央，所有人都盯着我们。我说的可不是其实没人看我们却觉得大家都在看我们，不是的。所有人都在盯着我们，千真万确。

艾瑞丝往人群里一指，卢卡斯和伊莎贝拉出现在我们身边，简直像是变魔术，他们听凭艾瑞丝的安排，和我们一起组成了一个正方形。艾瑞丝举起我的双手，冲卢卡斯点点头，他也同样举起了伊莎贝拉的手。艾瑞丝开始教我们怎样跳一步、两步、三步，进进退退，何时牵起舞伴的手，怎样握，怎样转圈。

没错。

还有转圈。

当着陌生人的面。

乐队开始演奏里尔舞曲，听起来棒极了，仿佛练习过许多年，一直等着某一天艾瑞丝出现，只等她到来。

艾瑞丝让我们站直，后背直挺挺的，右脚的脚趾都点在地板上。我突然有一种想笑的冲动，当我压力重重时，有时就会这样。

艾瑞丝带动我们。

我们开始跳舞了。

说是跳舞，可能有点儿言过其实。我就是在原地上上下下地蹦，而我从前的同伴们——忧虑和专注正用教鞭抽打我，相互争夺主导地位，还在放肆地嘲笑我。

忧虑胜出了。忧虑淹没了音乐。什么都让我忧虑。比如，害怕伤到自己和其他人。

专注奋起直追，把忧虑摔到地上。我专注于一连串的舞步，还有我应该在的位置，以及，不要摔倒，不要摔到别人的脚上，也不要踩到别人的脚。伊莎贝拉穿的是露趾凉鞋，真是明智。

我的鞋子和地板碰撞，声音响亮，双脚迷迷糊糊地踩着一二三的步伐，一开始还踩在点子上，然后就朝着卢卡斯和伊莎贝拉去了，退回来，再过去，再退回来。我们循环了两遍，或者是十遍。要记住到底多少遍太难了。

艾瑞丝拉起我的手，开始朝左边跳去，更多个一二三，然后回来，于是我们就又和伊莎贝拉、卢卡斯面对面了。然后我们朝右边去，重复，再回来。

我们四个人之中，唯有艾瑞丝没有轻声数着一二三。

我默默关注着精致的舞步，努力不让自己气喘吁吁，跟上节奏，尽全力不让舞伴们受伤，忽略各种各样的小差错。结果证明，我和音乐配合得还不错。

我在跳舞。

现在，我和艾瑞丝面对的是另一对舞伴。我完全不知道卢卡斯和伊莎贝拉去哪儿了。我四下张望，目光所及之处，大家都是四人一组，跳起了《利莫里克城墙》，还伸长脖子看我们，检查自己跳得对不对。

持续不断的节拍渐渐将我填满，就像渐渐满溢的玻璃杯，节拍倾洒而出，将我包围。思绪如火焰般在脑海中遍地开花，多数都和艾瑞丝有关。她看起来多开心啊，这一刻，她的存在感是那么强，又变戏法似的成了那个驾轻就熟的她。艾瑞丝高喊"舞起来"，所有人便舞起来，包括爸爸。就连粗暴的酒吧女招待也在吧台后面跳起了一二三的舞步。

我猜可能有人会说，这是个人魅力，但我觉得远不止于此。这是……生命力。艾瑞丝·阿姆斯特朗的身上有着某种强烈的生命力。地球之所以转动，是因为艾瑞丝让它转动。

现在我正和一个瘦骨嶙峋的秃顶男人跳舞，他脸上的小胡子格外引人注目。

现在我正和一个弓着背的老妇人跳舞，大汗淋漓。

现在我正和伊莎贝拉跳舞，一点儿也不担心她赤裸的脚趾。

真不敢相信，我以前竟然不明白人们为什么那么喜欢跳舞。

舞者们起起伏伏，用力跺脚，房间也随之震动，音乐滚滚流过我的身体，就像顽皮的孩子滚下绿油油的山坡。动力越来越足，我因为极度开心而大喊大叫。

回到舞池中央，我再次与艾瑞丝面对面，她稍稍摆弄了一下，我们的胳膊便紧紧相连。我们旋转起来，一开始原地旋转，然后满场转，跳舞的人群为我们让出一条道，裙摆在我裸露的腿边轻轻飞扬，斑斓的色彩都交融在一起。所以，我成了一团模糊的彩色，一个旋转的陀螺。

艾瑞丝松开了我，我从她身边转开，像螺纹一样停不下来。我双臂舒展，脸庞微微扬起，闭上双眼。就艾瑞丝的舞蹈而言，我没有一个动作是跳得最好的，我敢肯定。

而我就像这样，旋转不停，脑袋也在旋转，房间也在旋转，全世界都在旋转，旋转的感觉令人心花怒放。

我觉得我放声笑了起来。

我觉得我始终紧闭双眼。

我一直闭着眼睛在跳舞。

当音乐停下，我才再度感觉到自己的存在，感觉到吃力的呼吸，心脏的跳动，人群稠密而甜美的气息，此刻他们都在为艾瑞丝鼓掌，也为音乐家鼓掌。

不过，大多数人都在为艾瑞丝鼓掌，能从他们的脸上看出来。他们的眼睛里都含着光，还没太搞清楚究竟发生了什么。

但我知道。我之前见过，见过许多次。

艾瑞丝·阿姆斯特朗出现了。

此时此刻出现了一个缓和期，人们重新找回自己，调整呼吸。我看了一下爸爸，他正同一位绅士跳舞，老先生与他年纪相仿。他们在跳没有音乐伴奏的华尔兹，听起来很奇怪，看起来也很奇怪，缓慢从容的舞步之中却透露出一种惊人的优雅。他们都挺得笔直，手臂僵硬，高高扬起头来。

老绅士戴了一顶软呢帽，摘帽的动作郑重其事，西装胸口处的口袋里放着折叠整齐的手帕，露出一个小小的三角形，手帕和软呢帽的缎带颜色相同。如此注重细节，我觉得妈妈一定会非常赞赏他。

我问卢卡斯洗手间在哪里，他指向房间最里面的一条过道。我走了过去，停下舞步之后，我的脚有点儿发抖，站不稳，这太奇怪了。

洗手间很大，富丽堂皇，有黄铜水龙头和热带植物，墙上挂着大量裸体画的复制品，纤长的蜡烛火光摇曳，蜡珠顺着烛身滑落下来，就像小孩子溜下滑梯。

蜡烛被放在无人监管的地方，令我很担忧，但烛光似乎对我在镜子里的脸做了点儿什么。镜子镶了金边，就在洗手池上方。

我看起来并不像五十五岁的特里·谢泼德。

我看起来像其他人。好像我可以成为其他人。

我笑了。不是我平常惯有的笑容，不能算是微笑的微笑。不，应该说，这是个有点儿奢侈的微笑，是高级的微笑。我很认真，当电话响起时，我就是这么笑的。我正对着镜中的自己微笑。

手机响起，我吓得跳起来，胳膊肘撞在了窗台边沿，疼痛钻心，猝不及防，就像一桶冰水从头浇下来。也还好，因为我从包里拿出手机看到屏幕时，发现是布兰登打来的。我清了清喉咙，吸了口气。

"布兰登！"我说，"你好啊！"

"特里，是你吗？我只能看见你的耳朵眼儿。"布兰登说话了。

"什么意思？"

"看屏幕。"他说。

我把手机从耳朵边拿开，看了看屏幕。屏幕被布兰登的脸塞满了，他正直勾勾地盯着我。

"布兰登，"我说，"你在这儿啊。"

"什么？"

"我只是……我的意思是，看见你很开心。"这不是实话，我一点儿都不开心。手机屏幕上突然出现布兰登的脸像是某种控诉，愧疚感顺着我的肌肤缓缓蔓延。我觉得这是因为布兰登看起来很疲惫，他筋疲力尽，像一块用废的清洁布。"你还好吗？"我问。

"我……我以为你今天会给我打电话。"他说。

"我是要给你打电话的。"我说，"我的意思是，我原本打算打给你，只是……晚一点儿，你知道吗？"

"已经十点钟了。"他说。

"真的吗？"怎么就这么晚了呢？

"我猜，在你找乐子的时候，肯定时光飞逝。"布兰登说。他的声音很小，很遥远。我感觉很糟，真的。

"抱歉，布兰登，我真的没发现都这么晚了。现在是爱尔兰时间十点吗？还是——"

"没错，当然是爱尔兰。"他咆哮了一句，然后说，"对不起，特里，今天太糟糕了。"

"哦，不，怎么了？"我的第一感觉是，如果是女儿们发生了什么事情，那就是我的错。我不在她们身边，今晚还过得这么开心。

"好吧，首先，科特·格拉斯把我们的会议从八点推迟到十点，完全没有通知。"

真不敢相信我竟然忘了开会的事情。

263

"我觉得我的时间都被浪费了。我觉得我好像不够——"

"所以你们十点开会了?"我坐在了爪形支架的瓷浴缸边上,问道。

"什么?没错!十点!然后五分钟就结束了。"

他双臂交叠抱在胸前,嘴巴抿成一条薄薄的直线。

"特里,"他靠近屏幕,"你能听见我说话吗?"

"能,能,你继续,我在听。"

"好吧,很显然,你只需要五分钟时间告诉一个有近三十年工作经验和公司忠诚度的高级经理,他近三十年的经验和忠诚根本没用。"

他瞪着我,但我知道他生气的对象并不是我。我都想抬起手去抚摸他屏幕上的脸庞,好好安慰他。

"哦,布兰登,"我说,"我很抱歉。"

"没错,好吧,这一部分花了三分半钟。剩下的一分半钟是用来通知我,他们非常好心地为我安排了面试,来向他们证明我近三十年的经验和忠诚在公司的新篇章中是有价值的。这可不是什么该死的小说,我真应该这么和他说。"

我的屁股架在单薄冷硬的浴缸边缘,快要麻木了。我扭动了一下屁股,说:"那到底是什么意思?你得……面试你自己的工作?"

"没错,我刚刚都跟你说了!你到底有没有在听我说?"

"听了,当然听了。抱歉,你只是……让我有点儿冷不防。"

我对着屏幕露出抱歉的微笑。布兰登的眼睛在屏幕里扫来扫去,最后落在了屏幕的左下角。

"那是个……坐浴盆吗?"他问。

"什么?"

"那边。在你右边,你的右边。没错,那里,是吗?"

"哦,是的。"我慢慢说,"所以你看,我们应该……"

"你是在浴室里吗?"

"确实,我在。"

"那你到底为什么要接电话？"

"我觉得可能会很重要啊。"

"确实很重要。"

"确实，所以我才接啊。噢！"

"怎么了？"

"抱歉，只是……我一直坐在浴缸边上，屁股都麻了。"

"特里，我可能要丢工作了。"

我从架子上拿起一条毛巾，叠起来放在了我的屁股和浴缸沿之间。我看着他那熟悉的面庞，堆叠着愤懑与忧虑。我摇摇头："你讨厌那份工作。"

"这不是重点。"

"那什么才是重点？"

"那个，我每个月的薪水有一点儿小问题。你可能记得，我要支付一些琐碎的东西，比如按揭贷款、账单、食物，还有——"

"再有一年，贷款就还完了。"我插话，"女儿们多多少少都已经独立了，我们现在不需要原来那么多钱。"

"没错，但仍然需要钱。"

"他们会给裁员赔偿吗？"

"当然。"

"那么，我们可以暂时靠赔偿生活，我去找工作。"

他哼了一声："做什么？"

"我不知道，护工或者别的什么工作。我可以照顾别人。"

"你需要资格证。"

"那我就去考资格证。"

布兰登垂下脑袋，双手插进头发里。我头一次注意到他头顶的发丝已经变得稀疏，这让我极度沮丧。

等他抬起头来，脸上露出了挫败的神情，还有一种逆来顺受的悲伤:"你觉得我会丢掉工作,是不是?"

"不是。我只是说,如果你没有了工作,也不会是世界末日。"

他现在看着我,真的在看。"你看起来……不太一样。"他说,"那是条新的连衣裙吗?"

我低头打量自己。"哦,"我说,"那个,是条短裙和上衣。没错,我在伦敦买的。"

"它们……"他绞尽脑汁想找个词出来,于是他说,"挺好的。"

"谢谢。"

"还有你的头发,"他说,"头发也……不大一样。"

"只是没扎起来而已。"

"哦,没错。"

我站起身来。"我要走了。"我对他说,"我得去看一下爸爸。"

"你们在哪儿?"他的语气里有一丝丝哀怨。

"事实上,这是个酒窖,在满月这天就变成了爵士俱乐部。"

"我都不知道你喜欢爵士。"他说。

"我自己也不知道,只是碰巧遇到了满月。难道不是某种好运气吗?"

布兰登问:"艾瑞丝如何?"

"她光彩照人。"我说。

"那件事怎么样了……你知道的……苏黎世的事情。"

"安排在后天了,但我非常肯定,她不会一意孤行的。"

"我知道她肯定不会。"布兰登说。

"你难道不开心吗?"我说,声音里有一种刀刃般的锋利,然而布兰登没有意识到。

"我当然高兴。只是……这次恶作剧的时机不太好,正好是安娜的期末考试和凯特的首演,还有该死的加拿大人。"

我感到一团高密度的热气体在体内聚集。我觉得那可能是怨愤。

"好吧，我很抱歉，竟然让你和女儿们这么为难。都怪我的恶作剧。"

"特里，别这样，只是……有点儿奇怪，过去这些天。"

"奇怪？"

"也不能说是奇怪。只是，不太对劲，我觉得。家里不太对劲，当你不在的时候。"

他就是说不出想念我这种话，就算他真正想念的并不是我这个人，而是有我在的家。饭菜可口，衬衫都熨好，地板擦干净，银器锃亮。

没错，我就是给银器抛光的那个人。我到底在想些什么东西。

在这个每逢满月之日就变成爵士俱乐部的法国酒窖浴室里，我暗暗发誓，以后再也不给银器抛光了。

绝不。

"那就，祝你面试顺利。"我说。

"结束以后我给你打电话。"

"好的。"

"那再见吧。"

"再见。"

我把额头抵在镜子上，闭上眼睛。脸贴在坚硬冰冷的镜面上感觉很舒服，很凉爽。体内那团温度不高但非常浓密的热气还没有散去，我深深呼吸，想将它驱散。

那不是布兰登的错。

他只是工作压力太大了。

怨愤依然积在心头。

我根本无权感到怨愤。我逃离了自己的人生，在一个非常不合适的时间点。我应当懊恼才对。

不是吗？

我感到泪水渐渐模糊了视线。

爱哭宝宝。

我坐直身子,盯着镜中的自己,并指着自己的脸,那张充满憎恨的通红的脸。

"停下。"我冲镜子里的女人吼道,她看起来很震惊,好像我打了她一巴掌。

但还是有用的。我不再哭了,而是从包里掏出化妆品,开始补救我那充满憎恨的大红脸。

回到酒窖里,人群更加密集,舞蹈还在继续。我站在高脚凳的横梁上扫视人群,寻找爸爸。艾瑞丝出现在吧台边,气喘吁吁。"那些浑蛋太知道怎么跳舞了。"她靠在吧台上感叹。

"确实。"我说道,目光继续搜寻舞池里模模糊糊来回的身影,"你看见爸爸了吗?"

艾瑞丝点点头:"我之前看见了。他还在和达帕·丹一起跳华尔兹。法国老头子真厉害,是不是?"

"他们都喝多了。"我说。

"他跳舞不差,你爸爸。"

"妈妈总说他是个很不错的舞者。"我说,"但是在今晚之前,我从来没有见过他跳舞。"

吧台后面的女人又往我的杯子里倒满了酒,也给艾瑞丝倒了一杯。艾瑞丝冲我灿烂一笑,举起杯子碰了碰我的酒杯:"这地方也太棒了吧!"

"确实很棒。"我说,"多句嘴,你钢琴弹得也很棒,很久没看你弹了。"

"能再次弹琴,感觉真的很好。"艾瑞丝说,她看起来特别开心。我觉得这时候提起苏黎世可能是个好时机。我非常确定,她并不想去,并不那么笃定。如果她能改变想法,该有多好。

简直太棒了。

第 26 条

不要搭理想要激怒你的司机

达帕·丹开车载我们回家，自然是辆标志车。事实证明，车如其人。他打开副驾驶车门，僵硬地微微鞠躬，用夸张的手势示意爸爸坐进去，并耐心等他坐好。艾瑞丝和我自己上车。艾瑞丝从后座上拍了拍爸爸的肩膀。"还行吗，基奥先生？"她冲他眨眨眼，说道。达帕·丹没有开口，但他似乎知道我们住在哪里。他开车的速度比我还慢，我不得不说，艾瑞丝走路都比车快。他在旅馆门口停下车，摘下软呢帽，一本正经地亲吻了爸爸的两颊。他又把帽子戴回去，坐回车座上，双手直挺挺地搭在方向盘上，微微点头，接受了我们的谢意和晚安，然后离开了。我们一直挥手，直到车子在道路尽头转过街角。

爸爸为我们拉开花园大门。

"看起来卢拉埃特和她的丈夫可不像还没睡的样子。"艾瑞丝看着门窗紧闭的漆黑房子，说道。

我点点头，挺开心地说："他们不像是夜猫子。"

"如果他们彼此憎恨可能会好一点儿。"艾瑞丝说。

"什么意思？"

"至少，憎恨中也是强烈的感情，漠不关心才是最没有感情的。"

我没有回答，心里升起一些情绪，好像吃下了一顿不合口的饭菜。

但我们对彼此并非漠不关心，我和布兰登，我们只是……好吧，只是太忙了，总是太多事情要处理。要从婚姻生活里挤出时间来并不太容易，不是吗？那并不意味着我们彼此漠不关心。

不是吗？

爸爸突然就筋疲力尽了，他拖着脚往前走的步伐比平时还要慢。往门口走的时候，我挽着他的一条胳膊。

"你今晚享受吗，爸爸？"我问他。

"哦，确实。"他说，这就意味着，他已经完全记不起今晚的事情了。舞会，达帕·丹，他一样也想不起来了。

记忆消失得干干净净。

仿佛从未发生过。

"你跳舞了，爸爸。"我说，"你是个很不错的舞者，我以前从来不知道。"

"是你妈妈教我怎么跳舞的。"他说。

能是真的吗？

我从没见过他们跳舞，不过那并不意味着他们从来不跳舞。

这种想法让人神清气爽，极度舒适。原因是，你是这两个人的孩子，但这并不代表你就了解他们的一切。他们共同度过的人生中，有一部分开始于你到来之前。

我领着爸爸去了卧室。他站在床边，环顾这间小小的朴素的房间。

"这里就是我现在住的地方吗？"他问。

"没错。"我说，"你今晚住在这里。"

他点点头，仿佛在他就此改变的全新人生风景里，他也同样怀有疑虑。

我敲了敲隔开卧室的墙壁，说："那边是我的屋子。我就是住在你隔壁的邻居。"

他微微一笑。

我把睡衣睡裤递给他，他坐在床边，开始把睡裤往鞋子和裤子外面套。我蹲在他脚边，抓住他的手，放在他的膝盖上。我帮他解开鞋子，脱下来，再脱掉袜子。

"你能站起来吗，爸爸？"

他站了起来，像极了听话的孩子，用水汪汪的蓝眼睛望着我。"你妈妈也住在这里吗？"他问。

我并没有像平常那样回答他，可能是因为太晚了，或是今天太奇怪了。我摇摇头，说："她去世了。"我真不该这么说，我应该说她去商店买东西了。

可他脸上流露出的更多是顺应，而非震惊，好像他已经知道了这一切。"我很想她。"他说，几乎是喃喃自语。我点点头。"我也是。"我说。我给他解开皮带，脱下裤子，解开衬衫。在我照料他的时候，他很有耐心地站着，双臂垂在身侧，我不知道他是否介意这种侵扰，他并没有表现出不耐烦的样子。他的皮肤像纸张一样干燥，我明天要买一些E45保湿霜，或者斯里考克打底膏，买些温和的护肤品。

他摘下假牙，递给我。他的脸颊深深凹陷下去。我把假牙放进玻璃杯里，把杯子放在他看不见的地方。这已经成了我们的固定流程。我们是个运行良好的机器。

"晚安，爸爸。"我把被子拉到他的下巴处，吻了吻他的额头。这一连串动作让我想起了妈妈，是那么鲜活，仿佛某个瞬间她人就在这里，和我们在一起。当我转过头，甚至期待着能看见她站在那儿，对我们微笑。

我留了灯，在门口停了一下："明早见。"

"别关门。"他的声音微弱而焦虑。

"我不关。"我说。我一直站在他们门外的过道上,没过多久,就听见他似有若无的轻微鼾声。

楼下,艾瑞丝正等着我,一手拿着酒瓶,另一只手拿着两只杯子,倒挂在手指间。我怀疑她劫掠了卢拉埃特先生和夫人的酒窖。我没问她,虽然我很清楚,如果要赔付巨款,不知情可不能当成借口。

她咧开嘴冲我笑:"让我们找个好地方。"她说着,朝后门走去。

"我们能到前院去吗?"我问。

"抱歉,"她转了方向,"我忘了乳鸽的事儿。"

我们坐在房子前面的矮墙上,就在圣女贞德像边上,夜里的她看起来更美丽了,月光就是她的披风。艾瑞丝往杯子里斟满酒,我们碰杯,喝酒。"你不觉得现在才变成一个酒鬼为时已晚吗?"我问她。

"才不呢。"她说着,点燃了从达帕·丹那里要来的香烟,"不过在 AA 协会接收你之前,你还是有一些办法可以戒掉的。"

我们沉默了很久,就坐在那里,喝着酒,侧耳倾听夜晚的声音,相互把烟传来传去,这么做似乎特别亲密。而我只在今晚这样做,并不是因为我有瘾。我意识到,这正是瘾君子的说辞。女儿们十几岁时,我读了很多宣传册。

艾瑞丝抽了最后一口,在花床温软的泥土里摁灭烟蒂。"跟我说一些你的事情,别人不知道的那种。"艾瑞丝靠在圣女贞德的腿上,说道。

"你对我无所不知。"我告诉她。

"没有人无所不知。"艾瑞丝说,"我也一样。"她笑得很灿烂。

我耸耸肩:"真的没什么可说的,我实在是太……普通了。"

"你一点儿也不普通啊,特里·谢泼德。"艾瑞丝说。

我捡起裙边上的一处脱线。艾瑞丝把杯子放在墙上,盯着我。

"好吧,确实有一件我比较担心的事情。"

"如果你不担心的话,我就该担心了。"艾瑞丝用胳膊肘轻轻推了推我。

"我是认真的。"我说。

"抱歉,"艾瑞丝捏住我的手说,"你继续。"

我深吸一口气。

"我很担心我和布兰登最后会变成卢拉埃特夫妇那样。"

艾瑞丝没有反驳我。她什么都没说,而是把手放在我的胳膊上,轻轻摩挲。

"而且他可能丢掉工作。"我补充道。

艾瑞丝摇摇头:"谁知道那些加拿大人都憋着什么坏水?"

"我该拿布兰登怎么办呢?"我问道。

艾瑞丝并没有立刻回答。她在思考。我发现自己十指交叉,希望她能想出一些行之有效的办法。

"这个嘛,"过了一会儿她才说,"你只要想想你们最后可能会像卢拉埃特和她的伴侣那样,你们可能就不会变成那个样子了。"

"所以这就是你想到的?"

"好消息是你可以选择。"艾瑞丝说,"你可以和布兰登一起,期待最好的结果。你也可以离开他,或者改变和他之间的关系,这样就不会变成卢拉埃特那样了。"

"这有什么可称之为好消息的?"我问。

"因为你掌控全局。"

"我猜是这样吧。"

我们喝掉酒,抬起头,去看繁星密布的夜空和黄油般的明黄月轮。

"轮到你了。"我对艾瑞丝说。

"什么？"

"告诉我一些没人知道的事情。"

"我什么都告诉你了。"艾瑞丝揶揄地笑了笑，"无论你想知道还是不想知道的。"

我回给她一个微笑。确实，艾瑞丝真的不喜欢藏着掖着。

艾瑞丝把酒杯放在旁边的墙上。"确实有一件事儿。"她说。

"什么？"我问。

"凡事都不会多想。"

"那是什么？"

"只是，让我觉得很棒。"

"好吧，挺好的不是吗？"我说，"积极乐观，而且……"

"不是的，我是说，我觉得很棒。身体上的感觉和从前一样好，我是指在我得多发性硬化症之前。就像是在最后的几个小时里，病症都……消失了，全部消失。"

我花了点儿时间才消化掉她所说的话，还有话里的意思。

"那很好啊。"我说，然后又说，"我知道你从来不相信什么预兆。但是——"

"你说得对。"她说，语气里隐隐约约有警告的意思，"我不相信什么预兆。"

"可是自从我们来到法国，"我无视她的警告，继续说，"你看起来真的好多了。可能是因为气候或者食物，我不知道，但是……无论你说什么，你其实都可以和多发性硬化症共存，甚至打败它。我读过一些报告，有些人的病症就是消失了，这是权威的医疗成果。"

艾瑞丝向来不相信这种声明。她会竖起两根手指，给"声明"这个词打上引号，来突出自己的怀疑。

我知道，我知道。人们确实很容易受他人影响，尤其是正在遭受痛苦的人。

可是在别处,我都没见过艾瑞丝的状态这么好,她在法国真的好多了。

艾瑞丝缓缓摇了摇头:"特里,我是不会打败多发性硬化症的,我刚刚说的是——"

"也许不是彻底打败。"我连忙说,"那其他的东西呢?食物、气候和生活方式的影响。看看你,是你自己说的,你感觉好极了,症状都不见了。"

艾瑞丝站直身子,朝我俯过身来,说:"特里,听着——"

"你研究过新的药物了吗?"我聚集起勇气,无视她的话,继续说,"我记不住名字了,但他们说那是奇迹之药,他们现在正在做临床试验,就在美国,只是时间问题而已——"

"特里。"艾瑞丝又喊了一遍我的名字,这次声音大了点儿。我闭嘴了。我无法呼吸。她拿起包,在里面翻找起来,拿出一个信封。"我是想把这个给你。"她把信封递给我,说道。

"这是什么?"我问。

"是……你知道的,是安排。"她说。

"这是什么意思?"

"一切都安排好了。"她说,"你什么都不用做。但是我知道,你会想要知道……这个安排。是以后的事情。"

"可是那个奇迹之药呢?你甚至都没有——"

艾瑞丝摇摇头。"我要去苏黎世,特里。"她轻声说,"你知道的。"

"我以为——"

"那是约定,记得吗?"

"可是你都感觉好多了,是你自己这么说的。你可以……"

"我之所以感觉好多了,是因为我有了计划。"艾瑞丝说,"即将发生的事情都尽在掌握,这对我来说非常重要,是重中之重。这向来是我的方式,你知道的,特里,不是吗?"

275

我摇头:"可是你有了一个计划并不意味着你一定要执行到底啊。"

"但是我要执行到底。"艾瑞丝的语气温柔而坚决,"我想这么做。我很高兴你在这里,让这一切都轻松一些。"

"这就是你想要的一切了,是吗?让你轻松什么了呢?"我站了起来。我的愤怒非常突然,而且来势汹汹。我把信封撕了个粉碎,扔到地上。"那我呢?"我的声音听起来高亢而悲伤,是小孩子听到"不行"之后的反应,"那我想要的东西呢?"

"啊,特里,我不想吵架。"艾瑞丝说,"尤其不想跟你吵。"

"你就是希望我像平时一样,什么都顺从你,是吗?不要不同意,特里。别多嘴,特里。还有,你竟然敢和我有不一样的意见。"

"拜托了,特里,你会把大家都吵醒的。"

"我不在乎。"我很清楚,我现在是在嚷嚷。

"你生气我理解。"艾瑞丝的冷静令人恼火。

"你什么也不明白。"我告诉她,现在我是用手指着她,戳破了空气,"你就是觉得我会开车带你到苏黎世,把你放在诊所门口,然后你就能平静地结束自己的生命了,而我……怎么办呢?开车回家,假装什么都没有发生,和我痴呆的老爸?回到冷漠的丈夫和不再是孩子的孩子们身边?"我的声音越来越高。

艾瑞丝抓起拐杖,支撑自己从墙上下来。"我觉得我们应该到此结束。"她说。

"不行!"我也喊叫着站起来,"我想让你说点儿什么,说点儿有意义的话。"

艾瑞丝看着我,面色冷峻:"我已经把什么都跟你说了,我已经竭尽所能开诚布公。我没有什么可说的了。我知道这很难。"

"如果我们交换角色,你也不会允许这种事情发生。你只是……你不会允许的。"

"可能你是对的。我是错的。"

我抓住圣女贞德的胳膊让自己站稳,平复呼吸。艾瑞丝等着我调整完毕。我很想把她晃醒。

"所以,就是这样了。"最后我说,"两天之内你就不再活着了?计划就是这个?"

艾瑞丝缓缓点头,小心翼翼。

"我则被期望……什么?我被寄予了什么期望?"

"我很抱歉,特里。"

"别说抱歉,我不想让你抱歉。我想让你告诉我,你期望我做什么?"

"我不知道。"她小声说。

"我以为你都有答案。"

"我没有。"

"你也没哭过,一次都没有。你不在乎。你根本不在乎。你只做对自己有好处的事情。你就跟你妈妈一样。"

我开始哭泣。我并不悲伤。我实在太气愤了,根本悲伤不起来。熊熊燃烧的炙热怒火将我填满。我觉得自己能一口气跑上一百英里,二百英里。因为太气愤了,简直是暴怒。泪水刺痛了我的眼睛,我眨了眨眼让它们掉落下来。它们并不是悲伤的泪水,而是暴怒而激烈的泪水,我任凭它们掉落,让它们暴风雨般席卷我的脸庞,一直滑到下颌,最后落在领口上。

"我和我妈妈不一样。请别说这种话。"艾瑞丝往前跨了一步,朝我伸出手来。我推开她的手,说:"就是一样。你逃跑了,和她一样。所以你恨她。"

艾瑞丝没有回应。有那么一瞬间,我们彼此对视,我胸口发紧,呼吸吃力。紧接着,艾瑞丝转过身,架着拐杖朝屋子走去。

"就是这样。"我在她身后嚷嚷,"逃跑。和平时一样。"她一直往

277

前走,没有回答。

　　随之而来的沉默稠密而沉重,几乎把我压垮,全世界的重量好像都压在了我一个人身上。

第 27 条

如果你正逆向行驶，马上刹车，
在硬路肩上停下

我很冷。

我的怒火也冷却了。我完全想不起之前有过这种程度的愤怒。我抖个不停，身体里的一切好像都因为某种极其强烈的愤怒而嗡嗡作响，我的心脏、我的肺、我的肋骨，还有我的血液。就像在威克洛那次触电，休把我的手放在栅栏上。当时只有我、休和妈妈。我们大打了一架。但是那一次，妈妈把他推开了。等我们坐公交回家时，爸爸竟然在厨房里而不是出租车里，屋子里有煳味儿，我们吃了爸爸努力不烧焦的牛排，我们并不常常吃牛排，我还记得嘴巴里牛肉坚硬的口感，嚼了好久才咽下去。那肯定是在我八岁生日之前，在妈妈给我买《夏洛的网》之前。

我走到了房子的另一边，那里有一扇通往后院的门，我用颤抖的手推开了它。我跌跌撞撞地穿过门，来到后花园，花园里香气浓烈，月光穿过无花果树的枝丫洒下清辉。但我并没有注意到清冽芬芳的空气和月光。

我在颤抖。

我感觉到，我有过的所有感觉都在体内横冲直撞，猛烈撞击着我的身体壁垒，想要冲出体外。我搞不清楚自己现在究竟是怎么样的感觉。

我在颤抖。

我气得发疯。就像是一头套起来的公牛，斗牛士的剑戳在肩膀坚实的肌肉隆起上。我想高声叫喊，甚至是尖叫。怒吼，尖叫，直到喉咙酸痛，发不出声音。把一切都喊出来，一个字也不留。我的呼吸不太稳定，间歇性喘息，好像刚跑完一场马拉松。而我从未跑过马拉松，也永远不会去跑马拉松，因为我什么都不做。

我什么都不做。

我从来没做过任何事。

我不清楚自己的想法。

我以为自己能帮上忙。

我总觉得自己能帮上忙。

可我帮不上忙。

艾瑞丝就要去死了。

艾瑞丝就要去结束自己的生命了。

她要自杀，而我什么也做不了，因为我什么都不做，因为我从来没做过任何事，因为我什么也做不了，因为我做什么都不会改变这个结果。

这些想法在我的脑海里翻来覆去。混乱，模糊，让我眩晕。

我得做点儿什么才行，任何事都行，这一点是最坚定的，如一面牢固的砖墙。

接着，我就看见了笼子，卢拉埃特先生称为鸟舍，但事实上就是个笼子。笼子里，鸽子们正在睡觉，脑袋埋进精致的鸟羽里，它们的梦境同大屠杀的命运毫无关系。

我跑向笼子，猛地打开门闩，敞开了大门。

鸽子们从胸口抬起头来，用小小的黑色眼睛凝视着我。

"走吧。"我对它们说，就连声音也在颤抖，我指向天空。"你们自由了。"我告诉它们。

鸽子在栖木上慢吞吞地挪动，其中一只发出了低低的咕咕声，除此之外，什么也没有发生。

我冲进笼子，味道太刺激了，迎面扑来，我只能用嘴呼吸，都能尝到这味道了。我指着敞开的笼子门说："走吧。"我再一次对它们说，好像我第一次说的时候它们没有听见，很可能是这样。"出去吧。我放你们自由了。"

鸽子们吵闹起来，栖息在高处的鸽子开始在低处的栖木上寻找庇护所，与同伴们蜷缩在一起，仿佛挤一挤就安全了。

"我是想帮你们。"我说道，手指划破空气，指向笼子门。

敞开的门。

自由。

我冲向离我最近的鸽子，抓起它。之前我可从来没有用手抓过鸟。鸟的身体很结实，但因为有羽毛，所以很温暖。

从笼子里出去时，我伸直手臂，低下头。我把鸽子举向天空，张开双手。

什么也没发生。

鸽子就站在我张开的手掌上，看着我。它的眼睛一眨不眨，在那双瞳孔之中我看见了自己，看见了我苍白的面孔、焦虑的眼神和张开的嘴巴，似乎有话要说。

我得说点儿什么。

"飞走吧。"我对这只鸟说，"你现在自由了。"我又把手往远处伸了伸，伸到不能再远的地方。天空澄澈，平静安宁。我想抓住那片天空，把它撕下来，扯个粉碎。我希望下雨，狠狠下雨。我希望起风，狂烈呼啸，扭曲并压弯无花果树的枝丫和那些被悉心照料的玫瑰花丛，它们整整齐齐一排排站着，一动不动，不受杂草困扰，也不为生活苦恼。

"去吧！"我冲鸽子咆哮。

可它还是站在我的手心，对我的愤怒或者命令视而不见。我把手放低，又举起来，再一次将这只鸟举向美妙的天空，这一次我分开双手，这样一来它别无选择，只能张开双翼起飞。看它离开时我屏住呼吸，它的身体那么小，完全想象不到翼展竟然这么宽阔。

它飞到了最近的一棵树上的最近的枝干上，停在了那里，扬起小脑袋揣摩我。

我朝那只鸟跑去。我觉得我喊出来了，声音从喉咙里挤出来，几乎是在哀号。我走来走去，但屋里并没有灯光亮起。在我身后，笼子里的鸽子温柔地咕咕叫着。

我又跑回笼子里，上下拍打手臂，想让它们动起来，离开笼子，飞走。它们笨拙地挪来挪去，躲避我胡乱飞舞的手臂。没有一只鸽子离开，甚至看都没看一眼敞开的门。

过了一会儿，我停下来。

我走出笼子，关上门，重新闩上。鸽子们又回去睡觉了。我躺在草地上，盯着夜空、月亮和星星，试着什么都不去想。试着像平时那样呼吸。吸气，呼气，像普通人一样，像开始这段草率的奥德赛之旅前的那个自己一样。

慢慢地，慢慢地，我的呼吸渐渐平稳，恢复了控制。我也不再颤抖，心跳不再那么猛烈。此时此刻，透过薄薄的上衣，我能感觉到草地湿漉漉的清凉。此时此刻，我能闻到薰衣草、玫瑰和忍冬的清香。树上那只鸽子最后看了我一眼，张开双翼，飞向辽阔的夜空。我屏住呼吸，目送它，它的滑翔是如此优雅而无声。它掉转方向，向下俯冲，停在了上锁的笼子门边上，用坚硬而小巧的嘴巴啄栏杆。

我站起来，拂掉裙子上的草，掸掉头发上的羽毛，朝笼子走去，拉开门闩，打开门。鸽子摇摇摆摆地走了进去，一屁股坐在最近的一根栖木上，将脑袋埋进羽毛，继续睡觉了。我将脸贴在笼子的栏杆上，猛地闭上眼睛。黑暗却无法为我抵挡这刺目的真相。

我走到了穷途末路。

第 28 条

车辆必须安装后视镜，以便观察两侧的车后情况

醒过来时我头痛难忍，嘴巴里如同塞满锯末般干燥，并且对明亮的白昼生出一股强烈的厌恶。我大汗淋漓，一脚踢开羽绒被，这样做也没能缓解弥漫在我周身的燥热。

昨天晚上我和艾瑞丝之间发生的事情历历在目，沉沉地压在心头。

我记得自己说过的话、做过的事儿，都是锋利的碎片。或许大自然就是用这种方式弥补爸爸那瓦解的破碎回忆。

还有艾瑞丝，我最好的朋友。我冲她吼出了我的控诉。在此之前，让我们回到最开始，回到都柏林。我对她做出的承诺。我从未打算遵守的承诺，那只是个伪装，好让她同意我跟她一起来到这里。

我的初衷是好的。

而此刻我们来到了这里，来到了通往地狱的砖石路上。

维拉又出现了，因为我的愚蠢而连连摇头。我始终盲目地拒绝接受那个既定事实。而它就在那里，就在我眼前。

我挣扎着下床，跌跌撞撞地朝浴室走去。在浴室里，我吞下了两

粒爸爸的止痛片，空着肚子，用手从水龙头里掬了一捧法国自来水咽下去，里面很可能全是细菌。

我不应该去看镜子里的自己。

我的眼睛惨不忍睹，眼皮因为哭泣而肿胀，上面红色的血管清晰可见，半个眼圈有紫色的瘀伤。

我回到床上，没有去瞧瞧爸爸。

我感到超然，就像从小孩子手里溜走的气球，随风飞扬，越飞越远，越飞越远，直到消失不见。

我的大脑一片空白。我没有任何计划。

我躺回床上，盯着天花板，等着止痛片发挥作用。

我不知道需要多长时间。很长吧，我想。

最剧烈的头痛过去后，我慢慢下了床，跟跟跄跄地走到行李箱边，抓起我看见的第一件衣服，套在了脑袋上。我没力气洗澡。我去看爸爸，他还在睡，于是我轻手轻脚地关上门，来到了艾瑞丝的房间。

我敲了敲门。

没有回应。

我又敲了敲。

"艾瑞丝。"我低声呼唤。

还是无人应答。

我继续敲，一直敲。

"艾瑞丝！"这次大声了一点儿。

我把耳朵贴在门上。

没有一点儿动静。

我慢慢推开门，脑袋从小小的门缝里钻进去。

房间空无一人，床铺收拾整齐，窗户半开着，蕾丝窗帘在早晨的微风里轻轻飘荡。

我又跌跌撞撞地回到自己房间，抓起手机，打给艾瑞丝。

我是艾瑞丝。请留下短信。

我挂断电话，把手机扔到床上，冲出房间，跑下楼去。

卢拉埃特夫妇分坐在餐桌两端，桌子上摆放了五人份的早餐，他俩正用一模一样的碗吃着类似李子干的东西，默默无语。

卢拉埃特先生抬起头来。"啊，你终于醒了。"他说道，用肉乎乎的手指点了点表盘。

"啊，是的，我有点儿不舒服。"

卢拉埃特夫人正送往嘴里的勺子停在半空中，她缓缓摇了摇头，表达她的……我不知道。反正不是什么好话。我根本不在乎。

"艾瑞丝已经吃过了吗？"我用法语问卢拉埃特先生，语言组织得非常费力。可能是因为我不在状态，我无法思考任何事情，除了艾瑞丝。

艾瑞丝在哪儿？

"没有。"他说。

这对夫妇继续吃饭，双双把勺子伸进碗中，再举到嘴边，尽可能张大嘴巴，将满满一勺干瘪的紫色水果全倒进去。

"你们看见她了吗？"我朝桌子靠近了一步，问道。

卢拉埃特先生点点头，继续吃饭。

我真的很想抓起他的碗，把里面的东西都扣在他脑袋上。我握紧拳头。

"她在哪儿？"我问。

显然，现在轮到卢拉埃特夫人说话了。她越过眼镜上缘打量我。

"你的朋友已经走了。"她在说"朋友"这个词的时候有一种挖苦。

"走了？"我浑身冒出了鸡皮疙瘩。

285

这对夫妇继续吃饭。

"你这是什么意思,走了?"我问。

"我相信我妻子的意思已经非常清楚了。"卢拉埃特先生说,"你的朋友已经走了。"

"那她还会回来吗?"我的声音陡然拔高,因为吃了药而被压制住的头痛又慢慢地翻涌上来。

卢拉埃特先生耸了耸肩:"打听客人的想法不是我的习惯。"

"那她拿行李了吗?她说什么了吗?"

"拿了。"他说,"她拿行李了。她没有跟我们交谈。"

"那,你们看到她往哪个方向去了吗?她是走着去的吗?"

"我相信我们已经把知道的一切都告诉你了。"他把勺子放在了碗边上,说道。有一条黏稠的液体从勺子上滴下来,他拿起餐巾,稍稍擦了一下嘴角。

我试着克服脑袋里的疼痛去思考。

我想想。

"这里是有一辆出租车的吧?"

"当然。"卢拉埃特夫人说。

"你们有号码吗?"我问。

"什么号码?"卢拉埃特夫人问。

"电话号码!"

"你没必要这么大声吧。"卢拉埃特夫人说。

我猛地冲到桌子边,他们缩了缩身子,我才不在乎呢。我用法语对他们说了一番话,我都不知道自己竟然能用法语讲出这些来。"听我说,"我说,"艾瑞丝状态很不好。她觉得我让她失望了。我让她失望了。我得找到她,拜托了,你们能帮帮我吗?"

他们彼此对视,无言地商讨之后达成了某种共识,因为他们双双转向了我,卢拉埃特先生说:"33546215。"

"谢谢。"我说着跑向楼梯,一步跨两级台阶,上楼的时候不断地在心里重复那串号码。

我找到手机,用力戳按键,等待音响起。

继续响。

还在响。

等待音结束,电话断开。没有自动应答,什么都没有。

我想想。

我坐在床边,闭上眼睛,用手指揉太阳穴。

我知道什么?

我什么都不知道。

再想想。

我觉得艾瑞丝搭了出租车。

我知道她要去苏黎世。

去名叫帕克斯的诊所。

我知道她觉得无法再依赖我。她无法信任我。

我又打了她的电话。

我是艾瑞丝。请留下短信。

我挂掉。给出租车打,还是没接通。

我一跃而起,抓起自己的物品,一股脑儿地扔进爸爸的旧旅行包里。我飞奔到他的房间。他还在睡觉。我拉开窗帘。他的假牙泡在窗台上的玻璃杯中,被放大了很多。

"爸爸。"我说,"爸爸,醒醒,我们要走了。"他没动。

我把手搭在他的肩膀上,轻轻摇晃他。

"特雷莎?"他伸手遮住额头,冲我眨了眨眼睛。

"爸爸,快起来,拜托了。我们得走了。"

"你需要搭车吗?"

"是的。"

他挣扎着坐起来,腿越过床边放了下来。"那好吧。"他对我点点头,说道。

他总是时刻做好有人搭车的准备。无论什么时间、什么天气,他都会从床上爬起来。

他可能会抱怨个不停,面色愠怒地开车。但他一定会出现,把我们送到要去的地方。

一大早,既没喝茶,也没吃药,这时候爸爸的动作是最懒洋洋的,也最糊涂。

我一把将裤子和上衣套在了他宽松的睡衣睡裤外面,他对我粗暴的动作未置一词。我哄他穿上新袜子,给他系鞋带。打了两次结,这样他自己就解不开了。我冲洗干净他的假牙,递给他。

"我们要去什么地方吗?"他问。

"我们得去找艾瑞丝。"我说。

"艾瑞丝?"他皱了皱眉头。

"艾瑞丝·阿姆斯特朗。我的朋友。"我告诉他,"还记得吗?"

他点点头说:"我记得。"我紧紧拥抱他,因为他根本不记得,却装作记得,都是为了我。他笨拙地拍了拍我的手臂。

"那……"他绞尽脑汁想找出那个词,时间比平常要久。我毫无耐心地咬紧牙关。

"那……"他慢吞吞地重复,最终说,"早餐呢?"

我拉着他的手,把他拽到我房间,把我放在包里备用的燕麦棒拿给了他。他把燕麦棒举到嘴边,我只好抓住他的手,剥掉外包装。我把爸爸的东西胡乱地丢进旧旅行包,再一次给出租车打电话。

依然无人应答。

我抓着钱包跑下楼。卢拉埃特夫人一手拿着表格一手拿着钢笔,正杵在走廊中间。大厅里的桌子上放着从花园收来的空酒瓶,还有两只酒杯。

这是证据。

我没时间为此羞愧。"我要给你多少钱?"我问她。

"首先,你必须填写这张意见反馈表。"她说罢,将手里的一沓纸递给我。

"不填。"我说,"抱歉。"我打开钱包,掏出一沓现金。"多少钱?"我重复了一遍。

她在我面前晃了晃表格,并且靠近了一步,说:"你必须填。这是必须的。"

我摇头。"不填。"我又说了一遍,甚至连抱歉都没说。我把一沓钱放在桌子上,说"不用找了",然后我飞奔回楼上。爸爸已经吃光了燕麦棒,正在我的包里翻来翻去,无疑是在寻找更多食物。

我从包里找出卢卡斯的名片,响了两声之后他接了电话。

"卢卡斯,是我,特里。特里·谢泼德,我——"

"跳爱尔兰舞的特里?"他说得好像认识好多特里,正努力确认我究竟是哪一个特里。

"听我说,卢卡斯,现在有一个……情况,我马上就要车。"

"车已经好了。"

"真的吗?哦,那真是太棒了。"

"看起来可能不怎么样,但可以开。"

"可以开到苏黎世吗?"

"当然了。我给你开到卢拉埃特家。"

"你能现在就开过来吗?我的意思是,现在,立刻!很抱歉,只是——"

"可以。"他说罢,挂断电话。我把手机扔进包里,拎起爸爸的旧旅行包。我环视房间,应该没落下什么。

除了艾瑞丝。

"来吧,爸爸。"我说,"我们要在卢拉埃特夫人叫警察之前离开。"

楼下并没有卢拉埃特夫妇的踪影。现金、酒瓶和酒杯已经从桌上拿走,桌子刚刚擦过,擦得很亮。没有填写的表格还放在那里,我直接无视,打开门,朝着花园大门走去。我听见后院的鸽子正咕咕咕地叫。

我们一步步沿着花园小径朝门口走去,爸爸走得比平时要慢。小时候,我总是蹦蹦跳跳地走在他身边,这样才能跟上大步流星的他。

"你还好吗,爸爸?"

"我很累。"他说。

"我们就要到了。"我告诉他。

"到哪儿?"

"到我们要去的地方。"

"特雷莎在那里吗?"

我无须回答这个问题,因为卢卡斯已经开着我的车来了,那辆修好的车。我还没有看见谁这么高兴过呢。卢卡斯摇下车窗。"早上好啊。"他说,语气简单率真,仿佛没什么奇怪的事情,仿佛艾瑞丝并没有消失。

"谢谢你来得这么快。"我说。

"你在电话里听起来很着急。"

"我得尽快走。"

"好吧,你的车已经可以正常工作了,一路走高速就可以。"卢卡斯说。

"高速路?"我问。

他点点头。

高速路。

我从来没开过高速路。

我特别害怕高速路。

"特里,"卢卡斯观察我的表情,"一切都还好吗?"

"这个嘛……不,不算太好,我……"

"在这里,我指给你看。"他从车门斗里掏出交通图,下了车,在引擎盖上展开地图。他的手划过整张地图,跨过法国西部的大部分地区。他点点头,指着地图说:"我们在这里,看见没?"

"看见了。"我说。

"所以你要在市政厅右转,开五千米进入那条路,就能上高速路了。"

"高速路。没错。"

卢卡斯直起身子,看着我说:"你的朋友提前走了,艾瑞丝?"

我的脸一下子就红了,小腹收紧了一下。

"你看见她了吗?"我问。

"她在文森特的车里。"他说。

"出租车?"我问。他点头。解脱与懊悔此消彼长。

艾瑞丝没出事儿。

她自己一个人不行。

可她没出事儿。

我让她失望了。

卢卡斯折起地图,交还给我。"所以,"他说,"你现在知道路了吧?"

"我们吵了一架。"我说,"我和艾瑞丝。"

"我敢肯定你们会和好。"他说,"你们感情很好的,不是吗?"

"没错。"我说,"我们感情很好的。"我的声音很低沉,仿佛深深弯折下去,仿佛我那被掏空的身体弯折下去,里面有一口深不见底的井,注满悲伤,足以让我溺毙其中。我真的太难受了,我很清楚我多么让艾瑞丝失望,清楚我背弃了对她的承诺,像丢弃垃圾一样把承诺扔在我们友谊的地板上。卢卡斯搂住我的肩膀,短短片刻,我允许自己享受这奢侈的安慰,我将脸埋在他的棉质T恤上,感受他环绕我的巨大臂展,还有他压在我后背上的双手,那么有力。我知道,一旦我抬起头来,就必须离开,要面对一切。

爸爸拍了拍卢卡斯的肩膀。"不好意思。"他说。我抬起头,从口袋里掏出纸巾,擦了擦脸,擤了一下鼻子。卢卡斯的T恤上沾了我的眼泪,很可能还有一些鼻涕。

"我有没有跟你讲过我拉上法兰克·辛纳屈的那次?"

"没有。"卢卡斯说。虽然我绝对听爸爸跟他讲过,至少昨天晚上就讲过一次。可他还是如同从未听过一样听他讲,我把行李箱放进后备箱中。这是阿尔茨海默病的好处之一,你能发现人们的善意。我三下五除二地把爸爸塞进车里,扣上安全带。

"钱!"看向卢卡斯的时候我突然间想起来,"我应该给你多少钱?"

卢卡斯仰起脸面向天空,思索我的问题,然后说:"四十欧元。"

"不可能才这么点儿,要不然二百……"

"四十欧元。"他又说了一遍,"如果你满意的话。"

我递给他两张二十欧元的钞票,说:"至少让我开车把你带回停车场,行不行?"

"我喜欢走路。"他说。

"好吧。"我说,"谢谢你,一切的一切。"

我得动身了。我得开上高速路。嘈杂、快速、恐怖的高速路。我得找到艾瑞丝。

结果呢,我却站在车子边,重心在两只脚上挪来挪去。卢卡斯打量我的脸。

"你不喜欢高速路,特里?"他说。

"不喜欢。"我承认。

"和跳舞是一样的。"他咧开嘴,微微一笑,"你只要动起来就好。"

第29条

在高速路上只能前进，不能掉头或者倒车

我正在高速路上。

在开车。

在与爱尔兰完全相反的车道上。

在外国。

我开在大家公认的慢车道上。其实并不是什么慢车道。只是不超车的话，就老老实实开的这条道。

我不超车。

我只会被别人超车。

似乎这条路上的每一辆车都把我超了过去。人们朝我鸣笛、闪灯，还有两次对我打了手势。

我关节苍白的手紧紧把住方向盘，是爸爸教我的一点五十方向。

那是我人生中压力最大的六个月。

爸爸教我如何开车。

是妈妈坚持的。而她从未坚持过任何事儿。但在这件事儿上，她坚持了。

她说每一个女人都应该学会如何开车。

或许是因为她不会开。

把该死的离合器踩下去。在那些仿佛无穷无尽的周六下午，在巴尔多伊尔的工业区，他冲我嚷嚷。

没过多久，在路上，我和坡道起步、三点掉头，以及侧方停车殊死搏斗，后面的车就一直鸣笛、闪灯、打手势。

把该死的离合器踩下去。

我把着方向盘的手汗流不止，就像现在。眼观六路，观察侧翼后视镜、后视镜和前挡风玻璃，同其他车辆保持安全距离。

每一堂课都以爸爸怒气冲冲地摔上车门而告终，他气势汹汹地走到驾驶座门口，让我下车。

下车。

他就那么把车开走了，留我一个人站在原地，站在马路中间，那些车还在不停地冲我鸣笛、闪灯、比手势。

我要自己走回家。

"怎么样，亲爱的？"厨房会传来妈妈的询问。

"挺好的。"

"你爸爸呢？"

"他得去个地方。"

她从未问过是去什么地方。

他会在一个小时后回到家，呼吸里弥漫着健力士黑啤的味道，还会带回一盒什锦甘草糖给我。

我印象中，他没有道歉。关于任何事儿，都没有道歉。

一盒又一盒什锦甘草糖。那就是他的方式。

而我从来就不喜欢什锦甘草糖，但这并不重要。

我透过后视镜瞄了一眼后座上的他。我觉得他坐在后面会更安全。他睡着了，脑袋快折成直角，等他醒来的时候，脖子一定会痛。

可他还在睡觉。这很好,我有时间思考了。

我思索着高速路。

没有尽头,太吓人了。

不,到苏黎世需要四个小时,并不是没有尽头。

四小时。在高速路上。

我深吸一口气,憋了一会儿,再呼出去。

我想着引擎里的噪声,是以前没听过的声音。很可能是煎蛋正在散热器的裂缝处慢慢贴合。

我想着布兰登要面试自己的工作。想到他很可能被裁掉。

不,我没有这样想。

要知道,布兰登很擅长应对危机的。

对他来说,这就是危机。他的工作、他的事业一直都是他的雷达,决定了他如何定义自己、衡量自己、评价自己。

突然,我就明白了。在这里,在陌生国度,在与爱尔兰行驶方向截然相反的高速路上。

我明白了。

因为我也被裁掉了,不是吗?

我是养育两个孩子的全职妈妈,而这两个孩子已经离开了家。

她们不再是孩子。

我被裁掉了。

布兰登也很有可能失业。

终于,我们有了一些共同点。

我还记得凯特出生时布兰登的样子。他站在产房的另一端,仔仔细细打量我的膝盖,我的两腿之间,而我呢,大部分时间里根本注意不到他的存在。那时候我已经用了二十个小时的力气,而且还是提前了两周。

凯特。

我的凯特。你可以靠她来校表。严格守时是她最认可也最奉行的美德。

出生那天是她唯一一次迟到。

婴儿的心率比较低。这是助产士告诉我的。"别担心。"后来她对我说，可能是意识到自己的过失，让孩子出来得这么晚。要知道，如果一个总是担心来担心去的人还没开始担心，而你告诉他千万不要担心时，那么他就开始担心了。

而我已经开始了，担心，哭泣，叫喊。

事后，布兰登说他之前从来没听过我叫喊。

我不知道我都喊了些什么。我不记得了。这样可能最好，这是大自然的权宜之计。

在所有的焦虑、哭泣以及叫喊之中，有一样东西抓住了我的注意力。我还有一点儿精力，我还关注着外面的世界。

那是布兰登。他的脸，还有脸上的表情。

完全是……惊奇。

"我看见她了，特里。"他深深呼吸，那种惊奇依然还在，在他的声音里，"她太完美了。"

助产士的手灵巧地转了三圈，将绕在婴儿脖子上的脐带解开。

三圈。

那是脐带绕在凯特脖子上的圈数。

之后，布兰登用双手捧住了她。

他格外温柔地将她放在我的肚子上，这种温柔很有力量，他用大拇指腹抹掉我脸上的泪水。他对我说了些什么。我觉得他说了，是喃喃低语。我记不住他究竟说了什么。

但我记得那种惊奇，弥漫全脸。我从未在他脸上见过那种神情。从那以后也没再见过。

"我饿了。"爸爸的声音将我拉回现实。

"你确定？"

"什么？"

"我的意思是……"他当然确定。他只吃了个燕麦棒。现在到了午餐时间吧，或者已经过了。"你能等等吗？"我问。

"我饿了。"他说着，俯过身来，安全带紧紧勒着他窄窄的肋骨。

离开高速路的想法非常诱人。可我没有时间。如果我下了高速路，还能有勇气再开上来吗？

"有吃的东西吗？"爸爸问，同时敲着我的肩膀，如果他一直这么敲的话肯定会让我分心，而他很有可能敲个不停。

"没有，我觉得应该没有……"然后我想起了蛋糕。艾瑞丝的生日蛋糕，还在后备箱里。

可是没地方停车，只有硬路肩。

但停在那里非常危险。

而且只能在紧急情况下停靠。

爸爸的手指如雨点般敲打我的肩膀。

我打了转向灯，查看了一下后视镜，停了车。

我们停在了硬路肩。这个硬路肩好像特别窄。每次有车呼啸驶过，我都微微一震。我抓住了门把手。

我能感觉到身后爸爸凝视我的双眼，想知道接下来我要做什么。我打开车门，一辆轰隆隆驶过的铰链式卡车掀起一股强风，把车门猛地吹开。我觉得我尖叫了起来。可是路上的噪声太强，所以我不确定我有没有尖叫。我抓紧门把手，关上车门。车里的安静真是美好。我闭上眼睛，深深呼吸，仿佛这种安宁是一种香气。

"我们在哪儿？"爸爸问。

"我有蛋糕。"我说。

"我喜欢蛋糕。"他说。

于是，我下车去拿蛋糕。蛋糕盒放在后备箱里，上面盖了我一直放在那里的雨衣,以备不时之需。盒子有明显的磨损,里面的冰早就化光了。代表艾瑞丝的简笔画已经和岩石、海洋融为一体,因此蛋糕表面覆盖着一块块铅灰色。在凝固成一团乱麻的表面之下,巧克力曲奇蛋糕本身还是可以吃的。

事实上,是非常美味。我用拳头切了蛋糕。

我打艾瑞丝的电话。

我是艾瑞丝。请留下短信。

我打了转向灯,在滚滚车流里等了很长时间。

"记住,不打转向灯不能上路。"爸爸说。

"我记得。"

或许是因为糖分的冲击,我完成了起步,异常平静,没有去想死亡和大屠杀什么的。只是开车而已,只是一条高速路,我真不明白自己为什么那么激动。

也可能是因为我的大脑无法容下任何其他的问题。要想的问题已经够多了,比如艾瑞丝。我应该再联系她一下。这回我要留言,虽然我也不知道该说什么。

还有布兰登。可是,如果我给他打电话,就得告诉他我把艾瑞丝给弄丢了。

把别人弄丢的人是什么样的人呢?

我吸了一口气,保持五秒,呼出去。

"你还好吗,亲爱的?"爸爸问我,嘴里塞满了蛋糕。

嘴里有东西的时候绝对不要说话。

这是他的原则之一。

还有,正面、背面、分开。这是晚饭前他带我们去洗手的时候说的,饭后洗手时也这样说。

他非常在意餐桌礼节。

我递给他一张面巾纸。他盯着看了一会儿,然后把面巾纸放在了旁边的座位上。

我觉得我们离苏黎世应该没有那么远了,可能还有两小时路程。

然后会发生什么呢?

苏黎世是个有着一百万人口的城市。

如何在一座百万人口的城市里找出一个人来?

第 30 条

变道或停车需提前示意

苏黎世的城市规模看起来和都柏林差不多,也就是说,没那么大。即便如此,我还是找不着北。我一直在桥上来来回回,要是心里没那么绝望的话,还能好好看看这个湖,甚至是欣赏它。湖边瘦瘦高高的建筑物倒映水中,建筑物上都是木头窗户,阳光擦过弧形的屋顶,很美。

然而,当你一直在开车兜圈子,根本不知道自己要去哪儿,还开在和你驾驶习惯相反的车道上,一天天的日子又如同涌向下水道的流水般一去不复返,你是不可能留心这些东西的。

街道大多是十字路口,充斥着行人、骑自行车的人、汽车、有轨电车,以及中间部分有折叠的长巴士,就像手风琴一样。我一直在兜圈子,我知道。我之前已经看到过那个银行了,不是吗?还有那个,那个。

银行也太多了吧。

没有一个行人是艾瑞丝。

现在我又开过另一座桥,向左转,没有别的原因,这是最简单的选择。结果呢，我又在沿着湖边开了。后面有辆车冲我摁喇叭，我吓了一跳，爸爸也吓了一跳，我努力地想着要不要停下来，就在原地，在路中间，拉起手刹，抱住手臂，就那么坐着，拒绝挪动，直到有人来处理。

然后我就看见了她。

是瞥见了她。她的背影。她拄着拐杖，正往酒店的楼梯上走。我停下车，摇下车窗，探出身子，大喊："艾瑞丝。"

她继续往前走。我双手拢成喇叭状，放在嘴边。

"艾瑞丝。"我又喊道。

她消失在了旋转门内。

在我身后，车子已经排成了一行，司机个个怒气冲冲的，一直在冲我摁喇叭。另一列车朝我驶来。我拼命穿过车流，把车停在了酒店的下客区。我打开双闪，从车里跳出去。一个戴着手套、高帽，身穿燕尾服的门童冲我露出微笑，好像并没有人在后面按喇叭、挥拳头。"请照顾一下我爸爸。"跑上门前的台阶时，我冲他喊道，"我马上就回来。"随后我冲向旋转门，屏住呼吸。我跑进了四分之一个圆圈，等它旋转，然后从另一边挤出去。

我跌跌撞撞地跑进大厅，东张西望，想要同时看完所有地方。"艾瑞丝。"我喊道，人们都停下手里的活儿，扭过头来看我。其中有个就是我错认成了艾瑞丝的女人。她带着些微好奇，打量着我。她有一只脚打了熟石灰，我之前没注意到。我什么都没注意到，她比艾瑞丝矮，更瘦弱，头发稀疏，目光黯淡，肤色苍白。

她与艾瑞丝没有丝毫相似之处。她像是艾瑞丝的负面版。

一个负面版的艾瑞丝等着我说些合理的话。可是除了"对不起"之外，我什么也想不出来。

我说的甚至都不是瑞士德语，只是最简单的英语"对不起"，没什么实质内容或者真相可以补充。

酒店外，爸爸站在人行道上，向门童讲法兰克·辛纳屈的故事："……他从银质烟盒里拿出一支烟递给我，烟盒上刻着他的名字缩写：FAS，法兰克·阿尔伯特·辛纳屈。我呢……"

"非常抱歉。"我说。

"没关系。"门童用英语愉快地说，"你爸爸正在讲故事逗我开心……"

"你觉得我们能住在这里吗？"我打断他。我甚至连"不好意思"都没说。我得停下，这样才能更好地思考，如果我能马上停下来的话。

"你们预订了吗？"他问。

"没有。"我说道，肩膀沉了下去。

"别担心，我去查一下。"门童说。我在马路边坐下来，爸爸跟我说地很脏，会把衣服毁了，而且还会得重感冒。我伸出手去拉住他的手，用力握了握。我告诉他地面很暖，衣服可以洗。我看了看自己，穿着昨天晚上的上衣和短裙，还套着银灰色的"男朋友"风开衫，这是我拥有的最后一件干净衣服。我想起了珍妮弗，在她可爱的斯托克纽因顿商店里。她看起来那么遥远，那么优雅，而我的消费热情也变成了久远的往事，仿佛发生在另一个人身上。

我打艾瑞丝的手机。这次听到的信息不太一样。

您所拨打的号码暂时无法接通，请稍后再拨。

她把手机关了？或者没电了？要么是不在服务区？

门童从酒店里出来时，脸上笑意盈盈。有房间。我差点儿因为松一口气而哭出来，虽然这个酒店看起来像是一晚上就能掏空我的"离家出走账户"。

"你们有行李吗？"门童问道。我打开后备箱。他拿出爸爸的旧旅行包，递给了一个行李搬运员。

"可以把您的车钥匙给我吗？"门童问道。

"为什么？"

"我们的服务员会为您停车，夫人。"

"哦，好的。"我将钥匙递给他。

我甚至没有问多少钱一晚，就直接办理了入住。"一晚？"前台问道，她那整洁光亮的手指甲娴熟地敲下了键盘上的回车键。

一晚？我不知道，我什么都不知道。我点点头，她指尖轻敲键盘，然后递给我房卡，告诉我，我们的房间在顶层。

奢侈是如此寂静，一切都严丝合缝，恰到好处。奢侈有一种非同寻常的味道、气息和感觉。毛巾像小猫咪一样柔软蓬松，闻起来有薰衣草香气。碗里的水果是刚刚采摘的新鲜气味儿。巧克力是手工制作的。四四方方的窗外，湖景壮阔，没有任何线条打破完整的风景。

就连天气预报都很奢华，被印在象牙色羊皮纸上，页边的空白处嵌入了叶子作为装饰，除了预报有雨外，一切完美。

现在，我煮了一壶茶，给爸爸剥了一根香蕉，扶他上床小睡，然后给二十七家酒店打电话。

没有一家酒店有艾瑞丝·阿姆斯特朗的预订。

或者维拉·阿姆斯特朗。

或者特里·阿姆斯特朗。

或者艾瑞丝·谢泼德。

或者维拉·基奥。

我试了好几种组合。有些接线员不太有耐心。

我的耳朵又红又烫，因为手机听筒贴得太紧。

我甚至没办法去诊所等着艾瑞丝自投罗网。因为我没有地址，在谷歌搜的时候，只有一个邮政信箱号码。

要是艾瑞丝在这儿，要是她帮我一起搜，她肯定会说，要像一个准备自杀的人一样思考。

可我做不到。

即使是现在,我也没办法把艾瑞丝想成一个要自杀的人,她就不是那种人。真有那种人吗?

我们的家庭医生自杀了,在很多年以前,他把自己吊死在一棵树上。是个年轻女人遛狗时发现他的,他吊在绳子上摇晃,绳子是当天早晨从伍迪商店买的。

我生了他很长时间的气。他有个聪明漂亮的妻子,也是个医生。他还有妈妈。我还记得葬礼上这两个女人的模样,脸上堆满了悲伤。还有那个发现了他的年轻女人,也参加了葬礼,因为震惊而面部僵硬。我想象着,每当夜幕降临,她闭上眼睛,就会看见他,在绳子末端晃啊晃,就像某种绝望。

或许她现在仍能看见他。

我看向窗外,目光越过这座有一百万人口的城市。我从未觉得如此孤单。

我想想。

我抓起手机,拨打了酒店名单上的下一个电话,楼下的接待员非常友好,帮我打印了这份酒店名单。

"哦,是的,你好。"我询问,"你能说英语吗?哦,好的,太棒了。不好意思,希望你能帮个忙。是这样的,我想知道,是否有一位名叫艾瑞丝·阿姆斯特朗的客人入住你们酒店?没有?那艾瑞丝·谢泼德呢?有没有什么人叫维拉?特里?那……喂!喂!"

我又拨了下一个号码。

再下一个。

然后我把手机猛地砸向墙壁,这个行为导致了两个结果。

手机完好无损。

爸爸醒了。

"到早上了?"他问,揉着眼睛驱赶睡意。

"是晚上。"我说。

"哦。"他说。

我很好奇,在他的头脑里,世界究竟是什么样子。他的主治医师说,他可以试着用简单几句话来给我解释,然后他停顿了很久,好像那些话真的太简单了,让他无从开口。过了一会儿,他站起来,画了一个大脑的基础图,或者说是简笔画,这是他自己非常亲切的表达,这个大脑布满死扣,他称之为"纪念碑"和"一团乱麻"。他用一支HB铅笔的笔尖指着自己画的基础图继续解释,大脑发出的许多指示和阻碍信号援助并支持这些"纪念碑"和"一团乱麻",它们从大脑出发,巡游周身。说到这里,为了进一步证明,他在自己的胸口画了个虚拟的圆圈。

事后,就连妈妈都忍不住评价了两句。他可真是高高在上啊。

爸爸斟酌着医生说的每一个字,但过后就全忘了。

此刻,爸爸凝视着我。"你在这里工作吗?"他问。

"不是。"我答道。平常我都会做一下解释,我是谁,我们在这里做什么,我们要去哪里。但今天我没有。

我已经用尽了回答。

我什么都不知道。

一件事都不清楚。

我站起来,走到我那沾沾自喜、完好无损的手机跟前,把它从地板上捡起来。

电话响了,我差点儿又把它滑到地上。

是布兰登。

"喂。"我接起来,没有办法给我的声音注入哪怕一丝的兴趣或者热情。这类情绪的库存已经耗尽。

"特里,你还好吗?"布兰登的声音有些焦虑,我马上就开始感到抱歉，为什么不在枯竭的库存里再刮一刮，多少刮下一点儿与布兰登谈话的兴趣与热情？

"是的，我挺好的。"我说。

"你听起来可不太好。你好像……很遥远。"他的语气很是担忧。妈妈去世后的那段时间，他总是这样。那时候我对任何事儿都没有感觉，大家觉得我是因为医生开的药才这样，然而我并没有吃那些药，只是大家都认为我吃了，因为他们都太担心我，而我唯一能做的就是假装吃了药。

"你在哪儿？"布兰登问。

"苏黎世。"我说。

"特里，跟我聊聊。到底怎么回事？是因为艾瑞丝吗？"

"是。"

"她已经……"

"我们大吵一架。我对她说了很难听的话。她走了，我现在找不到她了。"

布兰登没说话，我以为电话断了。过了一会儿，他说："艾瑞丝用苹果电话是不是？"

"不是，她用的三星。怎么了？"

"哦，我在想可以用'查找我的苹果手机'那个应用来找她。"

"她有个平板电脑，可以吗？"

"可以。你知道她的邮箱地址吗？"

"怎么了？"

"你是在逗我吧，嗯？"

"irisarmstrong2@gmail.com。"

"2？真难想象世上竟然还有一个她。"

"没有。"

"我知道。我只是想……别在意。现在，你能不能想到她会用什么密码?"

"我觉得她所有密码都是一样的。"

"是什么?"

"smkcuf66。"

"什么?"

"就是倒着拼的英文'去你妈的多发性硬化症',还有她的幸运数字重复两遍。"

"好吧,等一下。"

电话里,我能听到布兰登的手指在笔记本电脑键盘上噼里啪啦地敲打。保险公司里的打字小组很久之前就解散了,布兰登的打字技术比我想象的要好。

爸爸在酒店房间里来回徘徊,拿起东西,又放下,时不时看我一眼,好像之前在哪里见过我,但又不能准确对上。

"她在洲际酒店。"布兰登说。

"什么?"我一跃而起,肾上腺素嗡嗡嗡流遍全身。

"她在——"

"可是我也在!我就在洲际酒店。"艾瑞丝很可能在我旁边的房间里,就在隔壁。她可能近在咫尺。

"稍等一分钟。"我对布兰登说完,就把手机放在床上,然后拿起旁边储物柜上的电话。

"你好,我是特里。来自……"我记不住房间号了。

"你好,谢泼德太太,相信您住得还不错。"

奢侈就是有完美的礼节和杰出的话术,但是,并没有艾瑞丝·阿姆斯特朗的预订。

没有维拉·阿姆斯特朗。

没有特里·阿姆斯特朗。

没有艾瑞丝·谢泼德。

没有维拉·基奥。

也没有任何符合我对艾瑞丝描述的客人。

我挂断电话,靠在墙上,闭上眼睛。

我想想。

床上传来了布兰登遥远而细微的声音。我伸手拿过手机。"她不在这里。"我说。

"好吧,但她的平板电脑在。"布兰登说。

"那肯定是在车里了。"我等着他告诉我,把重要财物放在车里不是个好习惯,但他没说。

电话那头沉默了,然后是一声叹息:"很抱歉,特里。"

"这不是你的错。"我说。

"不,可是……"

"是我的错。"

"问题不在是谁的错。"

"我还是挂了吧。"我说道,然后我想起来,"等等,姑娘们还好吗?"

"挺好,挺好,这边……一切都好。"

"谢谢你布兰登,谢谢你帮忙。"

"我也没帮上什么忙。"

"你尽力了。谢谢你。"

"让我知道……"

"我会的。"

我看了一眼手表,快到五点了。现在艾瑞丝该吃药了。

派克斯诊所是在正常的白天时段营业吗?是朝九晚五,中午留一个小时吃饭,还是二十四小时服务?

我不知道。

我什么都不知道。

"我们走吧,爸爸。"我大声说,尽量显得欢欣鼓舞。

"去哪儿?"爸爸小心翼翼地问。我无法责怪他,毕竟我把他从家里拖出来这么远。

"去找艾瑞丝。"

"谁?"

"我的朋友。"

"好的。"

他穿反了鞋子,还把上排的假牙取下来揣进口袋。"我准备好了。"他说。

第31条

机动车必须进行车辆性能测试

苏黎世是个整洁而高效的城市。

如果苏黎世是个人的话,那他肯定是个大步流星去工作的商务人士,穿着裁剪得体的西装,脚蹬尖头皮鞋,胳肢窝里夹着卷起来的英国《金融时报》。

这里是银行之城与名牌之城。街道上没有乞丐,没有街头艺人,没有涂鸦,没有垃圾。

我匆匆地看了一眼鞋店的橱窗。艾瑞丝会花359.99欧元买下她喜欢的那双系带凉鞋。

要是她在这里,肯定会穿上试试。"这双多少钱?"她可能会询问浓妆艳抹的店员。

在这样一座城市里,艾瑞丝会去哪儿呢?她会做些什么呢?

我查看了一下手机。没有漏接的电话,没有短信。我给她打电话。

您所拨打的号码暂时无法接通,请稍后再拨。

我们沿着湖边散步。我尽可能放慢脚步，可即便如此，爸爸还是落在我身后。"你还好吗，爸爸？"我问。

"我们很快就回家了吗？"他问。

"是的。"我说着，挽住他的胳膊。不知怎么回事儿，回家这个念头似乎显得有点儿荒唐。

我觉得漂泊无依，毫无方向，不知道接下来会怎么样。

我唯一认识的人就是艾瑞丝。

在湖边的餐厅和咖啡馆里，我给冷漠的服务生一一看了艾瑞丝的照片。

你见过这个女人吗？

答案都是没见过，并且问我是否需要一张两人桌。

我想要一张三人桌。

在第五个这样的地方，爸爸大声喊饿。我看了看表，七点钟，他是该饿了。

爸爸点了拉可雷特干酪，服务生说既然来了瑞士，就一定要尝尝这个。

我要了啤酒。

拉可雷特干酪是融化掉的奶酪，搭配了烤土豆、醋泡小黄瓜和洋葱。

啤酒是一瓶，几乎和红酒瓶一样大。"来一点儿，爸爸。"我说着，伸手去拿他的杯子。他摇摇头。"不了，谢谢。我从来不碰那东西。"他说。

他自己真的相信，他从不喝酒，从不抽烟，从不晚归，从未错过任何重要场合，从不大呼小叫，也从未扬起手来，从未让任何人失望。

他完全更新了自己。他现在就像一张简历。

我不知道要是我得了阿尔茨海默病，会觉得自己是怎样的人。热爱交际，爱冒险，勇敢，是个简单、直接的女人，是个人人尊重并且还有点儿胆小的女人。我想象着向女儿们如此描述自己,而她们不会让我继续瞎扯下去。

回到室外,我们依然沿着湖走。随着太阳划向地平线,傍晚的天气渐渐凉下来,就像漫长一日之后的疲惫。

这是最漫长的一天。

远处传来了歌声。我将手搭在眼睛上方,向前方张望。

没错,是在唱歌,听起来像是一群年轻人,他们歌声洪亮,欢喜而叛逆,更在意是否会被人听到,而不是在调上。

就在前面,穿过晚间散步者的空隙,他们映入了我的眼帘。

他们边唱边跳,大多数人都光着脚,穿着色彩鲜亮的礼袍,在乱糟糟的队伍里沿着小路行进,用力敲打手鼓和三角铁,摇晃沙锤和铃鼓。

是印度教克利须那派教徒。

已经有很多年了吧,我都没再见过这么多教徒。

他们身上有着某种积极而振奋人心的特质。

就连一直在问什么时候回家的爸爸都笑了起来。他们很有感染力,还有蛋糕。

有个人朝着爸爸边唱边跳着过来了,手里托一块巨大的巧克力蛋糕,递给了他。他接过来,我努力不去想细菌、污染和一般的食品卫生问题。事实上,当她把另一只手中托着的蛋糕递给我时(是赤裸的手),我说"谢谢",但事实上我说的是 danke[①],然后我吃了一口,并且一直尽力在吃,直到再也吃不下为止。

蛋糕很好吃,很甜,很浓郁,口感厚重,还有巧克力。爸爸举起手来,张开手指,上面沾满了糖霜。我翻了翻包,纸巾已经用完。"舔舔吧。"我说。我得大喊大叫才能在喧闹的歌声中让爸爸听见我

[①] 原文为德语,意为"谢谢"。

313

说话,我们已经完全被歌声包围。这种感觉就像是身处一首歌中间部分,比如欧洲歌唱大赛的歌。爸爸和我站在歌曲当中,把手指舔干净,无视细菌、污染和一般的食品安全问题。

"我不知道发生了什么事儿。"爸爸冲我喊道。

"我也不知道。"我说。这让我们都觉得很有意思,我们站在原地,站在歌声之中,哈哈大笑,有些克利须那派教徒围成一个圆圈,手拉手,围着我们舞蹈,像一根火柴,倏忽划亮了我的某段回忆。那是一次生日派对,可能是我六岁的生日。大家在玩"音乐雕塑"游戏,爸爸也在,和我一起跳舞。他抱着我旋转,把我举起来,转圈圈。我高声尖叫,激动,头晕,专注。妈妈把手搭在他的胳膊上,小声"嘘"了一下,让他停止了动作,笑容也从他的脸上渐渐消失,那让我想起了风暴来临前阴沉沉的天空,他甩脱了她的手,离开房间,然后离开了家。大门"砰"的一声被摔上,刺耳的引擎声传来,然后他就走了。音乐停止,我们都像雕塑般一动不动。我看向妈妈的时候,她也没有动。明亮的笑容凝固在脸上,目光锁在窗户上,窗外,我能听见引擎的哀号,渐渐消失。

回忆是头怪兽,对吗?它总是随机揪出一些画面,以千奇百怪的方式摆到我们面前。有些染了深褐色,其他则是黑白的,还有耀目的鲜艳色彩。有些则被放大了,比生命本身还要庞大。其他的呢,又像拿反了双筒望远镜时所看到的画面,遥远而微妙,你甚至怀疑它们是不是真的。

我不知道我为什么会想起六岁那年的生日派对。我真的有生日派对吗?在我的记忆里,家中挤满了六岁小伙伴,实在不像真的。

我让自己沉浸在克利须那派教徒、巧克力蛋糕、歌声和舞蹈之中,爸爸也是。我的灵魂好像从身体里跳出来了,站在远处观察自己。我看到了此刻将会变成一段五彩斑斓的记忆,一个瘦高、笨拙的中年女人和爸爸一起跳舞,唱一首克利须那神赞歌,哪怕她连歌词都不知道,哪怕她完全不懂这门语言。

之后,克利须那派教徒继续前进,我意识到他们试图改变我。他们不是应该传道吗?或许我把他们同摩门教徒弄混了,那些年轻的男子穿着笔挺的西装,挨家挨户敲门。

而克利须那派教徒只是喂饱我,多么慷慨啊!

可我依然没有发现艾瑞丝的蛛丝马迹。

我参考了一下导览手册,有很多博物馆,艾瑞丝是不会去的。有个名叫奥古斯都·贾科梅蒂的艺术家在警察局的拱形天花板上画了一幅壁画,艾瑞丝比较喜欢看这些东西,但她可能已经看过了,就在我和克利须那派教徒跳舞的时候。

现在天已经黑了。

我到底在想什么?

我什么都没想。

我得思考。

思考。

城市里有一座山,看起来非常有瑞士风情。你可以搭火车上山顶,这看起来像艾瑞丝会做的事情。我看了看爸爸,他正靠在树干上,不停点头,好像有人在说话,而且只有他能听到,他表示赞同。他的眼睛是闭着的。

我不可能带他去山顶。

"来吧,爸爸。"我伸手搭上他的肩膀,轻轻晃了晃他。他猛然睁开眼睛,惊慌失措。

"睡觉时间到了。"我说罢,伸出手。他拉住了。我不用太使劲就能把他拉起来,他就像一包羽毛那么轻,几乎没有重量。我伸手拦下的出租车把我们放在了酒店后门,客人的车都停在那里。我发现艾瑞丝的平板电脑在前排杂物箱里,平板电脑下面压着艾瑞丝那本非常久远的《秘密花园》。

我拿起书，回到酒店房间。我先让爸爸吃了药，然后让他张开嘴，伸出舌头，他都照做了，真的变成了一个听话的孩子。他把假牙递给我，我刷洗干净，放进水杯，搁在浴室里的高架上。假牙不在他的视线范围内，他就无法拿走藏起来。

"你能留着灯吗？"我把他掖进被子的时候，他问。

"可以。"我说，"我也会在这里，哪里也不去。"

"你真是个好姑娘。"他说着拍了拍我的肩膀，"你一直都是个好姑娘。"他笑了，而我想说"等等"，问问他这话是什么意思，他为什么要这么说，关于我他都想起了什么，或者他只是随口说了一句话而已，就像人们问"过得怎么样"你说"挺好的"一样。

爸爸转过身去，闭上双眼。几秒之后，就响起了他低沉而温柔的呼噜声。

除此之外，房间一片寂静。

我打开了接待员帮我打印的酒店列表，拿起电话，从头开始，再打一遍。

"你们有名叫玛丽·雷诺克斯的客人吗？"

"能帮我接到玛丽·雷诺克斯的房间吗？"

"我需要和你们的客人通话，玛丽·雷诺克斯，你能不能查一下……"

我在第四家酒店发现了她。玛丽·雷诺克斯。房间号是106。

"需要我帮你接通吗？"接待员问道。

此刻，除了酒店房间里的电话音之外，再也没有其他声响。楼下的街道上没有车辆穿梭，周围的房间里也没有客人在吵架、大笑或者看电视。

只有电话等待音，一声又一声。越过脑海中的安全屏障，我看见了艾瑞丝。她一句话也没说，只是看着我，似乎是想搞清楚什么事情。

像是她想要把我弄清楚。

我一直都觉得自己是个坦率直接的人。

是不需要费力搞清楚的那类人。

我整个人清清楚楚，一览无余。

就这么打开自己，谁都能看透。

一个能干的妻子，一个全职妈妈，一个有责任感的女儿。

然而，我在这里，以上任何一个角色都不是。

在丈夫最需要我的时候，我抛弃了他。

在女儿们人生的关键时刻，我未能尽责。

我拐走了爸爸，对他有一些刻薄的想法。怨恨他，讨厌他，怜悯他。

那艾瑞丝呢？我对艾瑞丝又抱有什么想法呢？对她的决定又怎么想呢？

我猜，我多半会觉得她不会将这件事儿进行到底。

我为什么会那么想呢？我好像抛开了所有对艾瑞丝的了解，重新塑造了她，只为了适应我自己。

"喂！"

"艾瑞丝，是你吗？"

"特里？"她的声音听起来很粗重，而且有点儿呆呆的。

"没错，是……很抱歉，我把你吵醒了吗？"

"没有，我……"她在哭。

艾瑞丝·阿姆斯特朗在哭。

"拜托你别哭啊，艾瑞丝。对不起，对不起，所有的事情我都道歉。"

"不，不，"她努力地说，"该抱歉的人应该是我，我……"她不再说话，我听得出她在克制自己不哭。但那是很难停止的哭泣，一旦你上了贼船，就别想轻易下来。

"听我说，艾瑞丝。"我说，"挂掉电话，用冷水洗洗脸，把脑袋伸出窗外，呼吸一点儿新鲜空气，然后——"

"我的窗子打不开。"她说。

"我的也打不开。"我告诉她，"现在快去，洗把脸，深呼吸。我不挂电话，好吧？"

"好。"

她放下电话的时候，传来嘎吱嘎吱的杂音，她拖着脚走开，拐杖在地砖上啪嗒啪嗒地敲击。水龙头打开，她擤鼻子，给厕所冲水。

我等着。

"喂！"过了一会儿，她回来了，声音比平常轻很多，音色嘶哑，但她不再哭了。

"我在。"

"你怎么找到我的？"

"我问酒店有没有叫玛丽·雷诺克斯的客人。"

"可你怎么知道我——"

"因为我了解你。"

"确实。"艾瑞丝低声说。

我将话筒紧紧贴在耳朵上，闭上眼睛说："我真的很抱歉，艾瑞丝，我……我不应该说那些话的。我只是……我一直都希望你不要那么做。"

"重点是……我不确定自己是否真的能做到。"艾瑞丝说。

某种情绪在我体内高涨起来，或许是肾上腺素，在我的喉咙、耳朵和指尖膨胀，如触电一般。我把听筒抓得更紧，说道："改变想法是没关系的，人们时时刻刻都在改变想法。我看过数据统计，只有百分之三十的人最终坚持到底，所以——"

"不是，我想说的是，我觉得我没有办法自己一个人去。"

"哦。"

"你能跟我一起吗？"

我把额头抵在那扇打不开的窗户上，玻璃很冰冷。我闭上眼，可是没什么必须想的事情，没有思考的必要。这只是个简简单单的问题，回答"好"或"不好"就足够了。

我想说："不好。"

我想说："这没有意义。"

我想说："为什么？"

我想说："不好。"

我想象出了一段剧情，我说"不好"，而艾瑞丝觉得她没有办法自己一个人去，所以我们都回家去了，一切好像都没有发生过。我还是回去当布兰登的妻子，当凯特和安娜的妈妈。艾瑞丝回去工作，继续做那个精力充沛、直率洒脱的自己，只是碰巧得了初期的进展型多发性硬化症。

她还是会继续说，多发性硬化症的症状越来越严重，但她能应付，因为她一直都是那么做的。

可是我们回不去了。我们谁都不行。

艾瑞丝一直都很清楚。她只是在等着我想清楚。

我想象着电话那一头的她，穿着简单的衣服，可能是条围裹裙，她的银色凉鞋，她的胳膊和腿因为最后这些日子的阳光晒得黝黑。如果她面露微笑，左边的脸颊就会露出一个酒窝来。

但我觉得她的脸上没有微笑。

她在等待。

等着我说些什么。

等着看我是不是她所认为的那个我。

我是吗？

第32条

谨防超车的车辆突然倒车

我把车停在了酒店外面。透过前车门的玻璃,我看见了她。

艾瑞丝·阿姆斯特朗。

她正在退房。

从这个距离看过去,她与平常没什么两样,正用非常夸张的动作在纸上签字。

她的签名特别潦草,就像小孩子用彩色铅笔在壁纸上的乱涂乱画。

一个行李搬运员走到她跟前,身穿黑色长礼服,礼服上镶了金光灿灿的黄铜纽扣。他指了指艾瑞丝的行李,艾瑞丝犹豫片刻,然后点点头,将拐杖夹在腋下,摇摇晃晃地朝出口走来。我屏住呼吸,好在她平安无事地通过了旋转门。

艾瑞丝朝我走来,目光锁定在我脸上,我才突然意识到自己的存在。我双臂垂在身侧,散下来的刘海遮住眼帘,身上散发着酒店肥皂的柑橘香,昨天晚上我用那块肥皂手洗了衬衫裙,穿着弧状细跟鞋的脚微微倾斜。我觉得自己很陌生,嘴唇干干的,有太多话要说,我不知道该如何说出口。艾瑞丝停在我面前，离我很近，所以她吸气时，我能看见她的鼻孔微微张开，在她呼气时，能够感受到温暖的气流。她的眼皮上粘着一团湿乎乎的东西，脸上的皮肤有一块块红斑。

"所以说我不能哭。"她说着，从包里摸出窝成一团的纸巾，"我的脸真是太糟了。"她擤了一下鼻子。

"你看起来好多了，我不说假话的。"我说道。艾瑞丝笑了起来，我也笑了，门童把她的行李放进后备箱，停在我们身边。我们停止了大笑，艾瑞丝茫然地看着他。我递给他一张纸币，他点点头，回到了酒店里。

"哦，"艾瑞丝说，"小费，我忘了。"

"你脑袋里装了太多事儿。"我说。

她点点头。"我知道这对你来说很不容易。"她说。

"是我自己坚持要来的，记得吗？"

"很高兴你坚持了。"她低声说，两只明亮的绿眼睛里渐渐膨胀出两滴剔透的泪水，泪珠夺眶而出，庄重而缓慢地顺着她的脸庞滚落下来，好像知道自己是艾瑞丝最后的泪水。

我帮她擦了擦两滴眼泪滑出的泪痕，然后捧住她的脸，想要牢牢记住她。她向我这边贴过来，直到同我额头相抵。我们就这样靠着彼此，我闭上眼睛，将她融入呼吸之中。我心中有一种感觉，就像挂在晾衣绳上的床单，迎风鼓胀。这种感觉占据心扉，我听之任之，因为我对此无能为力。

那是爱，是爱充满了我的内心。

不是神话故事或者电影里的那种爱。这种感觉是流动的。这是爱，是给予，也是收获。

我给予了。

我也收获了。

我感受到了爱。

我也感受到了被爱。

322

第 33 条

前方车辆分流

从苏黎世开车过去需要半小时。车里很安静，令人舒爽。但还有点儿奇怪，奇怪的不是安静，而是那种舒适感。

我开着车。

太奇怪了，我竟然没有去想自己正开在反向车道上。我想到的是妈妈，换成她的话，会怎么做呢？她是个有着极强责任感的人，强烈得几乎能溢出来，但不是那种铁面无私的责任感。绝对不是，从来都不是。

"无论是疾病还是健康，直到死亡将我们分开。"当我问她是怎么和爸爸生活了这么久时，她是这样说的。她一直照顾他，而他早就已经无法为此而感谢她。

有时候，休养一周后，爸爸会回家来，同她打招呼问候，仿佛初次见到她。

"早上好，我叫尤金·基奥，很高兴认识你。"她便接受他伸出的手，同他握手，告诉他，她也很高兴。

他总以为她是个清洁工，告诉她工作完成得很不错。

"你丈夫在哪里？"有时他会问。

"我不知道。"时间久了以后，她偶尔会这样回答。

她绝不会支持艾瑞丝的决定，不是因为宗教信仰。虽然她确实每周日都会去参加弥撒，每次路过墓地时都会为自己祈福。在宗教节日的时候会斋戒，还为大斋节放弃巧克力冰和甘草烟管。

不是因为宗教，我觉得是她的责任感让她无法支持艾瑞丝的决定。

我们必须忍耐。

我真希望她在这里。哪怕她对此持保留意见，但她一定会来，如果我开口要求，如果我说我需要她。

她的责任感会说服她来。

或者，是因为爱吗？

我不知道。我唯一知道的就是，我很想她。

我开车经过了一个漂亮的小镇，有一个湖、一座教堂、一家面包店和一个火车站。

一个普普通通的小镇，住着普普通通的人们，做着普普通通的事情。

我穿城而过，按照艾瑞丝手机邮件里显示的路线往前开。"这里左转，没错，就是这条路，现在直行，然后……哦，没错，在阿尔迪转弯。"

一家阿尔迪超市。

一家比萨饼店。

一家最廉价的连锁酒店。

我们经过这些地方，普普通通的地方。现在我们来到了一个商业区。

我再一次右转，一下子就看见了那里。

派克斯诊所和我在谷歌上搜到的照片一模一样。

怎么会不一样呢？我想。

我似乎期待它的规模更大一点儿。

或者说，更可靠一点儿吧。

整栋建筑看起来有点儿像临时搭建的简易房。

建筑物的背后有个巨大的仓库，派克斯诊所就蹲伏在仓库的阴影里，是个蓝色的长方块，像是用瓦楞铁皮做的。如果下起雨来，屋内就会噼里啪啦直响，我猜。

我把车停在楼外，没有熄火。要是拔掉车钥匙的话，就太安静了，让人承受不住。

"到了。"艾瑞丝说着，从地上拿起包，翻找了一下，拿出一管唇膏，嘴巴张成"O"形，涂抹起来。

我闻见了蜂蜜的味道。是小蜜蜂的唇膏。

"来一点儿？"她说着，把唇膏递给我。

我用手指稍微蘸取了一点儿黏腻的膏体，在干燥的嘴唇上抹了抹。

"我能来点儿吗？"爸爸将脑袋探入我俩之间，问道。

"当然可以。"艾瑞丝说完，便帮他涂了一些。

"非常甜蜜。"他笑着说。

"是你很甜蜜。"艾瑞丝说罢，亲了亲他的脸颊。她抓起包，"好了。"她看着我说。她的手已经放在了门把手上。

"等等！"但我不确定我的声音是不是够大。可能挺大声的，因为她把手从门把手上放了下来，双臂穿过我俩之间的空隙，环抱住了我。

那不是一个拥抱，而是抓住不放，一动不动，我能感受到她强壮的手臂圈着我。她把我抱得更紧了一些，我的脸紧紧贴在她凹陷的面颊上，她的皮肤柔软而温暖，我嗅到了属于她的味道。那是独属于艾瑞丝的味道，非常新鲜，仿佛刚出炉的面包，刚割过的青草。那是你初次闻过之后便再也无法忘记的味道，当你再度闻见，便一下子想起了第一次闻到时的情形。它牢牢抓住你的手、你的回忆,把你带回过去,穿越记忆的迷宫,让你再一次体会到最初的感受,第一次的感受。

"谢谢你陪我一起来,特里。"她附在我耳边,轻声说。而我的喉咙深处,有一长串话排着队,等着说出来。它们在我的牙关后推推搡搡,如果我张嘴,就会一股脑儿地冲出来,却没有一句话是充分的,没有一句话足以表达。

于是我沉默着点点头,这样她就知道我听见她说话了,这样就没有一句话能脱口而出了。

"我饿了。"爸爸在后座上说。

"那就下车吧。"艾瑞丝说着打开了车门,"我听说他们这儿提供巧克力。"

这爽朗的蓝色建筑被树篱环绕,此刻我想不起那些植物的名字。我什么也想不起来,除了记得把一只脚迈到另一只脚前面,往前走,咬紧牙关,锁住那些干瘪的言语,挽住爸爸的手臂。这里有个小池塘,水边站着一只石鹭。一张长椅、一座小小的木桥,一切都让人应接不暇,试图分散我的注意力。或许这正是他们的目的。

即便带着慢慢悠悠的爸爸,我们也很快走到了门口。艾瑞丝举起手来,攥成拳头。她正要敲门,门开了,一位女士面带微笑迎接我们。她说"欢迎",就像所有好房东一样。她让到一旁,伸手示意我们进门,告诉我们她叫汉妮卡。

没有姓氏,听起来非常不像瑞士人。

所以,我猜这可能是个需要直呼其名的地方。

她苗条高挑,一头银白长发,架着一副硕大的黑框眼镜,也喜欢穿舒适的鞋子,是个素面朝天的中年女人。

她看起来是那么普通,那么……简单。要是非让我猜测她的职业,我可能会猜图书管理员、交通安全员,或者是邮局柜台后面的女职员。

若是人们问起她的职业，她会怎么回答呢？比如，在下午茶会的时候。她看起来像是会参加这种活动的人。

汉妮卡。

或许她告诉我们她的姓氏了，只是我没听见。我感觉很奇怪，仿佛置身水面之下，一切都失真扭曲，我像是戴了别人的眼镜。

我们沿着一条走廊往前走，一条很像公寓里的走廊，像家里，像有人居住的地方。亲切的、微笑着的、平凡无奇的汉妮卡指向走廊边的一个房间，我们便进去了。汉妮卡端起水壶，问道："喝茶吗？"脸上的笑容宛如某个和善的姨妈，想要听你们讲的所有新鲜事儿，并觉得这样很享受。

艾瑞丝看起来已经像在家里一样了。她坐在小桌边的椅子上，喝着茶，填写表格，和汉妮卡闲聊。

艾瑞丝最讨厌闲聊了。

然而，此时此刻，她就像学校大门口的那些妈妈一样喋喋不休。我却想不出一句可说的话。

汉妮卡抬起眼帘，冲我微微一笑。"请别拘束，"她拉出一张椅子，说，"一起聊聊。"

我坐下来。汉妮卡倒了茶，我接了过来，却没有喝。手里有点儿事儿做挺好，我把食指插进茶杯把手，瞬间感受到了瓷器传导来的热气。他们很可能是因此才选择了瓷杯。我感觉到热流涌入双手，漫过手臂，在胸口扩散开来。

我是睁开眼睛之后才意识到我竟然一直闭着眼。艾瑞丝和汉妮卡都在看着我。"怎么了？"我问。

"艾瑞丝刚刚在跟我说，你是怎么从都柏林一路开车过来的，朝着苏黎世。"汉妮卡微微摇头，说道，"真是一段漫长的旅程。"

"哦，"我说，"没错。漫漫长路。"此刻，我的喉咙深处压着一个肿块,所有排队等待的话语都融在一起,凝结成一团。我紧扣双唇,阻挡它们。

汉妮卡对我微笑。"无论你有什么感觉,都很正常。"她说。

我点点头,不愿意眨眼,也不张嘴。要是我眨眼,眼泪就会掉下来。要是我张嘴,那些话就会如洪水决堤,或者脱口而出的只是声音,所有堵在喉咙深处的言语融汇成的声音。

爸爸朝汉妮卡探过身子,扯了扯她的衬衫袖子。"我有没有告诉过你我开出租车拉过法兰克·辛纳屈?"他鬼鬼祟祟地小声说。

"没有。"汉妮卡也小声说。

艾瑞丝做出了"新猎物"这个口型,我也张开嘴,忘了我要说什么,但蹦出来的竟然是一串笑声,不是哭泣,不是尖叫,不是泛滥绵密的话语。这种释放的能量极其庞大。我笑得那么大声,那么持久,远远超过了艾瑞丝那句评论的好笑程度。我怀疑我是疯了。我想知道汉妮卡有没有一巴掌打在我这样的人脸上过。

我猜肯定有。她肯定还会再打。

我停下来不笑了。

汉妮卡又拿出了另一张表格,艾瑞丝在指定的方框里签上名字,她的名字写得特别大,方框根本装不下。

她看着艾瑞丝。

"你确定你想死吗?"如同问周末计划一样平静。

艾瑞丝说:"是的。"没有一句废话。

"你确定吗?"

"是的。"

艾瑞丝确定。

桌子上堆着小山一样的瑞士巧克力,每一块都是单独包装,爸爸正吃得起劲。

汉妮卡把椅子往后退了退,站起身来,走进厨房。

我听见她打开食品柜,放餐具的抽屉碰撞出一连串尖锐而短促的声响,"叮当"一声,勺子撞上了玻璃杯。我看见艾瑞丝的嘴巴在动,脸上渐渐绽开了笑容。她正在讲一个搞笑的故事,光是看她挥舞的手势就能知道。为了证实这一点,我也微笑、点头。我身体里的每一个部分都缩得紧紧的,被牢牢钳制住,甚至是我的呼吸、我的颤抖、我的汗水。房间的四壁挤压着我们。爸爸在口袋里塞了满满一把巧克力。艾瑞丝手里的钢笔在另一张表格上摩擦。

我站了起来。艾瑞丝看着我,吓了一跳。"你还好吗,特里?"她问我。

"我……要用洗手间。"我说。我的声音听起来有些陌生,哽在喉咙里。艾瑞丝笑着点点头,仿佛我的声音听着一点儿也不奇怪,更没有哽咽。我朝厨房走去,一只脚往前迈,另一只脚跟上,双手握拳,随着我的步伐一起摇晃,就像钟摆,在倒数读秒。

在厨房里,汉妮卡正在制作艾瑞丝要喝下去的第一杯溶液。第一杯溶液是让她的身体不会排斥第二杯溶液,而第二杯溶液才是放倒她的那一杯。

汉妮卡抬起头,将玻璃杯放在料理台上。她朝我走来,把我按在椅子里,帮我把头埋在膝间。她动作熟练、无声、老到。她肯定之前也做过同样的事儿。

血液冲上头部,感觉不同寻常。动静很大,我能听见血流在我的耳蜗里咆哮。我闭上眼睛,能看见它们奔流不息,仿佛舞者的影子,踩着血流的节拍扭动旋转,砰砰直响。

汉妮卡弯下腰时,我听见她膝盖的嘎吱声。她轻轻抚摸我的后背,画着小小的圆圈。

"呼吸。"她轻声说。

"我觉得我没办法——"

"嘘——"汉妮卡仍旧抚摸着我的后背。

我呼吸。深深吸了一口气，数了五个数，呼出来的时候又数了五个数。再重复。

　　"抱歉，汉妮卡。"我从紧锁的膝盖上将头抬起来，说道。她对我微微一笑。"被留在身后的那个人，通常都很难。"她说。她朝爸爸和艾瑞丝所在的房间点点头，他俩正在唱《我的路》。艾瑞丝记不全歌词，但爸爸记得。

　　……我已经度过了丰盛的人生，我飞驰过每一条高速路……

　　"其他人，"汉妮卡说，"来到这里的那些人，他们早就做好了准备。顺理成章。"我点点头，呼吸，站起来。

　　"你还好吧？"她问我。

　　"是的，"我说，"我会好的。"

第34条

让渡通行权

从某种意义上来说,我希望这一天永不结束。一旦结束,一切就成了过往,盖棺论定。

爸爸和我乘坐渡轮,又沿着高速公路开了七个小时,从苏黎世到加来,中途停了三次,吃蛋糕,处理其他状况。

我开了七个小时车,还是在高速路上。真不算什么大事儿。

汉妮卡说我们可以慢慢开。我们想留多久就可以留多久。可我说,我们得回家。

家。

我们坐在甲板上,是爸爸坚持的,完全无视黑暗与气温,此刻天凉了不少。

"尤金?尤金·基奥?"

我抬起头来,站在我们面前的是个男人。一个高个子男人,和爸爸年纪相仿,戴了一顶遮阳帽,穿着短裤,衬衫的扣子一直扣到领口,结结实实地打了条领带,脚上穿了双白色中筒袜和系着粗鞋带的黑色皮凉鞋。他朝爸爸俯过身来,苍白枯瘦的膝盖微微弯曲。看见我后,他的表情混合着强烈的好奇和谨慎。我很想知道他究竟看见了什么。我猜我有一张士兵被告知战争结束时不知所措的面容。

男人冲爸爸咧咧嘴乐了:"是我,尤金。达米安·哈林顿。达米安,你还记得吗?"

他脱下遮阳帽,露出晒得黝黑的光头,说:"没有这个鲻鱼发型的话,你可能认不出我来。"他哈哈大笑,开玩笑地用拳头打了打爸爸的胳膊。爸爸看了看他被打的地方,摩挲起来。我站起身。在我脚下,轮船摇摇晃晃,我抓住栏杆,闭上眼睛。这样做的时候,我感觉到了艾瑞丝的存在。艾瑞丝喝下了第一杯,以非常典型的艾瑞丝方式,不动声色地把杯子推回去,然后问什么时候能喝第二杯。

"半小时后。"汉妮卡说。

那似乎是一段漫长到不可思议的时间。我甚至希望它不要那么长。

"你肯定是尤金的小公主了,跟他简直是一个模子里刻出来的。"听达米安这么说,我睁开眼睛,"过去他总这么叫你。我和你家老头子一起当过兵。"达米安又看了看爸爸:"你三句话都离不开她,是不是,尤金?"

我完全不知道。不知道爸爸竟然叫我小公主,不知道他三句话离不开我。男人的手猛然伸到我面前。"见到你很开心。"他说。我伸出手去,握住了他的手。在他身后,黑夜模糊了海天之间的界线,让它们相互交融,难舍难分。我不知道那半个小时里我在想什么。艾瑞丝在手机上设置了闹钟。或者那是我想象出来的,想象出了它的声响,是尖锐又坚决的高音,急促而震颤。

或者是手机本来的声音。我能做些什么呢?在此之后,我要怎么处理这一切?她的包,她的所有东西,她的事务,她的遗体。这些愚蠢而毫无意义的私人物品此刻看起来生机勃勃。我沉溺于考虑艾瑞丝的物品,它们接下来怎么办?艾瑞丝将手搭在我的肩膀上,"你看起来很忧虑啊。"她说。

"我总是看起来很忧虑。"我说。

"我可以唱首歌。"爸爸大声说。

"这主意不错,基奥先生。"艾瑞丝说。

我们便一起玩接歌游戏"轮到你了",就连汉妮卡也跟着一起唱了。

"轮到你了,特里。"爸爸唱完后,艾瑞丝说。

可我不想唱歌。我从来都记不全歌词。

最终我唱了《琴泰海岬》,是六年级在唱诗班学的歌。但我的声音缺乏我爸爸那种发声方式与腔调,也欠缺唱歌必不可少的体力,缺乏对旋律、歌词的专注。这个房间原本并不像是什么人的客厅,但我的歌声回荡其中,确实将我的注意力从手机、包,还有其他事情上分散开来。

艾瑞丝唱了《爱无所不在》,是《玛丽·泰勒·摩尔秀》的主题曲,那是她小时候最喜欢看的节目。

谁能用微笑将世界点亮?
谁能直面毫无意义的一天,瞬间让它意义非凡?

"你的歌声非常甜美。"汉妮卡告诉她。

"你之所以这么说是因为我要死了。"艾瑞丝咧开嘴笑了。

汉妮卡微微一笑:"这就是大名鼎鼎的艾瑞丝式黑色幽默吗?"

"没错,"艾瑞丝说,"我们要么笑得歇斯底里,要么就是在啤酒中哭泣。你应该来看看。你会喜欢的。"

"就大笑与哭泣而言,我可能是过于典型的瑞士人。"汉妮卡说。

这句话让我笑了出来,艾瑞丝也笑了。我知道这话没那么好笑,但是……好吧,汉妮卡开了个玩笑,而她给我的印象是,她极少开玩笑,所以这也就意味着,她并不仅仅是在开玩笑,她在努力尝试。

紧接着,艾瑞丝手机上的闹钟响了。

之后,屋里只剩寂静。

※

达米安彬彬有礼地从我紧抓不放的手中抽回自己的手,指了指我的座椅说:"坐下吧,亲爱的,你好像不太舒服。"

"没有,我挺好的,我……只是有点儿晕船,船颠簸得有些厉害。"

达米安帮我坐下来,我附在他耳畔悄声说:"尤金得了阿尔茨海默病。"我向来不愿让爸爸听见我说这话。我不太确定他是否清楚自己的病情,或者曾经知道他身上到底发生了什么。而且"阿尔茨海默病"这个词听着有点儿刺耳,当着他的面说出来未免太过残酷,就像往新鲜的伤口上撒盐。

"噢,不,太遗憾了,亲爱的。"

"什么?"爸爸问。

达米安转向爸爸。"你的阿尔茨海默病。"他说,还提高了声音,好像爸爸耳背似的。总有人会觉得爸爸耳背,我也不知道为什么。

"阿尔茨海默病?"爸爸重复了一遍,看着我,有些困惑。

"别担心,爸爸,就是……"

"我打赌你肯定还在吹嘘法兰克·辛纳屈的事儿。"达米安问他,"是不是?"

这句话如同轻轻按下了某个开关,爸爸脸上的困惑消散殆尽。他笑了。他那提到法兰克·辛纳屈时才会露出的微笑。

"我跟你讲过法兰克·阿伯特的事儿?"爸爸问达米安。

"当然了,那家伙躲进你的出租车时,你不就是在跟我讲无线电吗？"达米安说道，笑得心花怒放。

我审视了一番达米安的面庞，说："这是什么意思？"

达米安看看我，眼镜背后的那双眼睛又大又圆："他肯定也跟你讲过这件事儿吧？"

"嗯，讲过……但是……我不太确定，是不是……"

达米安摇摇头，用胳膊肘轻轻推了推爸爸："你自己的女儿不相信呢，尤金。"

"不是那样的，只是……他是在生病之后……才告诉我们这个的，所以我们都以为……可能是他糊涂了。"

达米安连连摇头。"你们家尤金就是谨慎的化身不是吗？"他看着我，"辛纳屈让他一个字也别说出去。他原本应该去拉斯维加斯参加一个临时演出，可他不想去，所以请了个病假，跑到都柏林来待几天。他躲在一顶帽子下面，还戴了墨镜，整个人乔装打扮，完全就是个路人甲，但是你们家这位，"他冲爸爸点点头，"马上就认出了他，是不是？"

爸爸点点头，身子坐直了一点儿："当时下着瓢泼大雨，我正开在哈考特街上。"他又开始了，一如往常。

达米安听他讲这个故事，好像从来没听过一样，在每一个恰到好处的地方一边点头一边微笑。

※

第二杯药是白色的黏稠物。"你可以在沙发上。"艾瑞丝喝完后，汉妮卡对她说，"或者躺在床上，按你的意愿来。"

床放在角落里，那是一张努力假装很普通的床，但是每条腿上都有一个轱辘，所以一点儿也不普通。

"我就在沙发上。"艾瑞丝说。

"现在要干吗?"爸爸问。

"我现在要死了。"艾瑞丝告诉他。她的声音平静而澄澈。

"为什么?"爸爸问。

"我的时间到了。"她说。

"我的时间到了?"他惊慌地问。

"不是你。"艾瑞丝说。

她看着我,我想要说点儿什么,说些深切的话,说些有意义的话。

我说:"你要先去一下洗手间吗?"

达米安在导览手册的封面上匆匆记下我的电话号码。"如果可以的话,回家以后我就给你打电话。"他说,"然后去看看尤金。"

家。我已经能够隐约辨认出大陆的轮廓,星星点点的灯火,如电影散场,灯光渐亮。我似乎已经离开了很久很久。

"爸爸一定会很高兴的。"我对米安说。当我拥抱他时,闻到了他身上防晒乳和樟脑丸的味道。他笨拙地拍了拍我的胳膊,和爸爸的动作如出一辙。

我没有拥抱艾瑞丝,在她喝完第二杯药之后。我怕自己可能不愿放手让她走。于是我问她,是否愿意我拉着她的手,她对我盈盈一笑。"我很好。"她说,"我不希望你为我担心。"

"好吧,那你能拉着我的手吗?"我小声说。

"愿意效劳。"她把温暖的大手塞进我的手中。我试着不去想,不久之后,她的手将有多么冰冷,多么僵硬。我试着什么都不去想,只想此刻。艾瑞丝和我,并肩坐在沙发上,手拉手。

显然,我做不到。我想到了过往,想到了未来,想到发生过什么,想到将要发生什么。但之前的惊恐已经不复存在,愤怒也悄然蒸发。

"你害怕吗?"我问她。

"不怕。"她的声音更轻柔,更缓慢。

"我怕。"我说。

"其实你比自己想象的要勇敢,特里。"

"你怎么知道?"

"因为我了解你。"

她同我相握的手渐渐松开,头缓缓垂落在我的肩膀上。我感受到了她的重量,她的坚硬。

"她已经睡着了。"汉妮卡轻声告诉我。

我很想知道,艾瑞丝的脑海中是否闪现了自己的一生。

会这样吗?

如果真能闪现,我觉得那一定是一卷丰富多彩的录影带,充满了活过的某个人一生的喧嚣。

一生中的每一天。

包括今天。

尾　声

"艾瑞丝·阿姆斯特朗"纪念巴士的首次出行是在一个周五。又是一个春天，我驱车上路，黄水仙竞相怒放，在纤细的花茎上翩翩起舞，灌木藩篱上点缀着一块又一块黄色。

安娜说，要是我们再开慢一点儿，就能看见每一片草叶迎风生长。

我没有减速，我是按照最高限速在开，这时的风景便截然不同了。再说了，开巴士的时候必须格外小心。"是辆小巴，妈妈。"凯特提醒我。

小巴也是巴士啊。

透过车窗的反光，我能看见我的女儿们，坐在前座上浏览资料袋。她们掏出了有员工资料的那一张，嘲笑我贴在上面的正面照。公平地说，我看起来有点儿恐慌。摄影师的照相机是那种特别庞大的奇特装置，会闪光，会嗡嗡作响，还盯着我看。

"妈妈，你看起来还不够老，不像主管的样子。"安娜指了指照片说道。

"是因为剪了精灵短发。"凯特实事求是地说。

"哦，亲爱的，"我说，"或许我应该再——"

"不。"她俩异口同声。

坐在过道对面的是爸爸和布兰登,他们手拉手。爸爸面朝窗外,面带微笑,他已经不再讲法兰克·辛纳屈的故事了。

确切地说,他不怎么说话了。

他也不再吃贝克韦苹果挞了,现在得由养老院的护工喂他,主要是强化型酸奶、米布丁和浓汤。

但他还像从前那样微笑。无论谁坐在他身边,他都喜欢握住对方的手。今天,这个人是布兰登。我窥探了一眼后视镜,对上了布兰登的目光。他也在微笑,虽然我知道他很希望爸爸松开他的手。布兰登不太习惯长时间握手,他不喜欢那种湿乎乎的感觉。去基尔肯尼的路上,爸爸肯定会一直握着他的手不放。布兰登就任他握着。

我们正因如此才依然是朋友吗?

至少是原因之一吧。

"我们已经到了吗?"车子后方传来维拉的询问,我告诉她不能抽烟,所以她一直躁动不安,电子烟也不行。现在她正往胳膊上贴第二张尼古丁贴片,然后打开了一条尼古丁咀嚼胶。她的头发今天是亮橘色,和她瘦瘦的牛仔裤很搭,豹纹高跟鞋是她穿过的最高的一双。今天早上,维拉跳上巴士台阶时,女儿们异口同声地对她说"注意安全"。艾瑞丝的追悼会之后,维拉开始来拜访,女儿们一直很喜欢她。她们叫她"了不起的大盗奶奶①",而她则告诉她们,她们还来得及在耳朵上别夹子,不过这都是善意的玩笑罢了,我觉得。

"还有二十千米。"凯特查阅了一下我的交通图,告诉她。

"所以我们会在一个半小时之内抵达。"安娜说完,把座椅靠背放下,闭上了眼睛。昨天晚上她很晚才回来,为了庆祝自己提交了硕士

---

① 《了不起的大盗奶奶》由英国儿童图书作家大卫·威廉姆斯所著。十一岁的本恩觉得自己八十多岁的奶奶只会嚼薄荷糖、玩拼字游戏,身上全是臭臭的圆白菜味儿,所以他讨厌和奶奶待在一起。但是有一天,奶奶要带他去冒险,本恩开始研究地下管道,练习游泳,学习各种逃生技巧。

学位论文。论文是我帮她录入电脑的,内容我看不懂,但我能保证没有排版或者拼写错误。下一步她就要申请博士学位了。"我和你不同,妈妈。"她说,"我还没有准备好面对现实世界。"

其实我也不太确定我是否已经准备好了,但我已经走到了这一步。

这辆巴士是二手车。艾瑞丝把自己拥有的一切都留给了协会,可是即便如此,一辆全新巴士仍然贵出天际,而且我们还需要用剩下的钱来维持运营,比如汽油、蛋糕。这是一份拿薪水的工作,我其实不太开心,但是协会说,如果不要工资的话他们就不能给我这份工作,既然我已经拿到了护理证和公交车驾驶执照,不给我薪水的话太说不过去了。

我一次就通过了驾照考试,到现在我还不敢相信。

"这车和新车一样好,特里。"布兰登来我的公寓吃饭,我提前让他看了一下这辆车,他如此评价道。

我给他看了我包裹起来的座椅,用的是艾瑞丝的拼花被子。我留了两床被子给维拉,一条给她铺床,一条给可可·香奈儿二世铺篮子。"我可不相信什么替代品。"当我在圣诞节抱着小奶狗出现在她的公寓时,她这样说。

"或许这一次是个例外。"我说着,把狗抱进她枯瘦如柴的修长臂弯里。

"我都不知道你会装软垫。"布兰登说。

"我在 YouTube 上看的教学视频。"我告诉他。

"你总是让我惊讶。"他说。

而他也在不断让我惊讶。比如,他身上不再有办公设备的味道,他的味道变得更鲜明,是一种泥土、阳光混杂着汗水的味道,你要挖一整天的马铃薯坑才会流下这种汗水,最近他一直在他妈妈的花园里干这件事儿。卖掉房子后,他一直住在妈妈家里,晚上他们用假钞玩扑克牌。他不再打高尔夫，也不再做保险。他说他也不知道自己之前为什么要选择做那些工作。他正在学习意大利语，他说他一直都很想学意大利语，而我听了很不是滋味，因为我从来都不知道。

他在当地做兼职，为客户提供预算建议。他说虽然只是临时工作，但他很喜欢。我看得出来。

我把车停在了图书馆的停车场，姑娘们帮我在车身上贴满标志。布兰登拉开遮雨棚，以防下雨。

不会下雨的。这是天气最好的春日早晨，我妈妈肯定会大声宣告，能够活在这样一天里真是相当幸运。

我现在才明白她的意思。

我在崭新的工业用烧瓶里煮咖啡和茶，将糖碗和牛奶罐装满，把巧克力布朗尼、果酱挞和波特蛋糕在盘子里摆好。我四下张望，要是没人来该怎么办？于是我去检查摆放了服务信息和资料的置物架，分散一下注意力。我有一摞笔记本和钢笔，还有一部关于阿尔茨海默病的短片，是凯特帮我撰写并拍摄的。

"真的很棒。"凯特说，"哪怕拍得很糟糕我也会说很棒。"

真的不差劲。

很棒。

"那边，甜心。"我听到维拉嘶哑而干裂的声音从我身后传来，于是我转过身去。她正盘腿坐在草坪上，卷一根烟，朝我所在的方向指了指，指向一对老夫妇。其中那位女士肯定患有阿尔茨海默病，她的手一直在摆弄开襟羊毛衫的下摆，男士则小心翼翼地领着她朝我这边走来，我从他们的样子就能判断出个大概。老先生穿了西装，因为经年累月地洗涤，布料闪闪发亮，领口处也有了磨损，衬衫最上面的扣子不见了，领带上有番茄酱的痕迹。我努力不去注意这些细枝末节。我听他们讲话。老先生名叫汤姆。他的妻子希拉是本地小学的校长。她弹钢琴，去美术馆。可现在她的医生认为她应当进入养老院，因为上个星期汤姆年满八十，无力照顾她。但他其实可以，他只是……只是需要一点儿帮助。问我能不能帮帮忙。

我告诉他们，我能。安娜请他们坐下来，凯特给他们倒了茶，布兰登给他们切了蛋糕，维拉提出帮他们卷烟，爸爸则坐在希拉身旁，握住她的手。我打开了信息手册，带着汤姆去看，告诉他适合什么服务。

"妈妈，"安娜伸出手指，说道，"看。"我顺着她的指尖望去，看到了他们——护理员和他们的亲人，正朝我们的车子走来。

有很多很多人。

一大群人。

"我们恐怕需要更多蛋糕。"我对布兰登说。他抓起夹克，一路小跑去了马路对面的商店。汤姆和希拉离开前，我拥抱了他们，虽然我一直告诉自己，要保持冷静，保持专业。

汤姆回抱了我，他明亮的蓝色眼睛充满泪水。"谢谢你。"他低声说。

最后，每一块小圆饼、果酱挞和蛋糕都吃光了，置物架扫荡一空，重新填满了好多次，信息手册传到不同的人手里，或者被人们装进包里，笔记本上写了很多话，钢笔被悄悄收进了口袋里。布兰登收回遮雨棚，姑娘们把各种标志物也收起来。维拉拍着我的手臂说："你做到了，姑娘。"她像在喃喃自语，并没有看我的眼睛。我伸手揽过她，拥抱了她，小心翼翼地，生怕把她脆弱易碎的身体箍得太紧。放开她后，我又把安娜和凯特揽入怀中，可不像小时候那么容易了。我深深呼吸，低声嗫嚅，道出我的感谢。"我们没帮多少忙，妈妈。"安娜说。凯特非常郑重地跟着点点头。"没错。"她说，"是你做了一切。一如往常。"

我内心膨胀出了某种骄傲感，我觉得这很危险，仿佛随之而来的就是登高后的重摔。我控制不住自己，总要这样想。

343

收拾完毕后，图书管理员走了出来。她面目严苛，看起来很死板，一看就是那种嘘都不嘘一下就直接要求你维持秩序保持安静的人。就像我回到都柏林以后，询问我的那个女警察。这只是正常程序，她说。结果就是这样，艾瑞丝去世的那天早上，已经给他们发了一份录像。"特里跟来的唯一原因就是想要改变我的想法。"她在录像里说。

图书管理员恰好停在可以碰到我胳膊的距离之外，像是听说了我喜欢跟人身体接触。"你们今天招来了不少人。"她说。

"非常感谢你允许我们使用停车场。"说完，我拥抱了她。她似乎受到了惊吓，脸颊上浮现出两抹明媚的红晕。

"你们现在要走了吗？"她问道。比起疑问，这更像是个命令。我点点头。她看向了我身后，看着车身上写的字。

"艾瑞丝·阿姆斯特朗是谁？"她问。

她的模样突然如同火焰般浮现出来，非常生动。

艾瑞丝。

有时候，失去她令我愤怒，尖锐得难以触碰。有时候，没有艾瑞丝的世界总让人觉得不真实、不正确。

而今天，我却不觉得难过。我充满感恩，感恩我曾认识她，感恩我那么爱她，感恩她也同样爱我。

她正咧开嘴，冲我笑得恣意而灿烂，双手搭在屁股上，仿佛在等着听我可能会说什么，并且毫无耐心。没有拐杖，她站得笔直、高挑，身上充满了勃勃生机，整个人熠熠生辉。真荒谬啊，竟然没有人能看见她。

谁是艾瑞丝·阿姆斯特朗呢？我有太多话可以说，有太多故事可以讲，也有太多特征可以描述。

然而，最终我只说了一句话：

"艾瑞丝·阿姆斯特朗，是我的朋友。"